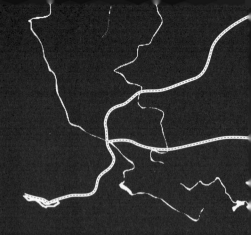

《사조영웅전》 시대 연표

1115   여진의 완안아골타完顏阿骨打가 황제로 즉위하고(태조),
　　　　국호를 금金이라 함.
1122   금, 연경 함락.
1125   금, 요의 천조제天祚帝를 사로잡고 멸망시킴.
　　　　송 휘종徽宗이 흠종欽宗에게 왕위를 물려줌.
1126   금, 개봉성 함락.
1127   송 휘종·흠종이 금에 사로잡혀 북송 멸망(정강靖康의 변).
　　　　고종高宗이 즉위하여 송을 부흥시킴(남송).
1130   송 고종, 온주로 도망, 한세충韓世忠·악비岳飛 항금 투쟁 시작.
　　　　진회秦檜, 금에서 귀국.
1134   악비, 선인관 전투에서 금군에 대승하여 양양 등 6군 회복.
1138   진회가 재상이 되어 금과 화의 추진.
1140   금군 남진. 악비가 하남 각지에서 금군을 격파하고 개봉에 당도.
1141   진회가 악비 부자를 체포해 옥중에서 죽임.
1142   송과 금, 1차 화의 성립.
1149   금의 완안량完顏亮(해릉왕海陵王), 희종熙宗을 살해하고 제위에 오름.
1161   금의 완안포完顏褎가 황제를 칭함(세종世宗), 해릉왕 살해됨.
　　　　금, 남송과 화의.
1162   남송, 효종孝宗 즉위.
1165   금과 송, 2차 화의 성립. 이후 40년간 평화가 지속됨.
1170   전진교 교주 왕중양王重陽 사망.
1183   도학道學이 금지됨.
1188   몽고의 테무친, 칸을 칭함(제1차 즉위).
1189   금, 세종 사망하고 장종章宗 즉위.
　　　　남송, 효종이 퇴위하고 광종光宗 즉위.
1194   남송, 영종寧宗 즉위. 한탁주가 전권을 휘두름.
1196   한탁주, 주자학파를 탄압하여 주희朱熹가 파직됨.
1206   남송의 한탁주, 금을 침공하여 전쟁을 일으킴.
　　　　테무친, 몽고 부족을 통일하고 칭기즈칸으로 추대됨(제2차 즉위).
1211   칭기즈칸, 금 침공.
1215   몽고군, 금 수도 함락.
1217   금, 남송 침공.
1218   고려, 몽고에 조공 약속.
1219   칭기즈칸, 서방 원정 시작(1224년까지).
1227   칭기즈칸, 서하를 멸망시키고 귀환 도중 병사.
　　　　오고타이가 칸으로 즉위(태종).
1231   몽고군 장수 살리타가 고려 침입.
1234   몽고와 남송 군대의 공격을 받아 금 멸망.
1235   몽고와 남송의 교전이 시작됨.

사조영웅전 3

사조영웅전 3 – 항룡십팔장

1판 1쇄 발행   2003. 12. 24.
1판 27쇄 발행   2020. 1. 28.
2판 1쇄 발행   2020. 7. 8.
2판 4쇄 발행   2024. 5. 10.

지은이 김용
옮긴이 김용소설번역연구회
발행인 박강휘
편집 이한경 디자인 조명이 마케팅 김용환 홍보 반재서
발행처 김영사
등록 1979년 5월 17일(제406-2003-036호)
주소 경기도 파주시 문발로 197(문발동) 우편번호 10881
전화 마케팅부 031)955-3100, 편집부 031)955-3200 | 팩스 031)955-3111

값은 뒤표지에 있습니다.
ISBN 978-89-349-9171-7 04820
        978-89-349-9168-7 (세트)

홈페이지 www.gimmyoung.com   블로그 blog.naver.com/gybook
인스타그램 instagram.com/gimmyoung   이메일 bestbook@gimmyoung.com

좋은 독자가 좋은 책을 만듭니다.
김영사는 독자 여러분의 의견에 항상 귀 기울이고 있습니다.

이 도서의 국립중앙도서관 출판예정도서목록(CIP)은 서지정보유통지원시스템 홈페이지
(http://seoji.nl.go.kr)와 국가자료종합목록 구축시스템(http://kolis-net.nl.go.kr)에서
이용하실 수 있습니다.(CIP제어번호 : CIP2020022985)

김용 대하역사무협

김용 소설번역연구회 옮김

사조영웅전

射鵰英雄傳

항룡십팔장

3

항룡십팔장

주요 등장인물　6

비겁한 무림 고수들·16

영원히 헤어지지 않는 곳으로·45

아름다운 풍경, 즐거운 이야기·81

개방 방주 북개 홍칠공·112

뱀을 무찌르는 법·142

나를 알아주는 사람 이 세상에 없으니·180

사랑을 위한 맹세·208

퉁소 부는 남자·236

철장수상표 구천인의 거짓말·271

복수는 복수를 낳고·293

[1권] 몽고의 영웅들

의형제 곽소천과 양철심 | 정강년의 치욕을 잊지 말라 | 우가촌의 비극, 그리고 살아남은 자 | 일곱 명의 괴짜 | 강남칠괴와 구처기의 대결 | 그 아이들이 열여덟 살이 될 때 | 몽고의 영웅들 | 진정한 영웅 테무친과 찰목합 | 드디어 곽정을 찾다 | 흑풍쌍살과의 한판 대결 | 어리숙한 제자 | 독수리를 쏜 소년

[2권] 비무초친

전진교 교주 마옥과 철시 매초풍 | 테무친을 구하라 | 낯선 곳에서 황용을 처음 만나다 | 무예를 겨뤄 배필을 찾다 | 두 소년의 싸움 | 조왕부에서 생긴 일 | 나비는 꽃을 찾아다닐 뿐 | 진충보국의 상징 | 밝혀지는 태생의 비밀 | 내가 이겼어요 | 나도 한때는 아름다웠다

[4권] 구음진경

도화도주 동사 황약사 | 곽정과 양강이 의형제를 맺다 | 최초의 제자가 되다 | 양강의 선택 | 노완동 주백통과 〈구음진경〉 | 도화도에서 보낸 15년 | 절세 무공을 연마하다 | 고수들의 위험한 대결 | 세 가지 시험 | 〈구음진경〉을 찾아서 | 가라앉는 배

[5권] 악비의 유서

함정 | 비열한 살수 | 새로운 방주의 탄생 | 섬에서 보낸 시간 | 아버지와 아들 | 홍칠공을 치료해줄 사람 | 상어를 타고 온 남자 | 바보 소녀 | 달이 밝을 때 돌아가리 | 악비의 유서 | 밀실에서 병을 고치다 | 젊은 협객들

[6권] 전진칠자

음흉한 눈빛 | 모략 | 전진칠자 | 황약사의 제자들 | 세상 사람들보다 후에 기뻐한다 | 거지들의 집회 | 거지들의 진짜 방주 | 철장산으로 가는 길 | 대영웅의 시 | 영고의 집 | 영웅은 어디에 있는가

[7권] 사부들의 죽음

일등대사 남제 단황야 | 아름다운 희생 | 인연의 사슬 | 영고의 복수 | 잘못된 만남 | 귀에 익은 웃음소리 | 평생 너와 함께 살 거야 | 불길한 징조 | 사부들의 죽음 | 오직 복수를 위하여 | 가흥 연우루 싸움

[8권] 화산논검대회

강남오괴를 죽인 진짜 범인 | 황용을 구하라 | 또 한 번의 약속 | 얼굴 없는 조언자 | 함정에 빠진 구양봉 | 달빛 아래 영롱하게 빛나는 사람 | 한 가지 소원 | 어둠 속의 고수들 | 대의를 위한 위대한 죽음 | 내가 사랑하는 단 한 사람 | 악이 선을 이길 수는 없는 법 | 화산논검대회 | 영웅의 길

양철심 楊鐵心

악비 휘하의 명장 양재흥의 후손으로 금에 북방이 함락당하자 곽소천과 함께 강남의 우가촌으로 옮겨왔다.

포석약 包惜弱

양철심의 아내. 완안홍열의 목숨을 구해주고, 후에 금의 왕비가 된다.

마옥 馬鈺

도호는 단양자丹陽子로 전진칠자의 한 사람이다. 왕중양의 법통을 이어받아 자비로운 본성을 지니고 있다. 몽고에서 곽정에게 내공의 비결을 전수해주었다.

구처기 邱處機

전진칠자의 한 사람으로 도호는 장춘자長春子이다. 우가촌에서 곽소천과 양철심을 만나 곽정과 양강의 이름을 지어주었다. 한때 양강의 스승이었다.

왕처일 王處一

전진칠자 중 한 명. 도호는 옥양자玉陽子이지만, 사람들은 흔히 철각선鐵脚仙이라 부른다. 금의 조왕부에서 곤경에 처한 곽정을 돕다 심한 독상을 당한다.

곽정 郭靖

곽소천의 아들로 몽고에서 태어났다. 어릴 때 신전수 철별에게 활을 배웠고 강남칠괴에게 무공을 배웠다. 중원으로 나와서는 북개 홍칠공을 만나 항룡십팔장을 전수받았다. 평생의 반려자 황용과 함께 천하를 유랑하며 강호의 영웅호걸들을 만난다. 타고난 두뇌와 자질은 별로지만 천성이 순박하고 정직해 모든 것을 꾸준히 연마한다.

황용 黃蓉

도화도의 주인 동사 황약사의 딸. 아버지와 싸우고 가출했다가 우연히 곽정을 만나 사랑에 빠진다. 곽정과 함께 강호를 돌아다니다가 홍칠공에게 무공을 배운다. 타고난 성품이 활발하고 두뇌가 총명해 당대에 그녀의 재치를 당할 자가 없다.

강남칠괴 江南七怪

모두 고향이 강남 가흥이고 제각기 무공이 독특할 뿐 아니라 용모와 차림새가 유별나서 붙은 이름이다. 칠괴의 맏이인 가진악은 항상 표정이 얼음장처럼 차가운 맹인인데 쇠로 된 육중한 지팡이를 무기로 삼는다. 둘째 주총은 지저분한 옷을 입은 선비로서 낡은 쥘 부채를 무기로 사용한다. 한보구는 우스꽝스럽게 생긴 땅딸보이지만 말을 귀신처럼 잘 다룬다. 넷째 남희인은 원래 나무꾼이고, 다섯째 장아생은 백정이 생업이다. 여섯째 전 금발은 저잣거리의 장돌뱅이인데 쇠저울을 무기로 쓴다. 월녀검법을 전수받은 일곱째 한소영은 아리따운 어촌 아가씨이다.

완안홍열 完顔洪烈

금나라의 여섯 번째 왕자로 조왕에 봉해졌다. 포석약에게 첫눈에 반해 남편 양철심과 곽소천을 살해하려 한다. 결국 포석약을 아내로 맞이한다. 양강의 양아버지.

매초풍 梅超風

본명은 매약화梅若華이고 철시鐵屍라고도 부른다. 황약사의 제자이자 동시 진현풍의 아내이며 양강의 사부이다. 도화도에서 〈구음진경〉을 훔쳐 달아났다가 황약사의 분노를 산다. 구음백골조란 무공으로 악명을 떨친다.

양강 楊康

완안홍열의 아들로 성장하지만 훗날 양철심의 아들로 밝혀진다. 그러나 부귀영화를 탐내 친아버지보다도 원수인 완안홍열의 아들이기를 원한다. 총명함을 타고났지만 황용보다 못하고, 무공은 곽정을 이기지 못한다.

목염자 穆念慈

양철심의 양딸. 비무초친比武招親을 하다가 양강을 만난다. 그 뒤로 양강을 뒤쫓으며 일편단심 그를 사랑하게 된다.

홍칠공 洪七公

개방 제18대 방주로 북개北丐라고도 부른다. 별호는 구지신개이며, 곽정과 황용의 스승이다. 홍칠공의 무공은 개방 정통 무학으로서 그중 힘을 위주로 하는 항룡십팔장과 36로 타구봉법이 가장 유명하다. 황약사나 구양봉과 달리 인간적 성품을 지니고 있다.

황약사 黃藥師

동해 도화도의 도주로 천하오절 중 한 명. 성격이 괴팍하고 종잡을 수 없어 사람들은 그를 동사東邪라고 부른다. 무공은 물론 천문지리, 의술, 역학, 기문오행 등에도 조예가 깊다. 그가 창안한 탄지신통, 낙영신검장, 난화불혈수, 옥소검법 등은 강호에서 당할 자가 없다.

구양봉 歐陽鋒

속칭 서독西毒이라고 부르는 서역 백타산의 주인이다. 황약사와 쌍벽을 이루는 일대 무학의 대가이며 수단 방법을 가리지 않고 자신의 목적을 이루는 음험한 악당이다. 합마공이라는 독보적인 무공을 지녔고, 화산논검대회에 대비해 연피사권법을 만들기도 했다.

구양극 歐陽極

서역 곤륜 백타산의 작은 주인. 서독 구양봉의 조카. 여색을 밝히는 인물로 특히 황용을 흠모한다.

사통천 沙通天

황하방 방주로 귀문용왕鬼門龍王이라 불린다. 후통해와 함께 완안홍열에게 투신해 온갖 악행을 저지르지만 번번이 곽정과 황용에게 저지당한다.

후통해 侯通海

머리에 혹이 세 개나 있다고 해서 별호가 삼두교三頭蛟이다. 사통천의 사제로 나쁜 짓만 골라서 하는 악한이다. 머리가 아둔해 줄곧 황용에게 골탕만 당한다.

양자옹 梁子翁

장백산 일대를 호령하는 인물로 삼선노괴參仙老怪라 불린다. 사통천 등과 함께 완안홍열의 사주를 받아 온갖 나쁜 짓을 일삼는다.

팽련호 彭連虎

천수인도千手人屠로 불리는 완안홍열의 수족이다. 하북과 산서 일대를 주름잡는 도적으로 눈 하나 깜짝 안 하고 사람을 죽이는 인물이다.

영지상인 靈智上人

서장 밀종의 대고수로 별호는 대수인大手印이다. 완안홍열의 수족이다.

구천인 裘千仞

호남 철장방 방주로 철장수상표鐵掌水上漂로 불린다. 철장방은 한때 의로운 집단이었으나 그가 방주에 오르자 간적과 도적의 소굴로 변했다. 무공은 동사, 서독, 남제, 북개, 중신통과 엇비슷하다고 알려져 있다.

명나라 황족인 주탑朱耷은 나라가 망하자 출가
해 승려가 되었다. 호가 팔대산인八大山人인데, 이
는 '곡지소지哭之笑之'와 비슷해 울지도 웃지도 못
한다는 뜻이다. 그의 화풍은 힘이 넘치고 웅장해
청나라 초기 사의파寫意派의 대가로 알려져 있다.

▲ 〈악비 척독삼통岳飛尺牘三通〉

청나라 때 서예가 왕탁王鐸의 작품. 후에 악비 묘
벽에 새겨진다.

▲ 당연의 〈진택연수震澤煙樹〉

진택은 지금의 태호太湖.

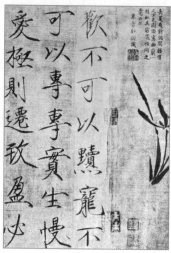

▲ 송문치의 〈태호지빈太湖之濱〉

송문치宋文治는 중국의 현대 화가. 육승풍의 귀운장이 이 강변에 위치해 있다.

◀ 고개지의 〈여사잠도권女史箴圖卷〉

금의 왕 장종이 고개지顧愷之의 그림에 글을 썼다. 장종의 이름은 완안경인데, 조왕 완안홍열(역사엔 기록되어 있지 않은 인물이다)의 부친이다. 장종의 아들은 모두 '홍' 자 돌림이다)의 부친이다. 장종은 시와 글에 모두 뛰어난 소질을 보였다. 그는 송나라 휘종의 수금체瘦金體를 모방해 글을 쓰곤 했는데, 이 글도 한때 휘종의 필체로 잘못 알려진 적이 있었다. 런던 대영박물관 소장.

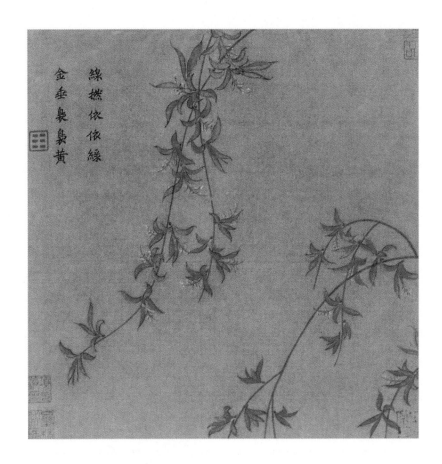

綠撚依依綠
金垂裊裊黃

秋風融日滿東籬萬疊輕紅簇
翠枝若使芳姿同眾色無人知
是小春時

▲ 작가 미상 〈수양비서도垂楊飛恕圖〉

송나라 영종의 황후 양후가 글을 썼다. 낙관은
팔괘 중 곤괘坤卦(황후를 뜻함)다. 양후의 여동생
은 궁중 화가로 시와 그림에 능했다. 당시 그
녀를 '양매자楊妹子' 또는 '양와楊娃'라 불렀다. 이
그림은 어쩌면 양매자의 작품일지도 모른다.

◀〈담병화훼도膽甁花卉圖〉

요월화의 작품으로 송나라 영종이 글을 썼다.
요월화는 여류 화가로서 자세한 출신 내력은
전해진 게 없다. 곽정은 영종 6년(서기 1200년)
에 태어났으니 영종이 별세했을 때는 스물다
섯 살이었다.

▶일러두기

1. 이 책은 김용의 2쇄 판본(1976년 출간)을 원 텍스트로 번역했으며 3쇄
   (2003년 출간) 판본을 수정 반영한 것이다. 2002년부터 시작한 2쇄본의 번
   역이 끝나갈 무렵인 2003년 말, 새롭게 출간된 3쇄본을 홍콩 명하출판유
   한공사로부터 제공받아 핵심 수정 사항인 여문환呂文煥이 양양襄陽을 지키
   는 부분을 이전李全 부부가 청주靑州를 지키는 부분으로 수정 반영했다.
2. 원문에 충실하게 번역하되, 불필요한 상투어들은 오늘의 독자들에게 맞
   게 최대한 현대화해 다시 가다듬었다.
3. 본 책의 장 구분은 원서를 참조해 국내 편집 체제에 맞게 다시 나누었다.
4. 본문의 삽화는 홍콩의 이지청李志淸 화백이 그린 삽화를 저작권 계약해
   사용했다.

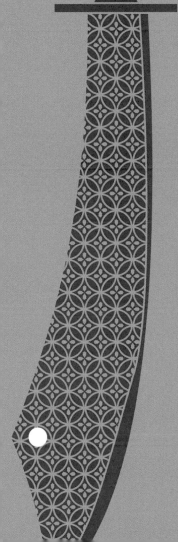

항룡십팔장

간밤에 겨울 귀뚜라미가 계속 울어대고
꿈에 놀라 깨어보니 시간은 이미 삼경.
일어나 홀로 계단을 돌아 내려가니 아무도 보이지 않고
주렴 밖으로 어슴푸레 달빛이 비치네.
늙어서까지 공명을 탐하니
옛 산의 늙은 송죽이 귀향길을 가로막네.
근심을 요쟁으로 풀고자 하나
지음은 별로 없고 끊어진 현의 가락 누가 들어줄꼬.

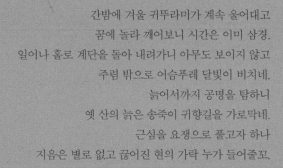

昨夜寒蛩 不住鳴
驚回千里夢 已三更
起來獨自繞階行 人悄悄
簾外月朧明
白首爲功名
舊山松竹老 阻歸程
慾將心事附瑤箏
知音小 絃斷有誰聽

악비의 〈소중산小重山〉

비겁한 무림 고수들

사통천은 후통해가 위기에 처하자 훌쩍 몸을 날려 매초풍의 공격을 막아냈다. 두 사람의 손목이 서로 마주치는 순간, 모두 팔에 큰 충격을 느꼈다. 이때 왼쪽에서 획, 하는 소리와 함께 팽련호가 날린 동전이 매초풍을 향해 날아왔다. 매초풍은 민첩하게 후통해의 몸을 들어 동전이 날아오는 방향으로 던졌다. 후통해가 큰 소리로 비명을 질렀다.

"아이고!"

황용이 그 꼴을 보고 비아냥거렸다.

"그렇게 많은 돈을 벌다니 축하해요, 삼두교!"

사통천은 후통해가 그대로 땅에 떨어지면 큰 부상을 면치 못하리라는 생각에 날듯이 뛰어가 손을 뻗어 후통해의 허리를 받치고 허공으로 밀어주었다. 그러자 후통해는 마치 연처럼 날아올랐다가 다시 땅으로 떨어졌다. 사실 후통해도 무공이 상당하기 때문에 이 정도 충격쯤은 문제없었다. 다만 땅으로 떨어지는 힘 때문에 왼손이 허공으로 튕기며 하필이면 머리 위에 난 혹을 때렸다. 매초풍이 후통해를 던진 것이나, 사통천이 그를 구한 것이나 모두 순식간에 벌어진 일이었다. 후통해가 자기의 왼손에 머리 혹을 얻어맞는 순간 팽련호의 동전이 뒤이어 매초풍을 향해 날아갔고 그와 동시에 구양극, 양자옹, 사통천이 앞, 뒤, 오른쪽에서 함께 매초풍을 공격했다.

쨍! 쨍! 쨍! 쨍!

매초풍은 소리로 상황을 파악해가며 연이어 손가락을 튕겨 자신을 향해 날아오는 동전을 날려버렸다. 수십 개의 동전이 구양극, 양자옹, 사통천, 팽련호 네 사람을 다시 공격했다. 매초풍은 그 위급한 상황에서도 곽정에게 내공 수련의 비결을 물었다.

"찬족오행攢簇五行이 무슨 뜻이지?"

"동혼東魂의 나무, 서백西魄의 쇠, 남신南神의 불, 북정北精의 물, 중의中意의 흙입니다."

"이런, 지금까지 모두 잘못 알고 있었군. 그럼 화합사상和合四象은 무슨 뜻이지?"

"눈빛을 감추고, 귀를 기울이고, 숨을 고르고, 말을 아끼는 것입니다."

"그렇구나. 그렇다면 오기조원五氣朝元은 또 무슨 말이지?"

"눈은 보지 않으나 혼魂은 간에, 귀는 듣지 않으나 정精은 신장에, 입은 말하지 않으나 신神은 심장에, 코는 냄새 맡지 않으나 백魄은 폐에, 사지는 움직이지 않으나 의意는 비장에 있는 것을 오기조원이라 합니다."

매초풍은 매우 기뻤다. 화합사상과 오기조원은 내공을 수련하는 데 관건이 되는 동작으로, 〈구음진경〉에도 여러 차례 언급되었다. 그러나 수련 방법에 대해서는 구체적으로 나와 있지 않아 10년 넘게 연구했지만 그 의미를 풀 수 없었다. 다행히 지금 곽정의 말을 듣고 크게 깨달은 바가 있으니 말할 수 없이 기뻤다. 그녀는 계속해서 비결의 의미를 물었다.

"삼화취정三花聚頂은?"

매초풍이 무공을 익히다 잘못된 길로 빠진 것도 사실 이 구절 때문이었다. 그녀는 곽정의 대답에 각별히 귀를 기울였다.

"정精을 기氣로 바꾸고, 기氣를 신神으로 바꾸고……."

매초풍은 곽정의 말에 신경 쓰느라 동작이 다소 느려졌다. 곽정이 막 두어 마디 대답했을 때, 매초풍은 왼쪽 어깨와 오른쪽 겨드랑이에 각각 구양극과 사통천의 일장을 받았다. 비록 그녀의 무공이 뛰어나기는 하나 극심한 고통을 참을 수가 없었다. 황용은 매초풍이 적들을 상대하는 사이 곽정과 함께 몰래 빠져나가려 했는데, 뜻밖에 곽정이 매초풍에게 잡혀 그녀의 말 노릇을 하고 있는 모습을 보니 조급해지기도 하고 은근히 화가 나기도 했다. 매초풍 역시 한참을 싸운 끝에 점점 불리해지자 다급해지기 시작했다.

"대체 무슨 일로 이렇게 무공이 강한 사람들을 건드린 거야? 사부님은 언제 오시지?"

한편으로는 사부님이 빨리 와서 자기가 딸을 구해주는 모습을 보고 적들을 물리쳐주길 바라면서도, 다른 한편으로는 사부님의 잔혹한 성품이 떠올라 다시는 만나고 싶지 않기도 했다.

"곧 오실 거예요. 저 사람들이 어디 언니의 적수가 되겠어요? 땅바닥에 앉아서 상대한다 해도 털끝 하나 해치지 못할 거예요."

황용은 매초풍을 추켜올리면 자존심과 승부욕이 강한 그녀가 곽정을 놓아주고 혼자 싸우지 않을까 싶어 그렇게 대답했다. 그러나 매초풍은 이미 상당히 불리한 상황에 놓인지라 자존심과 승부욕을 내세울 처지가 아니었다. 게다가 곽정에게 물어보아야 할 내공 수련 비결이 아직 많이 남아 있었다.

한참 싸우던 중 양자옹이 길게 고함을 지르더니 허공으로 뛰어올랐다. 매초풍은 좌우 양쪽에서 공격해오는 것을 느끼고 양팔을 옆으로 휘둘렀으나, 순간 머리끝이 당기는 느낌이 들었다. 양자옹이 매초풍의 긴 머리를 잡아챈 것이다.

황용은 상황이 다급해지자 손을 뻗어 양자옹의 등을 때렸다. 양자옹은 오른손을 뒤로 돌려 황용의 손목을 잡아 비틀고 왼손으로는 여전히 매초풍의 머리를 잡고 있었다. 매초풍은 손바닥을 세게 휘둘렀다. 양자옹은 강한 장풍이 얼굴을 향해 다가오자 하는 수 없이 매초풍의 머리에서 손을 떼고 옆으로 비켜섰다.

팽련호는 몇 차례 겨루어보고는 그녀가 흑풍쌍살 중 매초풍이라는 사실을 알았다. 그는 황용이 그녀를 도와주는 것을 보고 버럭 화를 냈다.

"나쁜 계집 같으니…… 흑풍쌍살의 문파가 아니라더니, 거짓말이었구나."

황용은 웃으며 대답했다.

"그녀가 내 사부라니요? 100년을 더 배워도 내 사부가 되는 건 어림도 없죠."

팽련호는 황용의 무공이 매초풍과 상당히 비슷하지만, 황용이 대놓고 매초풍을 스승으로 인정하지 않을 뿐 아니라 전혀 존중하지 않는 것을 보고 이상한 생각이 들었다.

"사람을 잡으려면 먼저 말을 쏴야 하는 법!"

사통천이 소리를 지르며 오른쪽 다리를 들어 곽정을 향해 돌려 찼다. 매초풍은 깜짝 놀랐다.

'이 녀석은 무공이 약해서 막아내지 못할 텐데 난 움직일 수가 없으니 큰일이군. 만약 이 녀석이 다치면 나도 살아남지 못할 거야.'

그녀는 소리를 지르며 손을 뻗어 사통천의 다리를 잡으려 했다. 매초풍이 몸을 숙이자 구양극이 그 틈을 노려 그녀의 등을 내리쳤다. 매초풍이 흥, 하고 코웃음을 치며 오른손을 돌리자 어느새 그녀의 손에 장편長鞭이 번쩍 빛을 발하고 있었다. 그녀가 장편을 휘두르자 네 사람은 멀찍이 물러날 수밖에 없었다. 팽련호는 문득 걱정이 되었다.

'이 장님 늙은이를 죽인 사실을 그녀의 남편 동시가 알게 되면 골치 아파지겠지?'

진현풍이 황량한 야산에서 목숨을 잃은 사실이 아직 중원 무림계에 알려지지 않은 것이다. 강호에 잔인하고 악독하기로 유명한 흑풍쌍살은 팽련호 같은 인물도 상당히 꺼리는 기피 대상이었다.

매초풍의 독룡은편毒龍銀鞭은 매우 무서운 무기로, 4장 내에서 은편에 맞으면 즉시 생명을 잃게 된다. 그러나 사통천, 팽련호, 양자옹, 구양극 등도 모두 만만치 않은 고수들이었기 때문에 그대로 물러설 리가 없었다. 네 사람은 모두 뒤로 물러나 매초풍의 편법을 자세히 관찰했다. 그때 갑자기 팽련호가 몇 마디 날카로운 고함과 함께 땅으로 굴러 다가왔다. 매초풍은 나머지 세 사람을 막아야 했기 때문에 땅 위로 굴러오는 팽련호까지 막을 여유가 없었다. 곽정이 놀라 큰 소리를 지르는 것을 듣고서야 왼팔을 뻗어 땅바닥을 향해 내리쳤다.

황용은 위험에 빠진 곽정을 도와주고 싶었으나 매초풍이 장편을 휘두르는 통에 감히 그 근처에도 갈 수가 없었다. 더구나 매초풍이 맨손으로 팽련호를 막아내는 것은 불가능한 일이었다. 상황이 다급해지자 황용은 크게 소리를 질렀다.

"다들 그만두시고 제 말 좀 들어보세요."

그러나 팽련호 등은 그녀의 말에 신경도 쓰지 않았다. 황용이 막 다시 목소리를 높이려는 순간, 담장 위에서 누군가가 소리쳤다.

"다들 싸움을 멈추시오. 할 말이 있소이다!"

황용이 돌아보니 담장 위에 여섯 개의 그림자가 늘어서 있었다. 팽련호 등도 그 목소리를 들었지만, 어떤 사람들인지 알 수 없었다. 그런데 그중 두 사람이 담장 위에서 뛰어내리더니 한 사람은 연편_{軟鞭}으로, 또 한 사람은 멜대를 들어 구양극을 공격했다.

"색마 같으니라고! 어딜 도망가려는 거냐?"

작고 뚱뚱한 남자의 목소리를 듣자 곽정은 뛸 듯이 기뻤다.

"사부님, 어서 구해주세요!"

이 여섯 사람은 바로 강남육괴였다. 장가구 근방에서 곽정과 헤어진 뒤 흰 낙타를 탄 여덟 명의 여자를 뒤따라간 그들은 구양극이 자기의 첩들을 데리고 양갓집 규수를 납치하는 것을 목격했다. 강남육괴가 이를 보고 가만있을 리 없었다. 당장 치열한 격투가 벌어졌다. 구양극의 무공이 상당히 뛰어나기는 하지만 10여 년 동안 사막에서 무공을 수련한 강남육괴는 이미 옛날과 비교할 수 없는 수준에 이르러 있었다. 게다가 여섯 명이 함께 구양극 한 명을 공격했으니 결과는 뻔했다. 구양극은 가진악에게 호되게 한 대 맞았고, 주총의 분근착골수에 당해 왼손 새끼손가락이 부러진 채 규수를 팽개치고 도망쳤다.

구양극을 도와 여자를 납치한 첩들도 남희인과 전금발에게 맞아 두 명이 목숨을 잃었다. 육괴는 그 규수를 집으로 돌려보내고 구양극을 뒤쫓았으나 어찌나 교활하고 민첩한지 그만 놓치고 말았던 것이다. 일 대일로 싸울 경우 구양극을 이길 수 없다는 사실을 잘 알기 때문에 각각 흩어져서 찾을 수는 없었다. 다행히 흰 낙타를 탄 여자들의 차림새가 워낙 특이했기 때문에 계속 뒤를 쫓다가 조왕부까지 따라오게 된 것이다.

구양극은 흰옷을 입고 있어서 어둠 속에서도 쉽게 눈에 띄었다. 한보구와 남희인은 막 공격을 하려는 순간 곽정의 목소리를 듣고 깜짝 놀랐다. 게다가 곽정의 어깨에 철시 매초풍이 앉아 장편을 휘두르고 있는 모습을 보고 기겁을 했다. 화들짝 놀란 한소영이 즉시 칼을 뽑아 들고 다가가자, 전금발도 매초풍의 채찍 사이를 뚫고 곽정을 구하러 다가갔다.

팽련호 등은 갑자기 나타난 여섯 사람이 몇 명은 구양극을 공격하고 몇 명은 매초풍을 공격하니 도대체 적인지 한편인지 구분할 수가 없었다. 팽련호는 싸움을 멈추고 지당장법地堂掌法으로 굴러 채찍의 공격 범위를 벗어났다. 팽련호는 고함을 질렀다.

"모두들 싸움을 멈추고 내 말을 들으시오."

그의 고함 소리가 어찌나 크던지 듣는 이들의 귀가 다 멍해질 정도였다. 양자옹과 사통천이 먼저 물러났다. 가진악은 팽련호의 목소리를 듣고 그의 무공이 상당함을 알 수 있었다.

"셋째 사제, 일곱째 사매, 서두를 것 없네. 잠시 멈추게."

한보구 등도 가진악의 말을 듣고 각각 물러났다. 매초풍도 채찍을 거두고 가쁜 숨을 몰아쉬었다. 황용이 얼른 나서서 말했다.

"언니가 우릴 도와주셨으니 아버지도 분명 기뻐하실 거예요."

황용은 곽정에게 계속 손짓을 했다. 어서 매초풍을 내려놓으라는 뜻이었다. 곽정도 황용의 의도를 알아채고 얼른 말을 받았다.

"삼화취정은 정을 기로 바꾸고, 기를 신으로 바꾸고, 신神을 허虛로 바꾸는 거예요. 잘 기억할 수 있겠죠?"

매초풍은 잠시 곰곰이 생각하더니 다시 물었다.

"어떻게 바꾸지?"

그때 문득 자기의 몸이 허공으로 붕 뜨는 것을 느꼈다. 곽정이 그녀가 생각에 잠긴 틈을 타 그녀의 몸을 멀리 던지고 자기는 뒤로 뛰어 물러난 것이다. 그러나 곽정의 몸이 땅에 채 닿기도 전에 이미 매초풍의 갈고리가 잔뜩 달린 은편이 그를 향해 날아왔다.

"위험해!"

한보구가 소리치며 자기의 연편을 휘둘렀으나, 매초풍의 은편과 마주쳐 서로 휘감기는 순간 숨이 턱 막히며 그만 연편을 놓치고 말았다. 매초풍은 바닥에 떨어지기 전에 손을 뻗어 땅을 짚고 가볍게 내려앉았다. 그녀는 가진악의 목소리를 듣고, 또 한보구와 한 초식을 겨루어 보고 나서 그들이 강남칠괴라는 사실을 깨달았다. 증오가 끓어오르는 한편 두려운 마음이 들었다.

'아무리 찾아도 행방이 묘연하더니 스스로 나를 찾아왔군. 만약 다른 날 만났더라면 그야말로 단번에 해치웠을 텐데, 하필 오늘 같은 날 만나다니……. 다른 적들도 상대하기 버거운 마당에 이놈들까지 왔으니 오늘이 내 마지막 날인 모양이구나.'

그녀는 지그시 이를 깨물었다.

'사실 양자옹 등과는 아무런 원한도 없어. 어쨌든 오늘 강남칠괴 놈들과 끝장을 봐야지. 너 죽고 나 죽는 거야. 그런데 왜 여섯 놈밖에 없지? 한 놈은 어디 숨어 있는 걸까?'

소미타 장아생이 남편의 손에 목숨을 잃었다는 사실을 그녀가 알 턱이 없었다. 강남육괴와 사통천 등은 모두 매초풍이 휘두르는 은편의 위력이 얼마나 대단한지 눈으로 직접 확인한 터라 감히 가까이 다가가지 못하고 멀찍이 물러서 있었다. 일순간 주위에 고요한 적막이 흘렀다.

주총은 이 상황이 이해되지 않았다. 그가 곽정에게 물었다.

"저들은 무엇 때문에 싸우는 거냐? 그리고 넌 왜 저 요괴를 도와준 거지?"

"저들이 절 죽이려 했는데, 매초풍이 구해주었어요."

팽련호가 큰 소리로 물었다.

"한밤중에 왕부에 뛰어들다니, 무슨 용무이신지요?"

"나는 가진악이라 하오. 강호 사람들은 우리 칠 형제를 강남칠괴라고 부르곤 하지요."

팽련호가 고개를 끄덕이며 대답했다.

사통천이 비웃듯이 말하며 앞으로 나섰다.

"아, 강남칠협이 오셨군요. 말씀은 많이 들었습니다."

"좋아, 강남칠괴가 찾아오셨구먼. 그러잖아도 강남칠괴가 얼마나 대단한지 궁금하던 차에 잘됐군. 한 수 가르쳐주시지요."

그는 강남칠괴의 이름을 듣자마자 자기 제자인 황하사귀가 강남칠괴에게 당한 일이 떠올랐던 것이다. 그는 가진악은 눈먼 장님이고, 한소영은 여자이며, 전금발은 비쩍 말랐고, 한보구는 키 작은 뚱보이며, 주총은 무림 인물답지 않게 선비 티가 나는 반면, 남희인만이 대장부 같은 기백을 가진 것을 보고, 다른 다섯 사람은 거들떠보지도 않고 바로 남희인의 정수리를 향해 일장을 발했다.

남희인은 들고 있던 멜대를 땅에 내려놓고 쌍장을 들어 사통천의 공격에 응했다. 그러나 몇 초식이 지나지 않아 수세에 몰렸다. 그러자 한소영이 장검을 들고 나섰다. 전금발도 쇠저울을 들고 뛰어들어 남희인을 도왔다. 팽련호가 큰 고함 소리와 함께 몸을 날려 전금발이 들고 있던 쇠저울을 빼앗으려 했다. 전금발은 쇠저울을 이용해 변화무쌍한 초식을 구사할 수 있었다. 경험이 많은 팽련호가 저울을 빼앗으려 하자 전금발은 저울대를 뒤로 당겼다. 순간, 저울 양쪽의 갈고리 같은 추가 동시에 발사되었다. 팽련호는 경험이 많아 각종 무공 초식에 해박하기는 하나 이런 이상한 무기는 처음 보는 것이어서 괴망번신怪蟒飜身으로 좌우에서 날아오는 추를 피했다.

"이건 또 뭐야? 거간꾼이 쓰는 저울 따위도 무기가 되나?"

전금발이 비아냥거리며 대답했다.

"내 저울은 바로 너처럼 세 근도 안 나가는 비쩍 마른 돼지 새끼를 다는 데 쓰지."

팽련호는 화가 나서 질풍노도 같은 기세로 쌍장을 발했다. 전금발이 받아낼 수 없을 만큼 엄청난 위력이었다. 한보구는 비록 자신의 무기인 연편을 잃기는 했지만 아우가 위기에 처한 것을 보자 몸을 날렸다. 그러나 무공이 상당한 한보구가 전금발과 함께 2대1로 팽련호를 상대했음에도 여전히 그를 물리칠 수가 없었다. 가진악과 주총도 각각 쇠막대기와 쥘부채를 휘두르며 끼어들었다. 강남육괴 중 가장 무공이 뛰어난 이 두 사람이 가세하자 전세가 다시 뒤바뀌었다.

한편 후통해와 황용의 싸움도 점점 치열해지고 있었다. 사실 후통해의 무공이 훨씬 강했지만 황용이 연위갑을 입고 있고, 머리에도 날카로운 바늘을 꽂고 있어 함부로 공격할 수가 없었다. 반면에 황용은 후통해가 겁먹는 것을 보고 배짱을 부리며 이리저리 멋대로 공격을 해댔다. 후통해는 연이어 뒷걸음질을 치며 외쳤다.

"요 꼬마 계집애야, 이건 불공평해. 연위갑을 벗고 다시 싸우자."

"좋아요. 그럼 당신도 이마 위의 혹을 떼고 싸워요. 내가 뭔가 벗으면 당신도 뭔가 떼야 공평하죠."

후통해가 버럭 화를 냈다.

"내 이마의 혹이 사람을 다치게 하는 무기도 아닌데, 왜 떼라는 거야?"

"난 그걸 보기만 해도 흉측해서 싸우는 데 방해된다고요. 자 하나, 둘, 셋 하면 난 연위갑을 벗고 당신은 혹을 떼는 거예요."

후통해는 약이 올라 씩씩거렸다.

"말도 안 돼!"

구양극은 상황이 불리해지자 빨리 결판을 내야겠다고 생각했다.

'우선 귀찮은 이 여섯 놈부터 없애자. 저 요괴 같은 노파는 어차피

도망갈 수 없으니까 천천히 처리해야지.'

구양극은 자신의 무공을 뽐내려는 마음에 양발에 힘을 불끈 주고 집안 대대로 전해지는 순식천리瞬息千里라는 상승 경공을 전개해 순식간에 가진악에게 다가갔다.

"쓸데없이 남의 일에 간섭을 하다니. 이 장님 새끼! 뜨거운 맛을 보여줄 테다."

구양극이 오른손을 내밀어 공격하자, 가진악은 쇠지팡이의 끝을 흔들어 막았다. 그러나 뜻밖에도 오른쪽 뒤에서 바람을 가르는 소리가 나는가 싶더니 구양극의 왼손이 공격해왔다. 가진악은 머리를 숙여 피하고 금강호법金鋼護法으로 반격했다. 구양극은 어느새 이미 다른 쪽에 있는 남희인을 공격하고 있었다. 동에 번쩍 서에 번쩍 하더니 순식간에 여섯 명 모두에게 맹렬한 공격을 퍼부어댔다.

양자옹은 시종일관 곽정에게서 눈을 떼지 않았다. 그는 구양극이 나서자 강남육괴가 모두 무너지는 것을 보고 두 손을 뻗어 곽정을 잡으려 했다. 곽정은 급히 막기는 했으나 그의 무공으로 양자옹의 공격을 막기란 쉽지 않았다. 불과 몇 초식만에 그만 멱살을 잡히고 말았다. 양자옹이 오른손으로 아랫배를 후비려 하자, 곽정은 다급한 나머지 배를 쑥 집어넣었다.

찌지직, 소리와 함께 곽정의 옷이 찢기면서 품에 가지고 있던 약들이 와르르 쏟아졌다. 양자옹은 그 약들을 주워 자기 품에 넣고서는 다시 곽정을 낚아채려 했다. 곽정은 몸부림을 쳐 겨우 양자옹의 손에서 벗어나 매초풍에게 뛰어갔다.

"날 구해주기로 했잖아요!"

매초풍은 곽정을 살려주어야 할지 말아야 할지 망설였다.

'내공 수련 비결 중에 아직 모르는 게 많으니, 그걸 얻으려면 살려주어야겠지.'

"나를 안고 내 다리 역할을 하거라. 저 늙은 놈은 내가 처치할 테니."

그러나 곽정은 매초풍의 다리를 안기는 쉽지만 일단 그렇게 되면 그녀에게서 다시 벗어나기 어렵다는 사실을 경험했기 때문에 선뜻 다가가지 못하고 그녀의 주위를 빙빙 돌았다. 곽정이 매초풍이 휘두르는 은편의 범위 내로 도망가자, 양자옹은 채찍에 맞지 않도록 신경을 곤두세운 채 곽정의 뒤를 바짝 쫓았다.

매초풍은 소리로 곽정의 위치를 짐작하고는 은편을 휘둘러 그의 두 다리를 휘감으려 했다. 저편에서 후통해를 상대로 싸우던 황용은 끊임없이 곽정의 상황을 살폈다. 곽정이 양자옹에게 먹살을 잡힐 때도 얼른 가서 돕고 싶었지만 거리가 너무 멀어서 마음만 급할 뿐 도울 수가 없었다. 그러나 매초풍의 채찍이 곽정을 향해 날아가자 다급한 나머지 몸을 날려 채찍을 가로막았다. 매초풍의 채찍이 황용의 허리를 휘감아 허공으로 던져 올렸다.

"매약화, 감히 날 해치지는 않겠지요?"

황용이 공중에서 소리쳤다. 매초풍은 깜짝 놀랐다.

'채찍에 날카로운 갈고리가 많이 달려 있어 벌써 다쳤겠는걸. 이 사실을 알면 사부님이 날 가만두지 않으시겠지? 이왕 이렇게 된 것 차라리 죽여버리는 게 낫겠다.'

그러면서 채찍을 흔들어 황용을 자기 쪽으로 당겼다. 황용은 매초풍의 생각과 달리 겉옷만 찢겼을 뿐 전혀 다친 데가 없었다.

"내 옷을 찢었으니 물어내요."

황용의 목소리에 아픔이나 고통스러움은 전혀 없었다. 매초풍은 순간 어찌된 일인지 어리둥절했으나 곧 그 이유를 알았다.

'아, 사부님의 연위갑을 입고 있는 모양이군.'

매초풍은 다행이라 생각했다.

"그래, 내 잘못이니 내가 물어주마. 새 옷으로 돌려줄게."

황용이 손짓하자 곽정이 그녀에게 가까이 다가갔다. 그리고 매초풍에게서 멀찍이 떨어진 채 더 이상 가까이 가지 않았다. 양자옹도 매초풍의 무공 실력을 알기 때문에 더 이상 접근하지 못했다.

한편 강남육괴는 서로 등을 안쪽으로 향하고 밖을 바라보며 둥글게 선 채 사통천, 팽련호, 구양극, 후통해를 상대하고 있었다. 이는 강남육괴가 몽고에서 새로 창안한 전법이었다. 강적을 만났을 때 이런 식으로 서서 사방의 적을 상대하면 적어도 등 뒤에서 기습당할 염려가 없기 때문에 눈앞의 적만을 집중해서 공격할 수 있었다.

그러나 사통천, 팽련호, 구양극의 무공이 강남육괴에 비해 너무 강했기 때문에 고전을 면치 못했다. 오래지 않아 한보구가 어깨에 부상을 입었다. 하지만 만약 자신이 빠지면 원에 틈이 생기고 그렇게 되면 다른 형제들의 생명까지 위험해질 것이기 때문에 이를 악물고 버텼다.

잔인한 성격의 팽련호는 유독 한보구만을 상대로 집요하게 공격을 퍼부었다. 곽정은 상황이 위급한 것을 보자 곧장 달려가 배운추월排云推月로 팽련호의 등 한복판을 공격했다. 팽련호의 입가에 비웃음이 번지더니 손바닥을 휘둘러 곽정의 공격을 피했다. 세 초식이 지나지 않아 곽정은 위험에 빠졌다. 이 광경을 본 황용은 문득 사람들의 주의를 돌릴 좋은 생각을 떠올렸다.

"매초풍, 당신이 우리 아버지에게서 훔친 〈구음진경〉을 빨리 돌려주세요."

매초풍은 깜짝 놀라 아무 말도 하지 못했다. 그러나 이 말을 들은 구양극, 사통천, 팽련호, 양자옹 네 사람은 마치 약속이나 한 듯 몸을 돌려 매초풍을 향해 돌진해갔다. 천하제일의 무공 비결인 〈구음진경〉이 매초풍에게 있다는 말에 어떻게든 그녀를 죽이고 〈구음진경〉을 손에 넣어야겠다는 생각에서였다.

그러나 매초풍이 은편을 휘두르자 감히 가까이 다가가지 못했다. 황용은 〈구음진경〉이라는 말 한마디로 적들의 주의를 딴 데로 돌리고 얼른 곽정의 손을 잡아끌었다.

"얼른 가요!"

바로 그때, 꽃 덤불 속에서 누군가 급히 뛰어나오며 소리쳤다.

"여러분, 아버님이 중요한 일이 있어 여러분의 도움을 청하십니다."

금관을 비스듬히 쓴 그 사람은 바로 소왕야 완안강이었다. 무슨 일인지 다급한 목소리였다. 왕야가 급한 일이 있다고 예를 갖추어 청하는데 가지 않을 수 없었다. 팽련호 등은 즉시 왕야에게 가야겠다고 생각하면서도 〈구음진경〉에 대한 미련을 버릴 수가 없었다.

"어머님이…… 어머님이 납치되셨습니다. 아버님이 도움을 청하시니 모두들 빨리 좀 와주세요."

완안강의 목소리가 떨리고 있었다.

양철심이 왕비, 즉 포석약을 데리고 도망가자 완안홍열은 병사들을 이끌고 뒤를 쫓았다. 그러나 아무리 뒤져도 찾을 수가 없었다. 문득 팽

런호 등의 무공이 뛰어나다는 사실을 떠올리고는 서둘러 아들을 보내 그들을 불러오라 한 것이었다. 마음이 급했던 완안강은 이미 날이 어두워져서 땅바닥에 앉아 있는 매초풍을 보지 못했다. 팽련호 등의 속셈은 모두 비슷했다.

'왕비가 납치되었다니, 큰일이군. 우리가 왕부에 있는데 이런 일이 생기다니 체면이 말이 아닌데……. 알고 보니 강남육괴가 조호이산調虎離山의 유인책을 썼군. 우릴 여기로 유인해놓고 사람을 시켜 왕비를 납치하다니……. 〈구음진경〉 문제는 나중에 다시 생각해봐야겠다. 여기 있는 사람 모두 〈구음진경〉을 노리고 있지만 혼자서 매초풍을 이길 수 있는 자는 없으니, 누군가 혼자 〈구음진경〉을 삼키진 못할 거야. 나중에 다시 힘을 모아 〈구음진경〉을 빼앗아야겠다.'

결국 모두들 싸움을 멈추고 완안강을 따라나섰다. 양자옹이 제일 뒤늦게 따라갔다. 그는 곽정의 몸속에 흐르는 뱀의 피를 포기할 수가 없었다. 사실 납치당한 왕비 따위는 아무 관심도 없었다. 그러나 모두들 완안강을 따라나서니 그도 자리를 뜰 수밖에 없었다. 곽정이 그런 양자옹을 향해 소리쳤다.

"이봐요, 내 약을 돌려줘요!"

화가 불끈 치민 양자옹은 곽정의 머리를 향해 투골정透骨釘을 날렸다. 획, 바람을 가르는 소리가 났다. 주총이 급히 나서 부채로 투골정을 막아 땅바닥에 떨어뜨렸다. 주총은 왼손으로 땅에 떨어진 투골정을 집어 들고 냄새를 맡아보았다.

"음, 목을 뚫어 피를 내는 투골정이로군."

양자옹은 주총이 자기 암기의 이름을 맞히자 깜짝 놀랐다. 주총이 웃으면서 투골정을 받쳐 든 왼손을 양자옹에게 내밀었다.

"돌려드리지요!"

양자옹은 태연히 주총이 내미는 암기를 받아 들었다. 그는 주총의 무공이 자기보다 못한 것을 아는지라 전혀 두렵지 않았다. 주총은 양자옹의 왼쪽 소매에 진흙과 풀이 묻어 있는 것을 보고 자신의 옷소매로 털어주었다.

"누가 당신더러 그런 걸 해달랬소?"

양자옹은 몸을 돌려 사라졌다. 곽정은 어찌할 바를 몰랐다. 이대로 돌아가자니 위험을 무릅쓰고 약을 훔친 것이 모두 헛수고가 될 판이었다. 그렇다고 강제로 빼앗자니 양자옹을 물리칠 자신이 없었다. 그가 망설이고 있을 때 가진악이 말했다.

"모두들 돌아가자."

가진악이 먼저 담장으로 올라서자 나머지도 모두 따라 올라섰다. 한소영이 매초풍을 가리키며 말했다.

"사형, 어쩌죠?"

"이미 마 도장과 약속했으니 살려주도록 하자."

황용도 웃으면서 담장의 다른 한쪽 끝으로 뛰어올라갔다. 매초풍이 그녀에게 다그쳤다

"사부님은 어디 계시지?"

"아버님이야 당연히 도화도에 계시죠. 그건 알아서 뭐 하게요? 도화도에 가서 인사드리려고요?"

매초풍은 속았다는 생각에 화가 머리끝까지 치밀어 숨조차 쉴 수 없었다.

"방금 네가 사부님이 곧 이리 오신다고 했잖아?"

"아버님은 사저가 여기 있는 것도 모르는데 오실 리가 없죠. 만약 내가 가서 사저 이야기를 하면 당연히 당장 달려오시겠지만, 걱정 마세요. 말씀 안 드릴 테니……."

매초풍은 너무 화가 나서 양손으로 땅을 짚고 일어나 비틀비틀 황용에게 다가갔다. 그녀는 내공을 연마할 때 단전에 모였던 진기가 어느 순간 다시 올라오지 못하면서 하반신이 마비된 상태였다. 그런데 한마디로 무아지경이 되자 갑자기 기의 흐름이 트이면서 다시 다리를 쓸 수 있게 된 것이다. 황용은 깜짝 놀라 담 위에서 뛰어내려 순식간에 멀리 도망가버렸다. 놀란 것은 매초풍 역시 마찬가지였다.

'어? 내가 걷고 있네?'

그러나 순간 다리가 다시 마비되고 정신까지 흐려지면서 그 자리에 쓰러지고 말았다. 만약 강남육괴가 지금 매초풍을 죽이려 하면 그야말로 식은 죽 먹기였다. 그러나 마옥과 약속한 바가 있어 더 이상 매초풍을 공격하지 않고 곽정을 데리고 왕부를 나섰다. 성격이 가장 급한 한소영이 왕부를 나서자마자 곽정에게 물었다.

"정아, 네가 왜 여기 있었던 거냐?"

곽정은 왕처일이 자신을 구해준 일과 연회에 참석했다가 왕처일이 중독된 일, 약을 훔치러 갔다가 들켜 도망 중에 지하 동굴에서 매초풍을 만나게 된 일 등을 털어놓았다. 그러나 양철심 부부에 관한 내용은 자세히 언급하지 않았다. 주총이 길을 재촉했다.

"어서 왕 도장에게 가자꾸나."

양철심은 오랜 이별 끝에 아내를 다시 만나자 기쁨과 비애가 한꺼번에 밀려들었다. 양철심이 포석약을 안고 왕부를 뛰쳐나오자 밖에서 기다리던 목염자는 의아한 생각이 들었다.

"아버지, 이 여자는 누구죠?"

"네 어머니시다. 어서 가자."

"어머니라고요?"

"조용히 하거라. 나중에 자세히 이야기해주마."

양철심은 포석약을 안은 채 목염자를 이끌고 급히 도망갔다. 조금 가다 포석약이 깨어났다. 희미한 새벽녘 여명에 보니, 자기를 안고 달리는 사람은 꿈에도 그리던 남편 양철심이 아닌가. 꿈인지 생시인지 믿기지 않아 손을 뻗어 양철심의 얼굴을 만져보았다.

"여보, 저도 죽은 건가요?"

양철심은 기뻐서 눈물을 주르륵 흘렸다.

"죽긴 왜 죽어? 우리 둘 다⋯⋯."

말이 끝나기도 전에 뒤쪽에서 엄청난 고함 소리와 함께 밝은 불빛이 비쳤다. 칼과 창을 든 사람들이 말을 몰아 쫓아왔다.

"왕비를 납치한 놈을 잡아라!"

양철심은 급한 마음에 사방을 둘러보았지만 몸을 숨길 데라고는 한 군데도 없었다.

'하늘이 우릴 불쌍히 여겨 오늘 우리 부부가 다시 만났으니, 이 자리에서 아내와 함께 목숨을 잃는다 해도 여한이 없다.'

"애야, 네 어머니를 받아라."

포석약은 문득 18년 전의 상황이 떠올랐다. 남편이 자기를 안고 도망가다 어딘가에 내려놓고는 관군들과 싸우러 간 뒤 고통과 그리움으로 얼마나 힘겨운 시간을 보냈던가. 그런데 또 그날과 같은 상황이 벌어지려 하다니. 포석약은 남편의 목을 꼭 끌어안고 놓지 않았다. 그러나 양철심은 관군이 점차 추격해오자 마음이 급해졌다.

'잡혀서 욕을 당하느니 싸우다 죽는 게 낫지 않겠는가.'

양철심은 아내를 목염자에게 넘겨주고 즉시 몸을 돌려 관군을 향해 달려갔다. 순식간에 마주 달려오던 관군 한 명을 때려눕히고 창을 빼앗아 들었다. 창을 움켜쥐니 훨씬 용기가 났다.

얼마 지나지 않아 병사들을 통솔하던 탕조덕이 다리에 창을 맞고 말에서 떨어지자 부하들이 소리를 지르며 사방으로 도망가기 시작했다. 양철심은 병사 중에 고수가 없는 것을 보고 다소 안심이 되었으나 말을 빼앗지 못한 것이 못내 아쉬웠다. 세 사람은 다시 몸을 돌려 도망가기 시작했다. 날이 이미 밝았다.

포석약은 남편의 몸에서 피가 흐르는 것을 발견하고 걱정스러운 듯 물었다.

"많이 다치셨나요?"

양철심은 아내의 말을 듣고 나니 문득 손등에 격렬한 고통이 느껴졌다. 방금 전 관군과 싸울 때 완안강에게 찍힌 손등의 상처가 갈라져 피가 흐르고 있었던 것이다. 정신없이 도망가느라 느끼지 못하다가 상처를 보자 갑자기 양팔이 마비되는 듯했다. 포석약이 그의 상처를 싸매주려 했으나 뒤쪽에서 또다시 고함 소리와 함께 수많은 병사가 쫓아왔다. 양철심이 쓴웃음을 지으며 말했다.

"싸매지 않아도 돼요. 얘야, 너라도 어서 도망가거라. 나와 어머니는 여기서……."

목염자는 울지도, 두려워하지도 않았다.

"우리 셋이 함께 죽어요."

"이 아이가…… 이 아이가 왜 우리 딸이죠?"

양철심이 막 아내의 말에 대답하려는 순간, 바로 뒤에서 말발굽 소리가 들려왔다. 그는 급히 고개를 돌려 살펴보았다. 뜻밖에도 두 명의 도사가 다가오는 것이 보였다. 한 명은 하얀 수염, 하얀 눈썹의 자상한 인상이었고, 또 한 명은 무릎까지 긴 수염을 휘날리며 등에 긴 칼을 차고 있었다. 양철심은 두 도사를 보자 너무 기뻤다.

"구 도장님, 또 뵙게 됐군요!"

이 두 도사는 바로 단양자 마옥과 장춘자 구처기였다. 두 사람은 옥양자 왕처일과 중도中都에서 만나 강남칠괴와 무술을 겨루는 일에 대해 상의하기로 하고 약속 장소로 급히 가던 중 뜻밖에 양철심 부부를 만나게 된 것이다.

내공이 뛰어난 구처기는 18년의 세월이 흘렀지만 수염만 약간 희끗희끗해졌을 뿐 거의 늙지 않고 예전 모습을 그대로 유지하고 있었다. 그는 누군가 자기를 부르는 소리에 고개를 들어 바라보았지만 상대방을 알아보지 못했다.

"18년 전, 임안부 우가촌에서 함께 술을 마시다 적을 맞아 싸웠잖습니까? 기억하고 계시겠지요?"

"그럼 당신이……?"

"양철심입니다, 구 도장님. 그동안 별고 없으셨는지요?"

양철심은 땅에 엎드려 절을 했다. 구처기도 급히 맞절을 했으나 민

기지가 않았다. 18년 전 양철심의 모습을 거의 찾아볼 수가 없었던 것이다. 양철심은 그가 의심하는 듯하자 창을 집어 들고 봉점두鳳点頭 창법을 선보였다. 창끝이 파르르 떨리며 구처기의 가슴을 겨누었다.

"구 도장님, 저를 잊으셨을지 모르나 양가창법은 잊지 않으셨겠죠?"

창끝이 구처기의 가슴 바로 앞에서 멈춘 채 여전히 바르르 떨렸다. 구처기는 창법이 양가 정종 창법인 것을 확인하고 비로소 그가 양철심인 것을 믿을 수 있었다. 18년 만에 양철심을 만나자 반가움을 감출 수가 없었다.

"아니, 양 형! 아직 살아 계셨군요?"

양철심은 창을 거두며 다급한 목소리로 말했다.

"구 도장님, 저 좀 살려주십시오."

구처기가 추격해오는 군사들을 지그시 바라보며 마옥에게 말했다.

"사형, 오늘 또 살계殺戒를 범해야 할 것 같습니다. 너무 노하지 마십시오."

"많이 죽이진 말게나. 겁을 줘 도망가게 하면 되지 않겠나?"

구처기는 큰 소리로 웃으며 쫓아오는 군사들을 향해 다가갔다. 그러더니 두 손을 크게 휘둘러 순식간에 말 등에 타고 있던 두 명의 병사를 잡아 뒤에 있는 병사들을 향해 던졌다.

넷이 한 덩어리가 되어 말에서 굴러떨어졌다. 뒤이어 또 여덟 명의 병사를 잡아 뒤의 여덟 명을 향해 던지니 모두 말에서 떨어지며 순식간에 아수라장이 되었다. 뒤에서 쫓아오던 병사들이 이 광경을 보고 혼비백산해 도망가기 시작했다. 그런데 그때, 정신없이 도망가는 병사들 틈에서 키가 훤칠하고 체격이 좋은 대머리 장수 한 명이 크게 외치며 앞으로 나섰다.

"이게 어디서 굴러먹던 말 뼈다귀야?"

순식간에 구처기에게 다가가더니 일장을 날렸다. 구처기가 손을 들어 막아냈다. 팍! 서로의 장풍이 맞닥뜨리는 순간, 두 사람 모두 서너 걸음 물러났다. 구처기는 내심 깜짝 놀랐다.

'누굴까? 무공이 대단하군.'

대머리 장수는 사통천이었다. 팔이 떨어져 나갈 것 같은 통증을 느낀 사통천은 구처기보다 더 놀랐다. 사통천은 괴성을 지르며 공격했다. 구처기는 상대방의 무공이 대단하다는 사실을 깨닫고는 정신을 집중해서 사통천의 공격을 막아냈다.

몇 초식을 겨룬 끝에 사통천의 대머리에 구처기의 다섯 손가락이 닿았다. 사통천은 비록 손자국이 보이지는 않았지만 머리끝이 화끈거리는 것을 느꼈다. 사통천은 맨손으로 겨뤄서는 상대를 이길 수 없다고 여기고 등에서 철장을 뽑아 들었다. 소진배검蘇秦背劍 초식으로 그 무거운 무기에 힘을 가득 실어 구처기의 어깨를 내리쳤다.

공수탈백인空手奪白刃! 구처기는 맨손으로 검을 뺏는 기술을 써서 그의 무기를 낚아채려 했다. 그러나 수십 년 동안 철장을 사용해 자유자재로 무기를 다루는 사통천이 쉽게 빼앗길 리 없었다. 구처기는 속으로 그의 무공에 감탄하며 막 이름을 물으려 하는데, 오히려 왼쪽에서 누군가 자기의 이름을 물었다.

"도장께서는 전진파의 뉘시오?"

목소리가 어찌나 위력 있고 쩌렁쩌렁한지 바위가 갈라질 지경이었다. 구처기는 오른쪽으로 훌쩍 뛰어 비켜섰다. 왼쪽을 돌아보니 네 사람이 자기를 바라보며 서 있었다. 팽련호, 양자옹, 구양극, 후통해였다. 구처기가 포권의 예를 취했다.

"저는 구처기라 합니다. 존함이 어찌 되시는지요?"

구처기는 남북 지역에서 이미 유명 인물이었다. 사통천 등은 구처기의 이름을 듣고 서로 마주 보며 놀라움을 나타냈다.

'명불허전이라더니…… 역시 무공이 대단한걸!'

팽련호는 즉시 구처기를 없애야겠다는 생각이 들었다.

'왕처일을 다치게 했으니 이미 전진파와 원한을 맺은 셈이다. 오늘 차라리 구처기까지 없애버리자. 이것이야말로 강호에 이름을 떨칠 좋은 기회가 아닌가!'

"덤벼라!"

팽련호가 큰 소리로 외치며 허리에서 판관필判官筆을 꺼내 들고 구처기를 공격했다. 구처기의 무공이 대단하다는 사실은 이미 보고 확인한 터라 바로 무기를 꺼내 살수를 전개한 것이다. 대뜸 위로는 운문혈雲門穴을 공격하고, 아래로 태혁혈太赫穴을 노렸다. 팽련호는 그야말로 전력을 다해 공격을 펼쳤다.

'독한 놈! 무공이 상당하군.'

구처기도 장검을 빼 들었다. 그는 칼끝으로 팽련호의 오른쪽 손등을 겨누면서 칼자루는 사통천의 허리를 향해 뻗었다. 그리고 검을 거두면서 칼자루로 후통해의 장문혈章門穴을 찔렀다. 한꺼번에 세 사람을 공격한 셈이었다.

그야말로 절묘한 검법이었다. 사통천과 팽련호는 무기를 휘둘러 막아냈으나, 후통해는 몸을 숙여 칼집을 피하다가 결국 엉덩이를 단단히 차이고 말았다. 그런데 하필이면 우습게도 엉덩이를 차이고 앞으로 고꾸라지는 바람에 그만 이마 위의 혹을 땅바닥에 찧고 말았다. 개망신이 아닐 수 없었다.

한쪽에 있던 양자옹은 구처기의 변화무쌍한 검법에 놀라면서 공격에 가담했다. 구양극은 사통천과 팽련호가 함께 구처기를 공격하고 있는 상황에서 양자옹까지 공격에 가담하는 것을 보고 기회는 이때다 싶었다.

휙! 휙! 휙! 그는 왼손을 허虛로 떨치며 오른손으로 부채를 휘둘러 구처기의 도도陶道, 혼문魂門, 중추中樞 세 혈을 낚아채려 했다. 그건 남의 허점을 노려 기습을 전개하는 비겁한 행위였다. 절대 피할 수 없으리라고 생각한 순간, 난데없이 누군가 손을 쭉 뻗어 그의 부채를 잡았다. 옆에서 지켜보던 마옥이었다.

마옥은 갑자기 여러 명의 고수가 나타나 사제를 공격하는 것을 보고 의아해하던 중 구양극이 부채로 구처기를 기습하자 사제가 다칠까 걱정되어 반사적으로 나선 것이다. 구양극은 부채를 통해 상대방의 막강한 내공이 전해져오자 멈칫하더니 뒤로 물러났다. 마옥은 더 이상 구양극을 상대하지 않고 모두를 향해 소리쳤다.

"어떤 분들이신지는 모르나 오해가 있으면 말로 푸는 것이 좋을 듯 싶습니다."

목소리는 매우 온화했으나 한마디 한마디가 또렷하고 쩌렁쩌렁 울렸다. 목소리만 들어도 그의 내공이 얼마나 깊은지 짐작할 수 있었다. 사통천 등은 한창 싸우던 중 고막을 울리는 목소리에 깜짝 놀라 각기 물러서서 마옥을 바라보았다. 구양극이 먼저 입을 열었다.

"도장은 뉘시오?"

"마옥이라고 합니다."

"아, 단양 진인丹陽眞人 마 도장이시군요? 이거 참, 실례가 많았습니다."

"진인이라니, 과분한 말씀이십니다."

그는 마옥을 단양 진인이라 추켜세우면서 속으로는 마옥을 어찌 처리해야 할지 바쁘게 머리를 굴렸다.

'전진교와 원한을 맺은 이상 어차피 한 번은 붙어야 할 거야. 이 두 사람은 전진교의 우두머리들이니 오늘 이들을 처리하지 않으면 나중에 문제가 더 복잡해지겠지. 혹시 부근에 전진교의 고수들이 잠복해 있는 건 아닌지 모르겠군.'

팽련호는 사방을 둘러보았다. 다행히 양철심 가족 세 사람만 보일 뿐 별다른 인물은 눈에 띄지 않았다.

"전진칠자의 명성은 익히 들어 알고 있습니다. 언젠가 꼭 뵙고 싶었는데 나머지 다섯 분은 어디 계시는지요?"

"도를 닦는 데 열중하지 않고 쓸데없이 바깥일에 신경을 쓰고 다니다 보니 명성이 알려지긴 했으나 모두 다 부질없는 짓이지요. 본래 일곱 형제가 각기 흩어져 도를 닦는지라 평소 모이기가 쉽지 않습니다. 오늘 중도에서 왕 사제와 회동하려 가던 중 뜻밖에 여러분을 만나게 되었습니다. 비록 같은 문파는 아니나 무공의 뿌리는 하나인 터, 모두들 친구의 연을 맺음이 어떻겠습니까?"

마옥은 우직한 사람이라 팽련호가 자기를 떠보고 있음을 전혀 눈치채지 못했다. 팽련호는 마옥의 말을 듣고 이들이 아직 왕처일과 만나지 않았고, 마옥이 자신들에 대해 전혀 경계의 빛이 없음을 알고 크게 안심했다. 마침 자기편은 수가 훨씬 많으니 두 사람을 처치하기에 더없이 좋은 기회가 아닐 수 없었다.

"두 분 도장께서 그렇게 말씀해주시니 영광입니다. 저는 삼흑묘三黑猫라 합니다."

마옥과 구처기는 삼흑묘라는 이름을 듣고 의아해했다.

'이 정도의 무공을 지닌 자라면 강호에 이름이 있는 사람일 텐데, 삼흑묘라는 이름은 들어본 적이 없는걸.'

팽련호는 판관필을 허리춤에 집어넣고 마옥에게 다가갔다.

"마 도장님, 만나뵙게 되어 영광입니다."

그는 오른손 손바닥을 아래로 향하게 하고 마옥의 손을 잡으려 했다. 마옥은 정말 자기와 인사하려는 줄 알고 마찬가지로 손을 뻗었다. 팽련호가 마옥의 손을 꼭 쥐었다.

'음, 내 무공을 시험하려 하는군.'

마옥은 미소를 지으며 내공을 운기해 팽련호의 손을 꼭 쥐었다. 그 순간, 다섯 손가락에 마치 바늘에 깊숙이 찔린 듯 격렬한 통증을 느꼈다. 마옥은 깜짝 놀라 손을 놓았다. 팽련호는 크게 웃으며 훌쩍 뒤로 물러났다.

마옥이 얼른 손바닥을 살펴보니, 무언가에 의해 깊숙이 찔려 다섯 개의 선명한 구멍이 검게 남아 있었다. 팽련호는 조금 전 판관필을 허리춤에 찰 때 몰래 오른손에 독침환毒針環을 꺼내 들었던 것이다. 이 독침환은 강철로 만든 것으로, 실처럼 가늘었다. 가는 독침 끝에는 피부에 살짝 스치기만 해도 다섯 시진이면 목숨을 잃게 되는 강력한 독이 묻어 있었다.

팽련호는 일부러 자신을 삼흑묘라고 속이며 마옥과 구처기를 어리둥절하게 만든 뒤 그 틈에 암수를 쓴 것이다. 마옥이 그의 손놀림을 주의해 보지 않았기 때문에 이런 비열한 방법이 통할 수 있었다. 보통 무림 고수들은 처음 만나면 서로 경계하며 상대방의 무공이 어느 정도인지 파악하려고 친근하게 인사를 하는 척하며 손을 잡고 내공을 시험해보는 경우가 왕왕 있었다.

마옥은 팽련호의 손에 독침이 있으리라고는 짐작도 못 하고 강호의 통례대로 자기의 내공을 시험해보려는 줄로만 생각했다. 두 고수가 서로 힘을 주어 손을 맞잡았으니 순식간에 독침이 손가락뼈까지 박혔다.

마옥이 왼손을 휘둘렀지만 팽련호는 이미 훌쩍 물러난 뒤였다. 구처기는 사형이 팽련호와 악수를 하다가 갑자기 안색을 바꾸며 왼손을 휘두르자 내심 놀랐다.

"무슨 일입니까?"

"나쁜 놈! 손에 독침을 숨기다니……."

마옥은 팽련호를 향해 질풍 같은 공격을 퍼부었다. 마옥은 수양이 높은 사람이라 10여 년 동안 누구와도 무공을 겨룬 적이 없었다. 그런데 뜻밖에도 팽련호를 향해 다짜고짜 전진파 무공 중 가장 강력한 삼화취정장법三花聚頂掌法을 전개한 것이다.

구처기는 이 모습을 보고 사형이 정말 크게 노한 모양이라고 생각했다. 자세한 정황은 알 수 없으나 사형이 이토록 노여워하는 데는 필시 이유가 있으리라 여기고 당장 장검을 빼 들고 팽련호를 공격하기 시작했다.

팽련호도 손에 판관필을 꺼내 들고 이들의 검을 막아냈다. 그런데 뜻밖에도 구처기의 위력은 검에 있지 않고 손바닥에 있었다. 팽련호가 판관필을 막 거두려는 찰나, 구처기가 이미 판관필의 끝을 낚아채 힘 껏 끌어당겼다.

구처기가 판관필을 잡아당기는 힘은 실로 대단했다. 그러나 팽련호의 힘도 만만치 않아서 판관필을 놓지 않았다. 구처기의 공격이 바로 다음으로 이어졌다. 판관필을 잡은 채 검을 정면으로 찌르자, 팽련호는 황급히 판관필을 놓고 검을 피할 수밖에 없었다. 구처기는 상대방에게 숨 돌릴 틈을 주지 않고 검을 든 오른손과 왼손을 사용해 끊임없이 공격했다. 팽련호는 판관필을 빼앗기고 오른팔까지 저린 탓에 사기가 꺾여 연이어 뒤로 물러났다.

영원히 헤어지지 않는 곳으로

한편 사통천과 양자옹은 마옥을 상대하고 있었다. 그리고 구양극과 후통해는 좌우에서 팽련호를 도왔다. 구처기는 강적을 만나자 도리어 정신이 번쩍 났다. 옷소매를 펄럭이고 휙휙 검을 휘두르며 갈수록 빠른 속도로 공격했다. 혼자서 셋을 상대했지만 전혀 약세를 보이지 않았다.

그러나 마옥은 상황이 좋지 못했다. 오른손이 점점 부어오르면서 참을 수 없이 가려웠다. 독의 기운이 점점 퍼지는 듯했다. 독침환에 독이 묻어 있으리라고 짐작은 했으나 독 기운이 이렇게 강력할 줄은 몰랐다. 힘을 많이 쓰면 쓸수록 혈액순환이 빨라져 독 기운이 더욱 빨리 심장까지 퍼지게 될 것이다.

그는 하는 수 없이 그 자리에 좌정하고 왼손으로 칼을 휘둘러 적들의 공격을 물리치면서 내공을 운행해 독 기운이 위로 퍼지는 것을 막아야만 했다. 양자옹이 사용하는 무기는 인삼을 캘 때 쓰는 괭이였다. 괭이를 종횡으로 휘두르고 찔러대는 등 초식의 변화가 무궁무진했다.

사통천의 철장도 그 위력이 더욱 대단했다. 수십 초식을 겨루고 나자 마옥은 점점 호흡이 가빠졌다. 방어 범위도 점점 좁아졌다. 마옥의 내공이 뛰어나다고는 하나 안으로 독 기운이 퍼지는 것을 막으면서 밖으로 강적을 상대하기에는 역부족이었다.

구처기는 땅바닥에 앉아 있는 사형의 머리에서 증기가 피어오르는 것을 보고 마음이 다급해져 즉시 돕고 싶었으나, 세 명의 적에게 둘러싸여 빠져나갈 수가 없었다. 후통해는 구처기의 적수가 아니었으나 구양극은 내공이나 외공이 모두 높고 초식도 독특해서 팽련호보다도 한 수 위였다. 더군다나 그의 무공은 전진교가 가장 꺼리는 서독西毒 문파에 뿌리를 둔 것이었다.

'이자는 대체 누굴까? 서독의 제자일까? 그렇다면 서독이 중원으로 되돌아왔단 말인가? 혹시 이 주위에 있는 걸까?'

구처기는 그런 생각을 하다 보니 더욱 수세에 몰리게 되었다.

양철심은 자기의 무공이 이들보다 훨씬 못하다는 걸 알고 있었지만, 마옥과 구처기가 위험에 처하는 것을 보자 가만히 있을 수 없어 창을 들고 구양극을 공격했다.

"양 형, 나서지 마시오. 헛되이 목숨을 잃어서는 안 됩니다!"

구처기의 말이 끝나기도 전에 구양극이 양철심의 창을 왼발로 차서 부러뜨리고 오른발로 양철심을 걸어차 땅에 쓰러뜨렸다.

바로 이때, 요란한 말발굽 소리와 함께 말을 탄 한 무리가 쏜살같이 달려왔다. 선두에 선 두 사람은 바로 완안홍열과 완안강 부자였다. 완안홍열은 멀리서부터 아내가 땅에 앉아 있는 것을 확인하고 희색만면해 급히 달려왔다.

한데 그 순간, 갑자기 칼날이 번득이면서 누군가 완안홍열의 얼굴을 향해 공격해왔다. 완안홍열이 급히 몸을 돌려 피하면서 보니 붉은 옷을 입은 소녀였다. 한 무리의 친위병이 그 소녀를 둘러쌌다. 바로 목염자였다. 완안강은 사부 구처기를 보자 가슴이 답답해졌다.

"모두들 싸움을 멈추시오!"

완안강이 몇 차례 소리를 지르고 나서야 모두들 싸움을 멈추고 물러났다. 친위병들과 목염자도 무기를 거두었다. 완안강은 구처기를 향해 예를 갖췄다.

"사부님, 제가 이분들을 소개해 올리겠습니다. 이분들은 아버님이 초청하신 무림의 선배님들이십니다."

구처기는 고개를 끄덕이고 나서 우선 급한 마음에 사형의 손을 살폈다. 마옥의 오른손은 이미 검게 변해 있었다. 급히 소매를 걷어올려 보니 시커먼 독기가 이미 어깨 밑까지 퍼져 있었다.

"이럴 수가……."

즉시 몸을 돌려 팽련호를 향해 소리쳤다.

"해독약을 내놓아라!"

상황이 이렇게 되자 팽련호의 입장이 난처해졌다.

'이자가 죽으면 소왕야가 가만있지 않을 텐데, 구해주어야 할까?'

마옥은 적의 공격을 상대할 필요가 없어지자 독 기운을 막아내는 데 온 힘을 쏟았다. 그러자 독 기운이 더 이상 위로 퍼지지 않을 뿐만 아니라, 점차 아래로 밀려가는 듯했다. 완안강이 어머니에게 달려갔다.

"어머니, 한참 찾았어요."

"애야, 난 왕부로 돌아갈 수 없단다."

완안강은 당황했다

"아니, 왜요?"

포석약은 손을 들어 양철심을 가리켰다.

"내 남편이 살아 있는 한 난 이 세상 어디라도 남편을 따라갈 테다."

완안홍열에게는 그야말로 엄청난 충격이었다. 분노가 끓어올라 참을 수가 없었다. 그는 대뜸 양자옹을 향해 눈짓을 했다. 양자옹은 완안홍열의 뜻을 알아차리고 양철심의 급소를 향해 세 대의 투골정을 날렸다. 구처기는 투골정이 바람을 가르며 날아가는 것을 보고 양철심에게 다가가 구해주려 했으나 이미 늦은 듯했다. 그야말로 절체절명의 순간이었다. 구처기는 다급한 나머지 곁에 서 있던 친위병 한 명을 낚아채 획, 하고 양철심 앞으로 던졌다.

"으악!"

처절한 비명 소리와 함께 세 대의 투골정이 친위병의 몸에 꽂혔다. 투골정은 양자옹이 자랑으로 삼는 절묘한 무기였다. 일단 발사했다 하면 백발백중이었다. 그런데 뜻밖에도 구처기에 의해 저지되자 울화가 치밀어 고래고래 괴성을 질러대며 구처기를 향해 달려들었다.

상황이 이렇게 되자 팽련호는 마옥에게 해독약을 주지 않기로 마음먹었다. 어차피 왕야는 왕비를 되찾는 게 목적이므로 마옥이 어찌 되든 개의치 않을 듯싶었다. 팽련호는 훌쩍 몸을 날려 포석약의 팔을 잡았다.

획! 획! 구처기는 검을 두 차례 휘둘러 양자옹과 팽련호를 찔렀다. 검을 휘두르는 기세가 어찌나 맹렬한지 두 사람은 연이어 뒷걸음질을 쳤다. 구처기가 큰 소리로 완안강을 꾸짖었다.

"어리석은 녀석! 18년 동안 원수를 아버지로 알고 속아 살았으면서 이제 친아버지를 만났는데도 모르는 척하느냐?"

그 소리에 완안홍열의 안색이 크게 변했다. 완안강은 어젯밤 어머니의 말을 듣고 반신반의했으나 부친의 표정을 보니 아무래도 그 말이 사실인 듯싶었다. 완안강은 양철심을 바라보았다. 초라하고 남루한 기색이 기품 있고 당당한 완안홍열과는 너무나 달랐다.

'부귀영화를 버리고 친아버지라는 저 사람을 따라 강호를 떠돌아다녀야 한다는 말인가? 싫다, 싫어. 절대로 그렇게 할 수 없다.'

"사부님, 저들의 말에 속지 말고 어서 어머니를 구해주십시오!"

"짐승만도 못한 놈! 아직도 정신을 못 차리는구나."

팽련호 등은 완안강과 구처기가 서로 얼굴을 붉히는 모습을 보자 더욱더 맹렬히 공격을 퍼부었다. 완안강은 구처기가 공격을 당하는 걸 보면서도 더 이상 아무 말도 하지 않았다. 다시 구처기가 소리쳤다.

"이제 보니 너는 양심도 없는 놈이로구나!"

완안강은 평소에 사부를 무척 두려워했다. 지금 심정 같아서는 팽련호 등이 차라리 구처기를 죽여 후환을 없애주었으면 싶었다. 한참을 싸우다 구처기는 오른팔에 양자옹이 휘두른 괭이의 공격을 받았다. 비록 큰 부상은 아니지만 피가 사방으로 튀었다. 언뜻 보니 완안강의 얼굴에 희색이 만면했다. 구처기는 불끈 노여움이 일었다.

그는 얼른 마옥의 품에서 곤봉을 꺼내 양쪽 끝에 불을 붙여 하늘 높이 던졌다. 팽련호는 이것이 전진파의 연락 방법이리라 짐작했다. 또 한참을 싸우다 보니 과연 멀리 서북쪽에서 푸른 화염이 하늘로 솟아올랐다. 구처기는 이 불빛을 보자 반갑게 말했다.

"왕처일 사제가 저쪽에 있는 모양이군."

구처기는 검을 왼손으로 옮겨 잡고 좌우로 휘둘렀다. 연이어 예닐곱 차례 실수를 써 적들을 뒷걸음질 치게 했다. 마옥이 서북쪽 화염이 솟구친 방향을 가리켰다.

"저쪽으로 도망가시오!"

양철심과 목염자 부녀는 무기를 휘둘러 포석약을 보호하며 서북 방향을 향해 달렸다. 마옥이 그 뒤를 따르고 구처기도 장검을 휘둘러 엄호하면서 따라갔다. 사통천이 이보환형移步換形 신법으로 가까이 다가가 포석약을 낚아채려 했다. 그러나 구처기가 질풍처럼 빠른 속도로 검을 휘둘러대는 통에 가까이 다가갈 수 없었다. 얼마 후, 일행은 왕처일이 묵고 있는 객잔에 도착했다. 구처기는 이상한 생각이 들었다.

'왕 사제가 왜 안 나와 있지?'

그런데 바로 그때 저쪽에서 왕처일이 나무 지팡이에 의지한 채 비틀비틀 걸어왔다. 마옥과 구처기는 왕처일을 보고 깜짝 놀랐다. 이제 전진파에서 무공이 가장 강한 세 사람이 모두 부상을 당한 것이다.

"모두 객잔으로 들어가시지요."

왕처일의 말이 끝나자마자 뒤에서 완안강이 소리쳤다.

"왕비를 내놓으면 목숨만은 살려주겠다."

구처기는 여전히 위풍 있게 검을 휘두르며 말했다.

"누가 너 따위 놈에게 살려달라더냐?"

팽련호 등은 그가 열세에 몰렸는데도 굽히지 않고 뛰어난 초식을 쓰면서 검을 휘두르는 모습을 보고 속으로 은근히 감탄했다. 양철심은 더 이상 구처기에게 폐를 끼쳐서는 안 되겠다는 생각이 들었다.

'상황이 이렇게 된 이상, 더 버티면 구 도장의 생명이 위험하겠군. 나 때문에 구 도장이 다쳐서는 안 되지.'

양철심은 포석약의 손을 잡고 앞으로 나섰다.

"모두들 멈추시오. 나와 내 아내가 이 자리에서 죽으면 모든 문제가 해결될 것 아니오?"

양철심은 말을 내뱉기 무섭게 창으로 자기 가슴을 찔렀다. 피가 사방으로 튀면서 그 자리에 쓰러지고 말았다. 포석약은 놀라지도 슬퍼하지도 않았다. 그녀는 유유히 웃으며 창을 집어 들고 완안강을 바라보았다.

"얘야, 이래도 이분이 네 친아버지라는 걸 못 믿겠느냐?"

말을 마치자 포석약도 창끝으로 자신의 가슴을 찔렀다. 완안강은 깜짝 놀라 앞으로 뛰어나갔다.

"어머니!"

구처기 등도 모두 이 광경을 보고 싸움을 멈췄다. 완안강은 어머니에게 달려갔으나 창끝이 이미 심장 깊숙이 박힌 것을 보고 울음을 터뜨렸다. 구처기가 달려들어 두 사람의 상처를 살폈다. 창이 급소를 찔러 생명을 구하기는 그른 듯했다. 완안강은 어머니를, 목염자는 아버지를 각각 끌어안고 처절하게 통곡했다. 구처기도 목이 메었다.

"양 형, 유언이 있으면 남기시오. 내가 반드시 들어주겠소. 구해주지 못해 미안하오."

구처기는 목이 메이고 코끝이 시큰해 말을 제대로 잇지 못했다. 이때 등 뒤에서 발소리가 들리며 강남육괴와 곽정이 다가왔다. 강남육괴는 사통천 등을 보고 무기를 꺼내 들었으나 피를 흘리며 쓰러져 있는

양철심은 자신으로 인해 더 이상 사람들이 다치는 걸 원치 않았다. 결국 그는 죽음을 선택했다.

양철심과 포석약을 발견하고 깜짝 놀랐다. 게다가 어디선가 나타난 구처기와 마옥을 확인하고는 더욱 놀라움을 감추지 못했다. 곽정은 쓰러져 있는 양철심에게 다가가 소리쳤다.

"숙부님, 어찌 된 일이에요?"

양철심은 곽정을 알아보고 마지막 힘을 다해 미소를 띠었다.

"네 부친과 약속…… 약속을 했다. 서로 아들과 딸을 낳으면 사돈을…… 사돈을 맺기로…… 난 딸은 없지만 이 아이는…… 내 친딸이나…… 친딸이나 마찬가지…….."

양철심은 어렵게 구처기에게 눈길을 돌렸다.

"이 둘이 맺어…… 맺어진다면…… 죽더라도 편히…… 눈을 감을 수 있을 것…….."

"걱정 마십시오. 반드시 그렇게 하리다."

포석약은 남편의 팔짱을 꼭 낀 채 바로 곁에 쓰러져 있었다. 마치 남편이 자기를 홀로 놔두고 떠날까 두려워하는 것 같았다. 점점 의식이 희미해지던 포석약은 남편의 말을 듣고 겨우 품에서 한 자루의 비수를 꺼냈다.

"이것이…… 약속의 징표…… 예요."

그러고는 양철심을 향해 힘겹게 말을 이었다.

"여보…… 함께…… 죽을 수 있어…… 너무…… 기뻐요…….."

포석약은 말을 마치고 결국 평온한 얼굴로 숨을 거두었다. 그녀의 모습은 여전히 가냘프고 아름다웠다. 구처기가 비수를 받아 들고 보니 우가촌에서 자기가 곽소천에게 준 바로 그것이었다. 비수의 손잡이에는 곽정이라는 두 글자가 새겨져 있었다. 양철심이 곽정의 손을 꼭 잡왔다.

"돌아가신…… 네 아버지…… 네 아버지를 생각해서 내 딸…… 내 딸을 잘 부탁한다."

곽정은 뭐라고 말해야 좋을지 몰랐다.

"저는…… 저는……."

구처기가 대신 나서서 말했다.

"모든 건 내게 맡기고 편안히…… 편안히 가십시오."

양철심은 의형 곽소천의 아들을 찾다가 결국 포기했다. 그래서 무예를 겨뤄 사위를 찾기로 한 것이다. 그러나 이날 뜻밖에도 사랑하는 아내를 만나고, 또 의형의 아들이 이렇게 잘 자라 성인이 된 모습을 보니 기쁘기 그지없었다. 게다가 목염자를 곽정에게 맡기고 떠날 수 있으니 더 이상 여한이 없었다. 양철심은 결국 두 눈을 꼭 감고 숨을 거두었다. 곽정은 슬픔과 혼란스러움 속에서 어찌할 바를 몰랐다.

'용이가 있는데, 내가 어찌 다른 여자를 아내로 맞이할 수 있단 말인가?'

그러다 문득 스스로의 생각에 깜짝 놀랐다.

'화쟁을 잊어버리다니…… 대칸이 이미 화쟁을 내 아내로 주셨는데……. 이, 이를 어쩌지?'

최근 들어 곽정은 수시로 친구 타뢰를 생각하긴 했지만 화쟁을 떠올려본 적은 거의 없었다. 주총 등도 상황이 애매하게 됐다는 생각이 들었지만 죽어가는 이의 마지막 유언을 거스를 수 없어 아무 말도 하지 않았다.

완안홍열이 비록 온갖 수단과 방법을 동원해 포석약을 아내로 맞이하기는 했지만, 그녀의 마음속에는 오로지 죽은 남편밖에 없었다. 완안홍열은 10여 년 동안 포석약의 마음을 얻기 위해 노력했지만, 결국 이런 비극적 결말을 맞이하고 말았다. 숨을 거둔 포석약의 얼굴을 보니 비록 창백하긴 했지만 그야말로 평온하고 행복해 보였다. 그녀와 함께 살아온 18년 동안 한 번도 본 적이 없는 표정이었다. 포석약은 한 나라의 왕인 완안홍열 곁에서 부족함 없이 살면서도 일개 평범한 촌부인 양철심을 사무치도록 그리워한 것이다. 완안홍열은 문득 서글프고 비참한 생각이 들었다.

비록 전진파 3인방이 모두 부상을 입긴 했지만, 만약 강남육괴까지 합세해 덤빈다면 승부를 장담하기 힘들 터였다. 사통천 등은 왕야가 고개를 떨구고 돌아서자, 상황이 복잡해질 것이 두려워 더 이상 싸울 생각을 하지 않고 그 뒤를 따라 물러가려 했다. 그들이 떠나려 하자 구처기는 마음이 급했다.

"이봐, 삼흑묘! 해독약을 내놓고 가야지!"

"하하하! 난 삼흑묘가 아니라 팽련호라 하오. 강호에서는 천수인도라고 부르지요. 구 도장께서 몰라보시다니 서운한걸요."

구처기는 팽련호의 이름을 듣자 흠칫 놀랐다.

'그랬군. 어쩐지 무공이 예사롭지 않더라니…….'

마옥의 상처는 갈수록 깊어졌다. 어떻게든 해독약을 구해야만 했다.

"당신이 누구든지 간에 해독약을 내놓기 전에는 떠날 수 없을 줄 아시오."

구처기는 검을 휘둘러 곧장 팽련호를 공격했다. 팽련호는 비록 판관필이 하나밖에 남지 않았지만 전혀 두려워하지 않고 태연히 대응했다. 주총은 땅바닥에 앉아 운기하고 있는 마옥의 오른손이 새카만 것을 보고 깜짝 놀랐다.

"마 도장, 어찌 이런 부상을 당하셨습니까?"

"팽련호라는 자가 악수를 청하기에 손을 잡았더니, 뜻밖에 손바닥에 독침을 가지고 있었습니다."

"아, 그러고도 남을 사람이오."

주총은 고개를 돌려 가진악을 찾았다.

"형님, 마름을 한 포기 주십시오."

가진악은 영문을 몰랐으나 잠자코 마름을 꺼내 건네주었다. 저쪽에서는 구처기와 팽련호의 싸움이 점점 치열해지고 있었다.

"형님, 우리 둘이 가서 저 둘을 갈라놓읍시다. 제게 마 도장을 구할 좋은 방법이 있습니다."

가진악이 고개를 끄덕였다. 주총이 목청을 높여 소리쳤다.

"오, 누군가 했더니 천수인도 팽 채주께서 오셨군요. 알고 보면 모두 한편인데 싸워서야 되나요? 드릴 말씀이 있으니 잠시 싸움을 멈추시지요."

주총과 가진악이 다가가 한 사람은 부채를, 또 한 사람은 쇠막대기를 휘둘러 두 사람을 갈라놓았다. 구처기와 팽련호는 주총의 말을 듣고 누구를 한편이라고 하는지 의아한 생각이 들었다.

주총은 싱글벙글 웃으며 말을 이었다.

"강남칠괴는 장춘자 구처기와 18년 전에 원한을 맺은 바 있지요. 우리 형제가 구처기의 손에 부상을 입었고, 무림에 이름을 떨치던 구

도장도 우리 때문에 크게 다쳤지 않습니까? 이 원한이 아직까지 풀리지 않고 있는데……."

주총이 고개를 돌려 구처기를 바라보았다.

"구 도장, 그렇지 않습니까?"

'못된 것들, 남이 위급한 틈을 타서 과거의 원한을 갚으려고 하다니…….'

화가 치민 구처기는 심기가 불편해 퉁명스럽게 내뱉었다.

"그래서 어쩔 테요?"

"그런데 강남칠괴와 사 용왕도 사연이 좀 있지요. 강남칠괴의 못난 제자 하나가 혼자서 사 용왕의 고명하신 제자 네 명을 물리쳤거든요. 듣자니 팽 채주와 사 용왕께서는 막역지우시라던데……. 사 용왕께 결례를 범한 것이 바로 팽 채주께 결례를 범한 것 아니겠습니까?"

주총이 묻자 팽련호가 대답했다.

"별말씀을요."

"기왕 팽 채주와 구 도장께서 모두 우리 강남칠괴와 원한이 있다면, 공동의 적을 가진 두 분께서는 결국 한편이 아니겠습니까? 그런데 싸우시면 안 되지요. 하하! 바꿔 말하면, 강남칠괴와 팽 채주도 결국 한편이 되는 셈이고요. 자, 자! 우리, 그저 좋게 지냅시다. 하하하!"

주총은 손을 내밀어 팽련호의 손을 잡으려 했다. 그러나 팽련호는 주총이 약간 정신이 나간 듯 엉뚱한 말을 해대는 것을 보고 부쩍 의심이 들었다.

'전진파가 강남칠괴의 제자를 구해준 것을 보면 결국 저들은 한패임이 틀림없어. 절대 속아서는 안 되지. 나를 속여서 해독약을 얻으려

는 모양인데, 어림도 없지.'

그는 주총이 손을 내밀어 자기 손을 잡으려는 것을 보고 얼른 판관필을 허리춤에 집어넣고 독침을 꺼내 손에 숨기며 맞장구를 쳤다.

"좋지요, 좋아!"

구처기는 주총이 다칠까 걱정이 되었다.

"주 형, 조심하시오."

주총은 못 들은 척 손을 내밀었다. 팽련호와 손을 잡으면서 새끼손가락을 살짝 돌려 팽련호의 손가락 사이에 있던 독침환을 빼앗았다. 그와 동시에 상대방의 손을 맞잡고 힘을 꼭 주었다. 팽련호는 화들짝 놀라 급히 손을 빼냈지만 이미 손바닥에 통증이 느껴졌다. 자신의 손바닥을 살펴보니 작은 구멍이 세 개 나 있었다. 구멍의 크기가 자기의 독침환에 찔렸을 때보다 더 컸다.

구멍에서 검은 피가 흘러나왔다. 약간 간지럽기는 했으나 그리 아프지는 않았다. 팽련호는 통증이 그리 심하지 않은 것은 독성이 강해 상처가 일시적으로 마비되기 때문이라는 사실을 잘 알고 있었다. 팽련호는 놀랍고 화가 나면서도 대체 어찌 된 일인지 몰라 고개를 들어 주총을 바라보았다.

주총은 이미 구처기 뒤로 몸을 숨겼다. 왼손에는 팽련호의 독침환을, 오른손에는 검은 마름 같은 것을 들고 있었다. 독침환의 날카로운 끝부분에는 피가 묻어 있었다. 주총의 별명은 원래 묘수서생으로 손놀림이 그만큼 민첩했다. 악수를 하면서 독침을 바꿔치기하는 것 정도는 그야말로 식은 죽 먹기였다. 독기가 오른 팽련호는 대뜸 주총을 향해 달려들었다. 그러자 구처기가 검을 뻗어 그를 가로막더니 비웃었다.

"꼴좋군!"

주총도 끼어들었다.

"팽련호! 이 독마름은 우리 큰형님이 사용하시는 암기인데, 일단 중독되면 당신이 설령 호랑이나 사자, 혹은 개, 돼지가 아니라 그 어떤 짐승이라 해도 두 시진 내로 목숨을 잃게 되오."

후통해가 말했다.

"팽 형님, 저놈이 지금 형님더러 개, 돼지라고 욕하고 있어요."

사통천이 후통해를 나무랐다.

"쓸데없는 소리. 팽 형님이 그 정도도 모르실까 봐?"

주총이 히죽거리며 말을 이었다.

"다행히 팽 채주는 별명이 천수인도시니 손 하나를 잘라내도 999개의 손이 남을 테니 걱정 없겠군요. 차라리 중독된 손을 잘라내시지요. 아 참, 그렇게 되면 별명을 바꿔야 되겠군요. 구구구수인도라고 불러야 되나? 하하하……!"

팽련호는 손목이 점점 마비되자 두려운 나머지 주총이 비웃는 소리도 들리지 않았다. 이마에서 식은땀이 흘러내렸다.

"당신은 독침이 있고 난 독마름이 있고…… 독성이 서로 다르니 해독약도 다르겠지. 만약 천수인도라는 별명을 버리기 싫다면, 뭐 좋은 게 좋은 거니까, 서로 해독약을 바꾸면 어떻소?"

팽련호가 대답하기 전에 사통천이 끼어들었다.

"좋소, 해독약을 내놓으시오."

그러자 주총도 나섰다.

"형님, 해독약을 주시지요."

가진악이 품에서 두 개의 약봉지를 꺼내 주총에게 주었다. 그러나 구처기는 팽련호 등이 거짓말을 하는 건 아닐지 걱정되었다.

"주 형, 속지 마세요. 저들에게 먼저 해독약을 내놓으라고 하세요."

"남아일언중천금이라…… 그럴 리가 있겠습니까?"

그렇게 말한 팽련호는 왼손을 품에 넣어 약을 찾더니 갑자기 안색이 바뀌었다.

"큰일이군. 약이 없어졌어요!"

구처기는 화가 나서 언성을 높였다.

"비겁한 놈들! 또 이런 비열한 짓을 하다니! 주 형, 주지 마세요."

그러나 주총은 여전히 웃음을 잃지 않았다.

"가져가시오! 어찌 한번 뱉은 말을 뒤집을 수 있겠소? 준다고 했으니 줘야지요. 전진칠자, 강남칠괴는 한번 한 말은 반드시 지킵니다."

사통천은 주총의 손재주가 비상하다는 것을 알기 때문에 또 당할까 두려워 감히 손을 뻗어 약봉지를 받지 못했다. 하는 수 없이 주총을 향해 철장을 뻗었다. 주총은 해독약을 철장 위에 놓았다. 사람들은 모두 주총이 왜 상대방은 약이 없다고 거짓말을 하는데 흔연히 약을 건네주는지 이해할 수가 없었다. 사통천은 혹시 주총이 건네준 해독약이 가짜가 아닌지 의심스러웠다.

"강남칠괴 같은 강호의 고수가 설마 가짜 약으로 사람을 해치지는 않겠지요?"

"그럴 리가 있겠습니까?"

주총은 여전히 미소를 띤 채 독마름을 가진악에게 돌려주더니 품속에서 뭔가를 계속 꺼냈다. 자세히 보니 손수건, 동전, 표창, 그리고 하얀 코담배 등 잡동사니였다. 이를 본 팽련호는 하얗게 질려 입을 다물지 못했다.

"내 물건들이 왜 당신 품에서 나오는 거지?"

주총이 악수할 때 왼손으로 이미 팽련호의 물건을 다 훔쳐낸 것이다. 주총이 코담배의 뚜껑을 열어보니 안쪽이 둘로 나뉘어 있었다. 한쪽에는 분홍색 분말이, 다른 한쪽에는 회색 분말이 담겨 있었다. 주총이 말했다.

"사용법을 알려주시지요."

팽련호는 분노를 참을 수 없었으나 이미 그의 수단에 두 차례나 당한 터라 더 이상 버티지 못하고 사실대로 대답할 수밖에 없었다.

"분홍색은 내복약이고, 회색은 외용약이오."

"빨리 물을 두 그릇 떠오너라."

주총이 곽정을 재촉했다. 곽정은 급히 객잔 안으로 뛰어 들어가 물을 두 그릇 떠왔다. 그러고는 한 그릇을 마옥에게 건네 약을 먹이고 손바닥의 상처에 회색 가루를 발라주었다. 그런 다음 다른 한 그릇의 물을 팽련호에게 건네주려 했다.

"잠깐, 물 한 그릇은 왕 도장께 드려라."

곽정은 잠시 의아해했으나 주총이 시키는 대로 왕처일에게 물 한 그릇을 건넸다. 왕처일도 무슨 영문인지 알 수 없었으나 우선 물그릇을 받아 들었다. 조급해진 사통천이 소리쳤다.

"이봐, 당신이 준 약은 어떻게 복용하는 거요?"

"너무 조급해하지 말고 조금 기다리시지. 그렇게 금방 죽지는 않으니까……."

주총은 품에서 10여 봉지의 약을 꺼냈다. 곽정은 그 약봉지들을 보자 반색을 했다.

"맞아요, 맞아. 이게 바로 왕 도장님의 약이에요."

주총은 약봉지를 하나하나 열어 왕처일 앞에 내밀었다.

"어느 것이 필요한지 도장님이 잘 아시지요?"

약에 대해 해박한 왕처일은 직접 전칠, 혈갈 등을 골라 입에 넣고 씹다가 물을 들이켰다. 양자옹은 화가 치밀면서도 한편으론 감탄이 흘러나왔다.

'정말 손놀림이 대단하군. 옷의 먼지를 털어주는 척하더니 어느새 내 약을 모두 훔쳐갔군.'

양자옹은 눈에 불을 켜며 다시 괭이를 휘둘러댔다.

"됐어, 됐어. 무공으로 승부를 가르자고!"

주총은 여전히 웃으며 대답했다.

"무공이라면 내가 어디 적수가 되겠소?"

구처기가 물었다.

"이분은 팽련호 채주이시고, 다른 분들은 존함이 어찌 되시는지요?"

사통천이 쉰 목소리로 한 사람 한 사람의 이름을 대자 구처기가 말했다.

"오, 모두 강호에서 유명한 분들이시군. 오늘은 쌍방이 모두 부상자가 있어 승부를 가리기 어려울 듯하니 따로 날을 잡아 무공을 겨루기로 합시다."

"좋소이다. 천하에 명성이 자자한 전진칠자와 무공을 겨루어보지

못한다면 아마 죽어서도 눈을 감지 못할 것 같소. 날짜와 장소는 구 도
장께서 정하시지."

구처기는 어떻게 하는 것이 좋을지 잠시 생각에 잠겼다.

'마 사형과 왕 사제 모두 부상이 가볍지 않아 몇 달은 휴양을 해야
완쾌될 듯싶고, 담 사제와 유 사제 역시 멀리 떨어져 있으니 빠른 시일
내에 연락하기는 힘들 테지.'

"반년 후, 보름달도 감상하고 무공도 서로 비교해 볼 겸 8월 중추절
에 만나도록 합시다. 어떻소?"

팽련호도 나름대로 부지런히 머리를 굴렸다.

'전진칠자가 모두 모이고 거기다 강남칠괴까지 합세하면 숫자상 우
리가 불리한데, 우리도 도움을 청해야겠군. 반년 후면 딱 좋겠다. 조왕
야가 우리에게 강남에 가서 악비의 유서를 훔쳐달라 했으니 그 일도
처리할 겸 강남에서 만나면 되겠군.'

"중추절에 달을 감상하며 무공을 겨룬다? 구 도장께선 풍류를 즐기
는 데 비중을 둔 모양인데, 그렇다면 장소도 운치 있는 곳으로 정해야
겠군. 강남칠협의 고향인 강남에서 만나는 것은 어떻소?"

"그거 아주 좋은 생각입니다. 그렇다면 가흥부 남호南湖 옆에 있는
연우루에서 만나도록 하지요. 필요하다면 몇 분을 더 모셔도 상관없습
니다."

"좋습니다. 그렇게 하도록 하지요."

주총이 한마디 거들었다.

"그렇게 되면 우리 강남칠괴가 주인이 되는 셈이니 우리가 대접해
드려야겠군요. 좋은 장소가 많고 많은데 하필이면 저희 고향을 선택하

시다니…… 좋습니다. 여러분이 저희 고향을 찾아주신다면 저희가 주인 된 입장에서 잘 대접해드려야죠. 팽 채주, 제가 드린 약 중 하얀색은 내복약이고 노란색은 외용약입니다."

그러잖아도 팽련호는 팔의 고통이 점점 심해져 겨우 참고 있던 참이었다. 주총이 주절주절 말을 늘어놓자 은근히 화가 났지만 그가 자기 생명을 쥐고 있는 셈이라 한마디도 대들지 못하고 그냥 듣고만 있었다. 그러던 차에 주총의 마지막 말을 듣자 급히 하얀 약을 꺼내 입에 털어 넣었다. 가진악이 냉랭한 얼굴로 덧붙였다.

"47일 동안은 술을 마셔도, 여자를 가까이해서도 안 됩니다. 만약 그러지 않으면 8월 중추절에 만날 때 팽 채주는 못 보게 될 수도 있을 거요. 팽 채주가 안 오시면 흥이 깨져서 안 되지요."

"걱정해주셔서 고맙소이다."

팽련호는 치밀어 오르는 화를 꾹 눌러 참았다. 사통천이 팽련호를 도와 상처에 노란색 약을 발라주고 모두가 그를 부축하며 돌아갔다. 완안강은 어머니의 시신을 향해 네 번 절을 올리고, 구처기를 향해 절을 한 뒤 아무 말도 하지 않고 돌아섰다. 구처기가 준엄한 목소리로 꾸짖었다.

"강아, 이게 무슨 뜻이냐?"

그러나 완안강은 아무 말도 하지 않고 팽련호 등과 떨어져 홀로 멀어져갔다. 구처기는 잠시 생각에 잠겨 있다가 가진악과 주총 등을 향해 예를 갖췄다.

"만약 강남육협의 도움이 없었다면 우리 세 사람은 목숨을 부지하지 못했을 것입니다. 게다가 제 못난 제자 녀석의 인품이 강남육협의 제자보다 훨씬 못하니 부끄럽기 짝이 없습니다. 무공을 배우는 사람에겐 물론 무공이 중요하지만, 그래도 품행이 먼저고 무공은 나중이지요. 제 제자 놈의 품행이 이 모양이니 더 겨루어볼 것도 없이 제가 졌습니다. 가흥 취선루에서 무공을 겨루기로 한 약속은 이것으로 승패를 가린 셈 칩시다."

강남육괴는 이 말을 듣자 뿌듯하고 자랑스러웠다. 사막에서 보낸 18년의 세월이 헛되지 않아 기쁘기 그지없었다. 가진악이 예를 갖춰 겸손의 말로 답례를 했다. 그러나 사막에서 비참하게 죽은 장아생을 생각하니 서글픔을 감추지 못했다. 이런 뜻깊은 자리에 장아생이 함께할 수 없다는 안타까움에 눈시울이 뜨거워졌다.

다 함께 마옥과 왕처일을 부축해 객잔으로 들어갔다. 전금발은 양철심 부부의 장례를 치를 관과 제구 등을 사러 나갔다. 목염자가 애통해하는 모습을 보자 구처기는 측은하기도 하고 비통하기도 해 이렇게 물었다.

"목 낭자, 그동안 부친께서는 어찌 지내셨소?"

"10여 년 동안 아버님은 저를 데리고 이곳저곳을 돌아다니셨어요. 어느 한곳에 정착해본 적이 없었죠. 아버님은 항상 곽씨 성을 가진 청년을 찾고 계신다고 하셨어요."

목염자는 고개를 숙인 채 눈물을 훔쳤다. 구처기가 힐끗 곽정을 바라보더니 다시 물었다.

"어떻게 아버님을 만나게 되었소?"

"저는 임안부 하당촌 사람입니다. 10여 년 전, 아버님께서 저희 집에 머무르며 요양을 하신 적이 있습니다. 그러던 중 저희 친부모님과 오빠들이 모두 전염병으로 숨을 거두게 되었죠. 아버님께서는 혼자 남은 저를 불쌍히 여기시어 양녀로 삼고 무예를 가르쳐주셨습니다. 아버님은 곽씨 성을 가진 청년을 찾아야 한다며 이곳저곳을 떠돌아다니시다가……."

"그랬군요. 소저의 부친은 목씨가 아니라 양씨요. 그러니 낭자도 이제부터 양씨로 바꾸어야 옳을 것 같은데……."

"싫습니다. 저는 그냥 목가로 살겠습니다."

"왜지? 내 말을 믿지 못하는 건가?"

"그럴 리가 있습니까? 어쨌든…… 저는 그냥 목가로 살겠습니다."

구처기는 더 이상 강요하지 않기로 했다. 갑자기 아버지가 돌아가시니 비통한 나머지 상황 판단이 잘 안 되는 탓이리라 생각했다. 그러나 사실 눈앞의 상황을 제대로 이해하지 못한 사람은 목염자가 아니라 구처기였다.

목염자가 고집을 부린 데는 이유가 있었던 것이다. 그녀는 이미 완안강에게 일생을 바치기로 결심했다. 그런데 완안강이 아버지의 친아들이라면 당연히 양씨가 될 터인데, 자기도 양씨가 되면 어찌 혼인을 할 수 있겠는가. 실로 기구한 운명의 장난이 아닐 수 없었다.

왕처일은 약을 복용하고 점차 기력이 회복되어 침상에 누운 채 두 사람의 대화를 듣고 있었다. 그러다 문득 궁금한 생각이 들었다.

"내가 보아하니 낭자의 무공이 아버님보다 강하던데, 그건 어찌 된 일이지?"

"제가 열세 살 되던 해, 기인을 한 분 만난 적이 있습니다. 그분이 제게 3일 동안 무공을 가르쳐주셨는데, 그 이후로 무공이 강해졌습니다.

안타깝게도 제가 워낙 우둔한지라 그분의 무공을 제대로 다 배우지는 못했습니다."

"겨우 3일을 배웠는데 아버지보다 무공이 강해지다니……. 그분이 대체 누구지?"

"감히 숨기고 싶은 생각은 없으나, 아무에게도 그분의 신분을 밝히지 않기로 굳게 맹세한 바 있어 말씀드릴 수 없습니다."

왕처일은 고개를 끄덕이고 더 묻지 않았다. 목염자가 완안강과 싸울 때 사용한 초식이나 방어 자세, 권법 등을 떠올려봤지만 어느 문파의 무술인지 짐작할 수가 없었다. 생각할수록 궁금증만 더해졌다. 그는 고개를 돌려 구처기에게 물었다.

"구 사형, 사형이 완안강을 가르친 게 이미 8~9년 정도 되지요?"

"꼬박 9년 6개월 되었네. 에이, 그 녀석 인품이 겨우 그 정도밖에 안 될 줄이야……."

"그것참, 이상하군요."

"뭐가?"

왕처일은 대답은 하지 않고 깊은 한숨만 내쉬었다. 대신 가진악이 물었다.

"구 도장께서는 어떻게 양 형의 후예를 찾아내셨습니까?"

"참 우연한 일이었습니다. 우리가 두 사람의 후예를 찾아 무공을 겨루기로 약속한 후, 사방팔방으로 수소문을 했지만 몇 년 동안 아무런 소득이 없었습니다. 그래도 포기할 수 없어 또다시 양 형의 집에 가보았지요. 그런데 뜻밖에 관군이 나와 양 형 집의 가구며 물건을 옮기고 있지 않겠습니까? 그래서 숨어 몰래 들어보니 뜻밖에도 대금국 조왕부의 친위병들이 왕비의 명을 받들어 이 집의 모든 물건을 가지러 왔다는 겁니다. 낡은 의자, 탁자에 쟁기까지 하나도 남기지 말고 모조리 옮겨야 한다는 것이었습니다. 뭔가 이상하다는 생각이 들어서 몰래 그들의 뒤를 밟아 이곳까지 오게 되었지요."

곽정은 조왕부에서 포석약이 기거하던 처소를 보았기 때문에 어찌 된 연유인지 금세 알 수 있었다.

구처기의 이야기가 이어졌다.

"조왕의 왕비가 양 형 집의 낡은 물건을 이 멀리까지 옮겨온 이유가 뭔지 알아내기 위해 밤을 틈타 몰래 조왕부에 침입했습니다. 이유를 알고 놀라기도 했지만, 어쩐지 화가 치밀었습니다. 양 형의 아내 포석약이 왕비가 되어 있지 뭡니까? 너무 화가 나서 단칼에 죽일까 생각도 했지만, 그녀가 집에서 옮겨온 물건들을 바라보고 쓰다듬으며 눈물 흘리는 모습을 보자 마음이 바뀌었습니다. 어떤 사연으로 조왕의 아내가 되기는 했지만 양 형에 대한 마음은 여전히 극진해 보였습니다. 뒷날 조왕의 왕자가 바로 양 형의 아들인 것을 알고 아이가 좀 더 자라기를 기다려 그의 사부로 들어갔지요."

"그 아이는 지금까지 자기의 진짜 신분을 몰랐단 말인가요?"

"몇 번 시험을 해보았지만 완안강은 부귀영화를 좋아하는 그런 부류의 아이였어요. 그래서 사실을 밝힐 수가 없었죠. 몇 차례 사람됨의 도리를 가르쳐봤지만 매번 대충 들어 넘기더군요. 만약 여러분과 한 약속이 없었다면 진작에 포기했을 겁니다. 원래는 곽 형의 아이와 무예를 겨루게 한 다음 누가 이기든 서로 친구가 되게 해주려 했죠. 그때 강의 진짜 신분도 알려주고, 그의 어머니를 모셔 적당한 곳에 두 사람을 숨길 생각이었어요. 양 형이 아직 살아 있으리라고는 생각지도 못하고……. 저와 마 형이 모두 저들에게 당해 양 형 부부의 생명을 구하지 못한 것이 한스러울 따름입니다.”

목염자는 여기까지 듣자 또다시 얼굴을 감싸 쥐고 흐느끼기 시작했다. 곽정이 뒤를 이어 양철심과 만난 과정과 밤에 포석약과 양철심이 재회한 것을 목격한 사연들을 이야기했다. 모두들 포석약이 비록 조왕에게 정조를 잃긴 했지만 남편에 대한 충정이 애절했던 것을 듣고 절로 고개를 숙였다.

양철심에 대한 이야기를 마무리하고 다 같이 8월 중추절에 있을 싸움에 대해 상의했다. 주총이 입을 열었다.

“선진칠자가 다 모인다면 걱정할 필요가 있겠습니까?”

마옥이 대답했다.

“저쪽에서 너무 많은 사람을 불러오지 않을까 그것이 걱정이지요.”

“우리보다 강한 고수가 설마 그렇게 많겠습니까?”

구처기의 호탕한 말을 듣고 마옥이 탄식했다.

“구 사제, 최근 몇 년 동안 자네의 무공이 크게 늘어 우리 파의 명예를 위해 많은 공을 세운 건 사실이나, 아직도 젊은 혈기를 버리지 못하다니…… 이것 참.”

“뛰는 놈 위에 나는 놈이 있다는 속담을 잊지 말아야 한다는 말씀이시지요?”

“내 말이 틀렸나? 방금 만난 그들만 해도 이미 무공이 상당한 수준이지 않았나? 만약 그들이 자신과 비슷한 실력의 고수를 몇 명 더 청한다면 문제는 심각해지지.”

구처기가 여전히 패기 있게 대꾸했다.

"큰형님은 너무 걱정이 심하십니다. 설마 전진파가 그런 놈들에게 패하겠습니까?"

마옥이 정색을 하고 말했다.

"세상일은 모르는 법이야. 조금 전만 해도 가 형과 주 형이 도와주시지 않았다면 수십 년 동안 이어진 전진파의 명예도 우리 세 형제 손에서 무너질 뻔하지 않았나?"

"저들이 간계를 부린 탓이지요."

마옥이 또 한숨을 내쉬었다.

"주 사숙은 사부님께서 직접 무공을 전수해주셨기 때문에 무공이 우리보다 열 배는 강하지 않나? 그런데 워낙 본인의 무공을 믿고 승부욕에 치우치다 보니 벌써 10년째 행방이 묘연하지 않은가? 그러니 우리도 이를 교훈 삼아 조심해야지."

마옥이 이렇게까지 말하자 구처기도 아무 말도 하지 않았다. 듣자하니 전진파 입장에서는 감추고 싶은 일인 듯하므로 더 이상 캐물을 수도 없었다. 왕처일은 잠자코 듣기만 할 뿐 전혀 끼어들지 않았다. 구처기는 곽정과 목염자를 바라보았다.

"가 형, 제자분이 의협심도 강하고 아주 훌륭하십니다. 양 형도 이런 사위가 생겼으니 편안히 눈을 감으셨을 겁니다."

목염자가 얼굴을 붉히며 일어나 건넌방으로 가버렸다. 그런데 그때 그녀의 뒷모습을 바라보던 왕처일의 머릿속에 문득 떠오르는 생각이 있었다. 왕처일은 훌쩍 뛰어나가 손을 뻗어 갑작스레 그녀의 어깨를 눌렀다. 그녀가 기를 모아 저항하기를 기다렸다가 힘이 어깨에 미치기

직전에 어깨를 당겼다. 비록 중상을 입은 터라 내공을 발휘할 수는 없으나 한 번 누르고 당겨 상대방의 힘이 끊기고 이어지는 그 짧은 순간을 정확하게 잡아낸 것이다. 목염자는 잠시 비틀거리다가 앞으로 쓰러졌다. 왕처일이 손을 뻗어 목염자의 몸을 받쳤다. 목염자가 놀랍고 당혹스러운 눈빛으로 그를 바라보았다.

"놀라지 마시오. 그저 목 낭자의 무공을 시험해본 것뿐이니…… 3일 동안 낭자를 가르쳤다는 그분은 혹시 평소 거지 차림으로 다니지 않았소? 손가락은 아홉 개뿐이고……."

목염자는 더욱 의아해하며 물었다.

"그걸 어떻게 아시죠?"

"구지신개九指神丐 홍 선배님은 그야말로 신출귀몰하시지. 그분에게 가르침을 받다니 정말 대단한 행운이오."

"안타깝게도 그분이 시간이 많지 않아서 3일밖에 가르침을 받지 못했습니다."

"그분의 3일은 다른 사람의 10년, 아니 20년과 맞먹을 거요."

"도장님의 말씀이 맞습니다."

목염자는 가벼운 한숨을 내쉬었다.

"혹시 도장님께서는 홍 선배님이 어디에 계시는지 알고 계신가요?"

"내가 알 리가 있나? 20년 전 화산논검대회에서 한 번 뵙고 지금까지 전혀 소식을 듣지 못했소."

목염자는 실망한 기색을 감추지 못하고 방을 나갔다.

한소영이 물었다.

"왕 도장, 홍 선배님이란 분은 어떤 분이시죠?"

왕처일이 미소를 띠며 자리에 앉았다.

구처기가 말을 받았다.

"동사東邪, 서독西毒, 남제南帝, 북개北丐라는 말을 들어보신 적이 있으신지요?"

"들어본 적은 있습니다. 당대 무림의 최고 고수들을 일컫는 말이라지요?"

"그렇습니다."

"그렇다면 홍 선배님이란 분이 바로 북개?"

"네, 중신통中神通은 우리 전진파의 선사先師 왕 진인이시지요."

강남육괴는 홍 선배라는 사람이 왕 진인과 같은 항렬의 고수라는 말을 듣자 모두 숙연해졌다. 구처기가 곽정을 바라보며 미소를 지었다.

"고명하신 구지신개의 제자를 아내로 맞이하다니…… 앞으로 두려울 것이 없겠군. 그래, 잘됐다."

곽정은 무언가 해명하고 싶었지만 얼굴을 붉힌 채 아무 말도 하지 못했다. 한소영이 또 물었다.

"왕 도장께서는 어떻게 그 애의 어깨를 한 번 눌러본 것만으로 홍 선배님의 제자인 것을 아셨습니까?"

구처기가 곽정에게 손짓을 했다.

"가까이 와보게나."

곽정이 다가갔다. 구처기가 손을 뻗어 곽정의 어깨에 얹고서 갑자기 힘을 주어 눌렀다. 곽정은 마옥에게서 현문 정종의 내공을 전수받고 10여 년 동안 무공을 익혔기 때문에 외공도 만만치 않았다. 비록 구처기가 힘주어 누르기는 했으나 쓰러지지 않았다.

"훌륭하군."

구처기는 웃으며 돌연 손에 힘을 뺐다. 곽정은 내공을 운기해 구처기의 힘을 막고 있다가 상대방이 갑자기 힘을 빼자 자신도 동시에 저항하던 힘을 뺐다. 그런데 뜻밖에 구처기가 다시 힘을 주면서 곽정의 어깨를 당겼다. 예상치 못한 일이라 곽정은 결국 뒤로 발라당 넘어졌다. 그 모습을 보고 모두들 큰 소리로 웃었다.

"하하하……!"

한소영이 다정하게 말했다.

"정아, 구 도장께서 한 수 가르쳐주셨으니 앞으로 절대 잊지 말아라."

곽정은 고개를 끄덕였다. 구처기가 설명을 덧붙였다.

"천하 모든 문파의 무공은 누군가 어깨를 당겼을 때 버티지 못하면 당기는 쪽으로 쓰러지게 되어 있습니다. 그런데 구지신개의 무공을 배우면 버티지 못할 경우 앞으로 넘어집니다. 홍 선배님은 무공이 워낙 강해서 무엇이든 견뎌내겠지만, 목 낭자는 며칠밖에 배우지 못했기 때문에 버티지 못한 거지요. 그러나 잠깐이지만 무공의 비결을 잘 배운 모양입니다. 왕 사제가 어깨를 당기자 비록 감당하지는 못했지만 결코 힘의 기세에 굴복하지 않고 쓰러지더라도 상대방이 당기는 힘의 반대 방향으로 쓰러진 것이지요."

강남육괴는 모두 전진파의 넓은 식견에 고개를 끄덕였다.

"왕 도장께서는 구지신개의 무공을 직접 보신 적이 있으십니까?"

"20여 년 전 선사와 구지신개, 황약사 등 다섯 분이 화산 정상에서 검술을 논하신 적이 있습니다. 홍 선배님은 무공이 뛰어났지만 식탐이 많으셨지요. 음식에 조예가 깊고 워낙 먹을 것을 밝혔습니다. 그런데 화산 정상에 무슨 먹을 만한 것이 있었겠습니까? 하는 수 없이 검劍을 논하는 것을 술로 삼고 권拳을 논하는 것을 안주 삼아 열띤 토론을 벌이셨습니다. 운 좋게도 그때 제가 선사를 모시고 있어서 옆에서 들을 수 있었습니다."

"아, 황약사라는 분이 바로 동사, 서독 중 동사로군요?"

"그렇습니다."

구처기가 곽정을 보며 웃었다.

"마 사형이 자네에게 무공을 가르치긴 했지만, 어쨌든 사제지간이 아니어서 다행이로군. 만약 사제지간이어서 항렬을 따진다면 부인의 후배가 될 뻔했지 않나?"

곽정이 얼굴을 붉혔다. 그는 속에 꾹 누르고 있던 한마디를 내뱉었다.

"그녀와 결혼하지 않을 겁니다."

곽정의 말에 구처기는 깜짝 놀랐다.

"뭐라고?"

"그녀와 결혼하지 않겠습니다."

"이유가 뭔가?"

구처기가 어두운 표정으로 자리에서 일어나며 물었다. 한소영은 유난히 곽정을 아끼고 사랑했다. 그 때문에 곽정의 입장이 난처해지자 대신 나서서 해명을 해주었다.

"정이는 양 대협의 후손이 남자아이라고 들었기에 혼인의 약속은 지킬 필요가 없다고 생각했어요. 그래서…… 몽고에 있을 때 이미 혼사를 정했습니다. 몽고 대칸이 정이를 사위로 점찍었어요."

구처기가 굳은 표정으로 곽정을 노려보았다.

"그랬군. 금지옥엽 공주님을 어찌 여염집 처자와 비교할 수 있겠나? 돌아가신 분의 유지는 생각지도 않는군. 부귀영화를 탐하여 근본을 잊다니…… 완안강과 다른 것이 무엇인가? 자네 아버지가 살아생전 뭐라 말씀하셨는지 알고 있나?"

곽정은 당황해서 구처기를 향해 허리를 굽혔다.

"죄송합니다. 아버지의 얼굴도 뵌 적이 없는 데다 어머니께서도 말씀해주신 적이 없어 아버님의 유언을 듣지 못했습니다. 도장께서 알려주시지요."

곽정의 진지한 태도에 구처기도 화를 누그러뜨렸다.

"자네를 탓할 것도 없지. 내가 심했네."

구처기는 18년 전 곽정의 아버지를 만나게 된 사연과 금군에게 쫓겨 죽임을 당한 사연, 강남칠괴와 인연이 되어 각자 곽소천과 양철심의 아이를 찾아 무예를 가르쳐 서로 겨루기로 약속한 사연 등을 자세히 들려주었다. 곽정은 그제야 아버지에 대한 모든 것을 알게 되었다. 비참하게 돌아가신 부친을 생각하니 비통함을 누를 길이 없었다. 게다가 저간의 사정을 알고 나니 사부님들의 은혜가 얼마나 큰지 새삼 깨닫게 되어 눈물이 비 오듯 흘렀다. 한소영이 따뜻한 목소리로 곽정을 위로했다.

"일부다처도 흔히 있는 일이니, 대칸에게 사정을 고하고 둘 다 아내로 맞으면 되지 않겠느냐? 대칸께서도 부인이 한둘이 아니지 않느냐?"

곽정이 눈물을 닦았다.

"화쟁 공주와 결혼할 마음도 없습니다."

한소영도 눈살을 가볍게 찌푸렸다.

"그 애와 잘 지내지 않았니?"

"동생이나 친구로서 잘 지낸 것이지, 결혼할 생각은 없었습니다."

구처기는 이 말을 듣자 크게 기뻤다.

"역시 대장부답군. 대칸이 뭐고, 공주가 다 뭔가? 아버님과 양 숙부의 유언을 받들어 목 낭자와 결혼하게나."

그러나 곽정은 여전히 고개를 저었다.

"그녀도 싫습니다."

모두들 곽정이 무슨 생각을 하는지 이해할 수 없었다. 그러나 한소영은 역시 여자라 눈치가 빨랐다.

"마음에 두고 있는 다른 처자가 있는 모양이군?"

곽정은 얼굴을 붉힌 채 가만히 있다가 잠시 후 고개를 끄덕였다. 한보구와 구처기가 동시에 물었다.

"그게 누구냐?"

곽정은 망설이며 대답하지 못했다. 한소영은 어젯밤 왕부에서 매초풍, 구양극 등과 싸울 때 황용을 눈여겨보았던 터라 예쁘고 귀여운 얼굴에 수려한 자태가 기억에 남아 있었다. 게다가 곽정을 대하는 그녀의 태도가 무척 친밀해 보였고, 곽정을 보호하려 애쓰는 모습을 보고 곽정과 무슨 사이가 아닌지 의심이 든 터였다.

"어젯밤 하얀 옷을 입고 있던 그 아이로구나? 그렇지?"

곽정은 얼굴을 붉히며 고개를 끄덕였다. 구처기가 다그쳤다.

"하얀 옷을 입었다는 그 아이가 대체 누구지?"

이때 한소영이 당혹스러운 표정으로 중얼거렸다.

"매초풍이 그 아이를 사매라 부르고, 그 아이의 아버지를 사부라고 부르던데……."

구처기와 가진악이 동시에 자리에서 벌떡 일어났다.

"아니, 그럼 황약사의 딸이란 말이냐?"

한소영이 곽정의 손을 잡아끌었다.

"정아, 그 아이의 성이 황씨이더냐?"

"네."

한소영은 할 말을 잃었다. 가진악이 혼잣말하듯 물었다.

"매초풍의 사매를 아내로 맞이하겠다는 말이냐?"

주총도 당혹스러움을 감추지 못했다.

"그 아이의 아버지는 너희의 혼사를 허락하셨느냐?"

"그 애의 아버지를 뵌 적도 없고, 아버지가 누구신지도 모릅니다."

"그럼 사정종신私訂終身을 했단 말이냐?"

곽정은 '사정종신'이 무슨 말인지 몰라 뭐라 대답해야 할지 몰랐다.

주총이 곽정의 표정을 보더니 다시 물었다.

"네가 그 아이에게 아내로 삼겠다고 말했고, 그 아이도 너에게 시집오겠다고 서로 약속을 했단 말이냐?"

"그런 말을 한 적은 없어요. 그렇지만…… 말할 필요도 없어요. 전그 애가 없으면 안 되고, 그 애도 제가 없으면 안 돼요. 우린 서로의 마음을 다 알고 있어요."

평생 누군가를 사랑해본 적이 없는 한보구는 곽정의 말을 이해할수가 없어 버럭 화를 냈다.

"그게 말이 되느냐?"

그러나 한소영은 문득 장아생이 떠올랐다.

'강남칠괴 중 다섯째 사형의 성격이 곽정과 가장 비슷한데, 다섯째 사형은 항상 속으로만 날 좋아했을 뿐 겉으로는 전혀 내색하지 않았지. 곽정과 황용이란 아이, 참 대단하구나. 어른들 앞에서 저런 말을 솔직하게 털어놓다니……. 사실 나도 다섯째 사형을 참 좋아했는데, 만약 다섯째 사형이 죽기 전에 나도 다섯째 사형이 없으면 안 된다고 고백했더라면, 죽기 전 마지막 몇 달이라도 행복하게 보낼 수 있었을 텐데…….'

주총이 부드러운 목소리로 달랬다.

"그 아이의 아버지는 눈 하나 깜짝하지 않고 사람을 죽이는 나쁜 사람이다. 알고는 있는 거냐? 만약 그가 이 사실을 안다면 널 살려둘 줄 아느냐? 매초풍의 무공은 그의 10분의 1도 못 따라갈 텐데……. 너도 매초풍의 무공 실력을 잘 알지 않느냐? 만약 황약사가 나서서 널 죽이려 한다면 누가 널 구해줄 수 있겠니?"

"황용이 착하고 선한 사람인 것으로 보아 그 애의 아버지도 나쁜 사람일 리 없어요."

한보구가 참지 못하고 또 목소리를 높였다.

"말도 안 되는 소리! 황약사는 온갖 나쁜 짓을 다 저질렀는데, 어찌 나쁜 사람이 아니란 말이냐? 다시는 그 요괴 같은 아이와 만나지 않겠다고 맹세하거라. 어서!"

강남육괴는 장아생이 흑풍쌍살의 손에 죽었기 때문에 매초풍에 대한 원한이 뼈에 사무친 터였다. 매초풍의 사부도 원수로 여기는 것이 당연했다. 황약사가 없었더라면 흑풍쌍살의 무공이 그렇게 강하지 않았을 테고, 장아생도 그렇게 비참하게 죽지 않았을 것이다.

곽정은 어찌할 바를 몰랐다. 하늘 같은 사부님의 명령을 거역할 수도 없지만, 그렇다고 사랑하는 황용을 버릴 수도 없었다. 다시는 그 애를 볼 수 없다고 생각하니 살아갈 희망이 사라졌다. 그러나 사부님들의 매서운 눈초리에 마음이 아파서 땅바닥에 무릎을 꿇고 말았다. 뜨거운 눈물이 쏟아져 내렸다. 한보구가 다그쳤다.

"다시는 그 아이를 만나지 않겠다고 어서 맹세하라니까!"

그때 문득 창밖에서 맑은 여자아이의 목소리가 들려왔다.

"사람을 이렇게 몰아붙이다니, 비겁하군요. 오빠, 어서 나와요."

모두들 깜짝 놀랐다. 곽정은 갑작스러운 황용의 목소리에 놀랐지만 내심 반가웠다. 문을 열어보니 황용이 한혈보마의 고삐를 잡고 정원에 서 있었다. 홍마는 곽정을 보자 히이잉, 하고 길게 울부짖으며 앞발을 높이 쳐들었다. 한보구, 전금발, 주총, 구처기 등도 곽정을 따라 밖으로 나왔다.

"셋째 사부님, 저 애가 황용이에요. 요괴가 아니라고요."

황용이 한보구를 쳐다보며 말했다.

"흥! 자기는 난쟁이 땅딸보인 주제에 남을 요괴라고 욕하다니."

그러고는 주총을 가리키며 대뜸 화를 냈다.

"그리고 당신, 뭐? 우리 아버지가 눈 하나 깜짝하지 않고 사람을 죽이는 악인이라고요?"

주총은 어린 낭자를 상대로 싸울 수 없어 어색하게 미소만 지을 뿐이었다. 그러면서 속으로 황용의 미모에 감탄했다.

'과연 보기 드문 미인이군. 곽정이 빠질 만도 하겠어.'

그러나 한보구는 화가 머리끝까지 치밀어 수염마저 파르르 떨렸다.

"빨리 꺼지지 못할까!"

황용이 박수를 치며 놀려댔다.

"난쟁이, 뚱뚱보! 한 번 차면 세 바퀴는 구르겠네. 두 번 차면……."

난처해진 곽정이 소리쳤다.

"용아, 무례하게 굴지 마. 모두 내 사부님들이야."

황용은 혀를 날름 내밀고 입술을 삐죽거렸다. 한보구가 황용에게 다가가 손을 뻗어 그녀를 밀려 했다.

"난쟁이, 뚱뚱보! 한 번 차면……."

황용이 또 노래를 부르는가 싶더니 갑자기 손을 뻗어 곽정의 허리춤을 확 잡아끌어 홍마에 태웠다. 황용이 채찍을 휘두르자 말이 쏜살같이 달리기 시작했다. 한보구가 아무리 민첩하다 해도 한혈보마를 따라잡을 방법은 없었다.

아름다운 풍경, 즐거운 이야기

곽정이 정신을 차리고 돌아보니 이미 한보구 등이 저 멀리 점처럼 조그맣게 보였다. 귓가를 스치는 바람 소리만으로도 홍마가 얼마나 빠른 속도로 달리고 있는지 짐작할 수 있었다.

황용은 오른손으로 고삐를 잡고 왼손으로 곽정의 손을 잡았다. 두 사람은 겨우 반나절밖에 헤어져 있지 않았지만 조금 전 두렵고 떨리는 상황을 겪고 나니 마치 오랜 이별 끝에 재회한 듯한 기분이 들었다. 곽정은 이런 식으로 사부님들 곁을 떠나서는 안 된다는 생각이 들었다. 그러나 생명보다 소중한 황용과 영원히 이별하는 것은 죽기보다 싫은 일이었다. 홍마는 번개같이 달려 순식간에 연경에서 수십 리를 벗어났다. 황용은 그제야 고삐를 당겨 말을 멈춰 세웠다.

곽정은 말에서 내려 홍마를 쓰다듬었다. 홍마도 곽정의 허리에 머리를 비벼댔다. 황용과 곽정은 두 손을 꼭 맞잡고 말없이 서로를 바라보았다. 비록 아무 말도 하지 않았지만 상대방의 마음을 모두 알 수 있었다.

시간이 한참 흐른 뒤 황용이 곽정의 손을 놓고 주머니에서 수건을 꺼내 개울가에 적시고는 건네주었다. 곽정은 무슨 생각을 하는지 황용이 수건을 내미는 것도 모르고 멍하니 서 있었다.

이윽고 곽정이 입을 뗐다.

"용아, 우리 이러면 안 돼!"

"왜요?"

"돌아가자. 사부님들께 돌아가야 해."

"돌아가자고요? 둘이 함께 돌아가자고요?"

"응, 둘이 같이 가서 네 손을 잡고 사부님께 용이는 요녀가 아니라고 말씀드릴 거야."

제법 비장하고 단호한 태도였다.

"사부님들의 은혜는 태산과 같아 죽어서도 다 갚지 못할 것입니다. 하지만 용이는 결코 요녀가 아니에요. 용이가 얼마나 착한데요. 얼마나 착한데요……."

마치 가진악과 마옥 등이 바로 앞에 있기라도 한 듯 울먹이며 애원했다. 곽정은 황용을 변호할 말을 찾고 싶었지만 단지 착하다는 말밖에 다른 말이 떠오르지 않았다. 황용은 처음에는 곽정의 과장된 태도가 우스웠지만 듣다 보니 점차 감동이 되었다.

"오빠, 오빠의 사부님들은 절 너무 미워하시기 때문에 오빠가 뭐라고 변명해도 소용이 없어요. 돌아가지 말아요. 오빠가 어딜 가든지 난 따를 거예요. 사부님들이 찾을 수 없는 곳으로 도망가요."

곽정은 마음이 움직였으나 다시 정색을 하고 말했다.

"용아, 우린 돌아가야만 해."

"사부님들이 우릴 갈라놓을 거예요. 다시는 만나지 못하게 할걸요."

"걱정하지 마. 우린 죽어도 헤어지지 않을 거야."

황용은 처량하고 슬픈 생각이 들었지만 곽정의 단호한 태도를 보니 조금 용기가 났다. 두 사람의 마음이 이처럼 굳으니 그 어떤 사람도 떼어놓을 수 없으리라는 자신이 생겼다.

'맞아, 죽기밖에 더하겠어? 죽는 것보다 더 무서운 게 뭐겠어?'

"오빠가 하자는 대로 할게요. 우리, 죽어도 헤어지지 말아요."

"당연하지."

황용이 생긋 미소를 지었다.

"말도 좀 쉬어야 하니까, 잠시 쉬었다 가요."

황용은 짐 속에서 생쇠고기를 꺼내 젖은 수건으로 감쌌다. 마른 나뭇가지를 모아 불을 붙이고 고기를 구웠다. 쇠고기를 다 먹고 홍마에게도 실컷 풀을 뜯게 한 뒤 두 사람은 다시 말을 몰아 사부님들이 있는 객잔에 당도했다.

곽정은 황용의 손을 잡고 객잔으로 걸어 들어갔다. 객잔의 점원은 곽정에게서 은자를 받은 적이 있어 그를 보자 반가이 맞았다.

"아이고, 오셨습니까? 일행분들은 모두 떠나셨는데요. 뭐, 먹을 것 좀 드릴까요?"

사부님들이 모두 떠났다는 말에 곽정은 가슴이 철렁했다.

"떠나셨다고요? 혹시 무슨 말을 남기시지는 않았습니까?"

"없는데요. 남쪽으로 가신다는 것 같았어요. 떠나신 지 아마 한두 시진쯤 되었지요."

"어서 따라가자."

두 사람은 객잔을 나와 남쪽을 향해 말을 몰았다. 한참을 갔으나 전진삼자와 강남육괴의 모습은 보이지 않았다.

"우리가 길을 잘못 든 게 아닐까?"

곽정은 다시 말 머리를 돌렸다. 비록 두 사람이 같이 말을 타고 먼 길을 달렸지만 홍마는 여전히 피로한 기색이 없었다. 과연 뛰어난 준마였다. 길을 달리며 여기저기 사부님들의 행방을 알아보았지만, 그들을 보았다는 사람은 아무도 없었다. 곽정은 크게 낙심했다.

"너무 걱정하지 말아요. 8월 중추절 때 가흥 연우루에서 만나기로 했잖아요? 그때 그곳에 가면 만날 수 있을 거예요. 그때 가서 사부님께 내가 착하다고 말씀드려도 늦지 않아요."

"그렇지만 중추절까지는 아직 반년이나 남았는걸."

황용은 천하태평이었다.

"반년 동안 여기저기 돌아다니며 여행이나 하지요, 뭐."

성격이 원래 낙천적인 데다 아직 어린 나이였던 곽정은 여행이나 다니자는 말에 금세 기운이 났다. 두 사람은 어느 작은 마을에 도착해 하루 저녁을 보내고 다음 날 백마 한 필을 샀다. 곽정은 기어이 자기가 백마를 타고 홍마는 황용에게 양보했다.

두 사람은 말 머리를 나란히 하고 여기저기 돌아다니면서 아름다운 풍경도 즐기고 이런저런 이야기도 나누며 즐겁게 지냈다. 들판에서 팔베개를 하고 나란히 눕기도 하고, 여관에 들 때도 한방에서 같이 잤지만 결코 지켜야 할 선을 넘지는 않았다. 황용이나 곽정이나 모두 당연히 그래야 하는 것으로 생각했다.

어느 날, 두 사람은 연경 동서쪽 격경부 태녕군의 경내로 들어섰다.

단오절이 가까울 때라 날씨가 이미 상당히 더웠다. 태양이 뜨겁게 내리쬐니 말을 모는 두 사람은 등이 땀으로 흠뻑 젖었다. 게다가 큰길을 달리며 먼지를 잔뜩 뒤집어쓴 탓에 얼굴이며 옷이 온통 꾀죄죄했다.

"급할 것 없으니 시원한 곳을 찾아 좀 쉬었다 가요."

"좋아, 저 앞에 찻집이 있으니 거기서 차라도 한잔하지."

찻집으로 향하는 길에는 가마 한 채와 나귀가 느릿느릿 움직이고 있었다. 가까이 가서 보니 작고 말라빠진 나귀 등에 자색 옷을 입고 큼지막한 흰 부채를 끊임없이 흔들어대는 뚱뚱보가 타고 있었다. 나귀는 250근이 넘어 보이는 뚱뚱보를 태우고 힘이 빠져 비틀거렸다. 한 발 한 발 떼기도 힘들어 보였다.

그리고 통풍을 위해 걷어 올린 발 사이로 가마 안에 탄 사람도 엿볼 수 있었다. 가마에 탄 사람도 분홍색 옷을 입은 뚱뚱한 부인이었다. 가마를 든 두 사내는 어처구니없게도 나귀와 마찬가지로 작은 체구에 비쩍 마른 사람들이었다. 뚱뚱한 부인의 무게가 어찌나 버거운지 두 사람도 숨을 헐떡이고 있었다. 가마 곁에는 작은 계집아이가 부채를 들고 뚱뚱한 부인에게 연신 부채질을 해대고 있었다.

황용이 말을 재촉해 가마 탄 일행을 앞질러 가더니 말 머리를 돌려 가마를 향해 다가갔다. 곽정은 영문을 몰라 그녀에게 물었다.

"용아, 뭐 하는 거야?"

"가마 안에 탄 여자를 좀 보려고요."

가마 안에는 40세쯤 되어 보이는 뚱뚱한 부인이 머리에 금비녀를 꽂고, 귀밑머리 뒤에 크고 붉은 꽃을 꽂은 차림으로 앉아 있었다. 두꺼운 입술, 작고 찢어진 눈, 납작한 코, 둥글 넓적하고 못생긴 얼굴에 하얀 분을 잔뜩 발랐는데, 더운 날씨에 땀을 많이 흘려 땀줄기를 따라 분이 지워진 흔적이 보기 흉하게 드러나 있었다. 그녀는 황용과 눈이 마주치자 눈을 사납게 치켜뜨고 노려보았다.

"뭘 보는 거냐?"

황용은 그러잖아도 한마디 하고 싶던 차에 상대방이 먼저 시비를 걸어오자 그야말로 속으로 쾌재를 불렀다. 그녀는 말고삐를 당겨 가마를 가로막고 섰다.

"부인이 너무 날씬하고 아름다우셔서 어디 안 볼 수가 있어야죠."

황용이 갑자기 채찍을 휘두르니 홍마가 가마를 향해 돌진했다. 예상치 못한 일이었다.

"어이쿠!"

가마꾼들은 깜짝 놀라 가마를 팽개치고 길옆으로 도망갔다. 가마가 뒤집히면서 가마에 탄 부인이 땅바닥으로 나동그라졌다. 이 광경을 보고 황용은 고삐를 당겨 홍마를 멈춰 세운 뒤, 손뼉을 치며 즐거워했다. 그러나 황용이 막 돌아서려는 순간, 나귀를 타고 있던 뚱뚱한 남자가 황용을 향해 냅다 채찍을 휘둘렀다.

"뭐 하는 놈이냐?"

땅바닥에 내팽개쳐진 여자는 일어나지도 못하고 쓰러져 있는 와중에도 끊임없이 욕을 퍼부었다. 황용이 손을 뻗어 채찍의 끝을 잡아 힘껏 당기자 채찍을 휘두르던 남자도 그만 나귀 등에서 떨어지고 말았다. 이번에는 황용이 채찍을 휘둘렀다.

남자가 소리쳤다.

"강도야! 사람 살려!"

황용은 허리를 굽혀 여자의 왼쪽 귀를 겨냥해 아미강자를 내던졌다. 여자의 얼굴이 금세 피로 범벅이 되었다. 여자는 고래고래 소리를 질러댔다. 이렇게 되자, 나귀 등에 탔던 남자는 혼비백산해 땅바닥에 꿇어앉아 빌었다.

"살려주십시오! 가진 돈은 다 드리겠습니다."

황용이 정색을 하고 소리쳤다.

"누가 돈을 달라 했소? 이 여자는 누구요?"

"제…… 제 부인입니다. 친정에…… 친정에 가는 길이었습니다."

"건장한 사람들이 왜 걸어가지 않는 거요? 말라빠진 나귀와 가마꾼이 불쌍하지도 않아요? 내 말을 들으면 목숨은 살려주겠소."

"예, 예, 분부대로 하겠습니다."

황용은 건장한 남자가 자기에게 굽실굽실하자 아주 신이 났다.

"거기 두 가마꾼! 그리고 너, 모두 가마에 타거라."

가마꾼과 어린 하녀 세 사람은 감히 명령을 거역하지 못하고 뒤집힌 가마를 바로 세워 가마 안으로 들어갔다. 다행히 셋 다 마른 체형이라 셋을 합해도 뚱뚱한 여자 하나보다 자리를 덜 차지했다. 이 세 사람과 뚱뚱한 부부는 황용의 의도를 몰라 눈을 끔벅이며 황용을 바라보았다. 땅에 쓰러진 여자는 왼손으로 얼굴에 난 상처를 누르고 있었다.

"당신 부부는 평소에 돈 있고, 지위 좀 높다고 가난한 사람들을 무시하고 살았을 테지? 자, 내 명령에 따르겠소, 아님 목숨을 내놓겠소?"

"따르지요, 따르고말고요."

"좋아요. 오늘은 당신 둘이서 가마꾼 노릇을 하시오. 자, 어서 가마를 들어요."

여자가 볼멘소리로 더듬더듬 말했다.

"난…… 난 가마에 타보기만 했지, 들어본 적은 한 번도 없어요."

황용은 아미강자를 여자의 코끝에 갖다 댔다.

"시키는 대로 하지 않으면 이번엔 코를 베어버리겠어요."

여자는 그만 황용이 코를 베어버리는 줄 알고 깜짝 놀라 소리를 질러댔다.

"아얏! 아이고, 아파라!"

"들 건가, 안 들 건가?"

남자가 먼저 가마의 손잡이를 잡았다.

"들어야죠, 들고말고요."

여자도 하는 수 없이 손잡이를 잡았다. 여자는 키가 작아 가마의 높이를 맞추려면 손잡이를 어깨 위로 들어올려야 했다. 그러나 평소에 얼마나 잘 먹고 몸보신을 잘했던지 두 사람은 거뜬히 가마를 들어 올렸다.

황용과 곽정은 함께 박장대소를 했다. 그들은 한동안 가마를 따라가다가 다시 되돌아갔다. 조금 가다 되돌아보니 뚱보 부부가 감히 가마를 내려놓지 못한 채 걸어가고 있었다.

"저렇게 못생기고 못돼먹은 여자는 구 도장에게 데려다주어 아내로 삼도록 했어야 하는데, 아까운걸."

"구 도장이 저런 여자를 아내로 삼으려고 하겠어?"

"당연하죠. 구 도장도 싫은 여자와 억지로 결혼하라고 강요하면 어떤 기분이 드는지 알아야 할 것 아니에요? 흥! 나중에 내 무공이 그보다 강해지면 내가 억지로 구 도장과 저 뚱보 여자를 맺어주고 말 테야."

황용의 말을 듣고 곽정은 웃지 않을 수 없었다.

"용아, 목 낭자는 못생긴 것도 아니고 나쁜 사람도 아니야. 그냥 내가 널 좋아하는 것뿐이지."

"말 안 해도 알아요."

조금 더 가다 보니 저만치 앞쪽 큰 나무 뒤에서 물소리가 시원하게 들려왔다. 황용이 말을 몰아 나무 뒤로 돌아가 보고는 이내 탄성을 질렀다. 거기에는 계곡물이 흐르고 있었는데, 비록 물은 상당히 깊었지만 어찌나 맑고 깨끗한지 바닥이 훤히 들여다보였다.

계곡 바닥에는 녹색, 흰색, 붉은색, 자색 등 형형색색의 자갈이 곱게 깔려 있고 계곡 양쪽에 늘어선 버드나무가 수면 위로 가지를 늘어뜨리고 있었다. 그리고 물속에는 물고기들도 한가로이 노닐고 있었다.

황용은 겉옷을 벗고 계곡물로 뛰어들더니 금세 손바닥에 작은 물고기를 담아 곽정에게 내밀었다. 물고기는 머리와 꼬리를 정신없이 흔들며 버둥거렸다.

"받아요."

황용이 곽정을 향해 물고기를 던졌다. 곽정이 얼른 손을 내밀어 물고기를 받았으나 미끄러워 잡지 못하고 그만 땅에 떨어뜨리고 말았다. 고기는 땅바닥에 누워 퍼덕댔다. 황용은 손뼉을 치며 즐거워했다.

"오빠, 들어와서 헤엄쳐요."

곽정은 웃으며 고개를 저었다. 사막에서 자란 곽정은 수영을 할 줄 몰랐던 것이다.

"옷 벗고 들어와요. 내가 가르쳐줄게."

곽정은 황용이 헤엄치는 모습을 보니 재미있을 것도 같아 옷을 벗고 물로 들어갔다. 황용이 장난기가 발동해 다리를 당기자 곽정은 중심을 잡지 못하고 넘어지고 말았다.

그는 당황한 나머지 버둥대다가 물을 몇 모금 마셨다. 코끝이 찡하게 아팠다. 황용이 웃으며 그를 부축해 일으키고는 수영하는 방법을 가르쳐주었다.

수영할 때 가장 중요한 것은 호흡이다. 내공을 쌓기 위해 호흡 훈련을 꾸준히 해온 곽정은 숨을 내쉬고 들이켜는 데 아주 익숙했다. 그래서인지 조금 배우자 금세 요령을 터득했다. 이날 밤, 두 사람은 계곡 옆에서 밤을 보냈다.

다음 날 아침, 곽정은 황용에게서 또 한차례 수영을 배웠다. 섬에서 나고 자란 황용은 어려서부터 수영을 꽤 잘했다. 무공이 그토록 강한 황약사도 수영만큼은 딸을 따라가지 못했다. 이처럼 실력 있는 사부에게서 수영을 배운 곽정은 며칠 지나지 않아 능숙하게 수영을 할 수 있게 되었다.

어느 날, 두 사람은 물에서 놀다가 계곡을 거슬러 헤엄치기 시작했다. 한참을 가다 보니 엄청난 물소리와 함께 큰 폭포가 눈앞에 펼쳐졌다. 높은 절벽 위에서 큰 물줄기가 시원하게 쏟아져 내리고 있었다.

"오빠, 우리 폭포를 거슬러 절벽 꼭대기까지 올라가요."

"좋아, 한번 해보자. 연위갑을 입는 게 좋지 않겠니?"

"필요 없어요!"

두 사람은 큰 소리를 지르며 폭포를 뚫고 들어갔다. 그러나 물줄기가 어찌나 센지 위로 거슬러 올라가기는커녕 그 자리에 붙어 있기조차 힘들었다. 조금만 발을 떼면 물줄기의 힘에 못 이겨 저 아래로 밀려

나곤 했다. 둘은 몇 차례 시도해보았으나 결국 포기하고 말았다. 곽정은 못내 아쉬웠다.

"용아, 우리 오늘 밤 푹 쉬고 내일 다시 한번 해보자."

"그래요. 하지만 그렇게 속상해할 필요는 없잖아요?"

곽정이 생각해도 마치 화난 듯한 자신의 태도가 우스웠다. 두 사람은 마주 보며 웃었다.

다음 날 또 시도했으나 결국 1장 정도 기어 올라가다 포기해야 했다. 다행히 둘 다 경공술이 뛰어나 물줄기에 떠밀려도 크게 다치지는 않았다. 날마다 조금씩 조금씩 오르락내리락 반복하다 7일째 되던 날, 드디어 곽정이 먼저 정상에 도착해 손을 내밀어 황용을 끌어 올려주었다. 두 사람은 너무 기뻐 펄쩍펄쩍 뛰면서 고함을 질렀다. 그리고 절벽 정상에서 한참을 놀다가 다시 계곡으로 내려갔다.

이렇게 10여 일이 지났다. 이제 곽정은 제법 헤엄을 잘 치게 되었다. 비록 황용과 비교하면 아직 많이 부족하지만, 그녀 말로는 아버지 황약사보다 낫다고 했다. 이렇게 실컷 즐거운 시간을 보내고 나서야 두 사람은 그 계곡을 떠나 말을 몰았다.

계곡을 떠난 두 사람은 장강長江 변에 도착했다. 날은 이미 어둑해지고 있었다. 멀리 강 너머를 바라다보니 사방이 탁 트여 아무것도 보이지 않았다. 장강 상류에서부터 도도하게 흐르는 큰 강줄기를 바라보니 가슴이 확 트이면서 마치 몸이 강 속으로 빨려드는 것 같았다. 두 사람은 한참 동안 넋을 잃고 바라보았다.

"오빠, 강을 건너보고 싶은 것 같은데, 우리 한번 해봐요."

"그래."

수십여 일을 밤낮으로 함께 지낸 두 사람은 이제 굳이 말로 하지 않아도 서로의 생각을 알 수 있었다. 황용은 곽정이 장강을 바라보는 눈빛을 보고 헤엄쳐서 강을 건너고 싶어 한다는 것을 알았다. 곽정은 백마의 고삐를 놓아주었다.

"너도 가자."

두 사람은 홍마의 엉덩이를 툭 치고 강으로 뛰어들었다. 홍마도 주인을 따라 강물로 뛰어들어 앞서가기 시작했다. 강의 중간쯤 가자 홍마와 두 사람의 거리가 상당히 멀어졌다. 하늘엔 무수히 많은 별이 반짝이고 있었다. 강물 흐르는 소리를 빼면 사방이 적막에 휩싸여 마치이 세상에 두 사람밖에 없는 것 같았다. 한참 헤엄을 치는데 갑자기먹구름이 하늘을 뒤덮더니 금세 캄캄해지면서 천둥소리와 함께 번개가 쳤다. 사방에 아무것도 없으니 바로 머리 위로 번개가 꽂힐 것만 같았다.

"용아, 무섭니?"

"오빠랑 같이 있으니까 무섭지 않아요."

여름 소나기는 거세게 내리다가도 금세 그치는지라 두 사람이 강건너에 도착했을 때는 이미 날씨가 활짝 개어 있었다. 곽정은 마른 나뭇가지를 모아 불을 지폈다. 황용은 보자기에서 마른 옷을 꺼내 곽정에게 건네주고 자기도 옷을 갈아입고는 젖은 옷을 불가에 널었다. 잠깐 눈을 붙이고 나니 새벽이 밝아오고 있었다. 멀리 농가에서 닭 우는소리가 들려왔다.

황용이 기지개를 켜며 일어났다.

"어제저녁부터 아무것도 먹지 못해 허기지는걸."

황용은 근처 인가로 뛰어가더니 금세 통통한 닭을 한 마리 들고 왔다.

"들키면 안 되니까 멀리 가서 먹어요."

둘은 자리를 옮겼다. 홍마는 얌전히 두 사람의 뒤를 따랐다. 황용은 아미강자로 닭의 배를 가른 후 내장을 꺼내 손질하고 깨끗이 씻었다. 털은 뽑지 않고 그대로 놔둔 채 물과 진흙을 이겨 닭 위에 바른 다음 불에 구웠다. 익숙한 솜씨였다. 닭이 구워지면서 구수한 냄새가 솔솔 풍겼다.

진흙이 완전히 마를 때까지 불에 좀 더 구운 다음 진흙을 떼어내니 닭 털이 진흙과 함께 떨어져 나갔다. 알맞게 구워져 먹음직스러운 닭고기 냄새가 입맛을 당겼다.

황용이 막 닭을 찢으려는데 뒤에서 웬 목소리가 들렸다.

"세 사람 몫으로 찢게. 닭똥집은 내게 주고……."

두 사람은 화들짝 놀랐다. 어찌 등 뒤의 인기척을 까맣게 모르고 있었을까? 급히 고개를 돌려보니 거지 차림의 중년 사내가 서 있었다. 각진 얼굴에 턱에는 수염이 드문드문 나 있고, 손발이 거칠고 큼직했다. 여기저기 각기 다른 천으로 기운 누더기를 걸쳤지만 말쑥한 차림이었다. 손에는 푸르게 빛나는 죽봉을 짚고, 주홍색으로 칠을 입힌 호로병을 등 뒤에 둘러멘 채 군침을 삼키며 닭을 노려보는 품이 만약 닭똥집을 주지 않으면 낚아채기라도 할 듯한 기세였다.

두 사람이 미처 대답할 새도 없이 그 사람은 넉살 좋게 맞은편에 털썩 앉더니 호로병의 마개를 열었다. 향기로운 술 냄새가 물씬 풍겼다. 꿀꺽꿀꺽 몇 모금을 마시고는 곽정에게 호로병을 건넸다.

"애송아, 너도 마셔봐라."

곽정은 상대방의 행동이 좀 무례하다는 생각이 들어 불쾌했지만 워낙 당당하고 행동거지가 유별나 감히 함부로 대하지 못했다.

"아닙니다. 어르신이나 드시지요."

말하고 보니 자신도 모르게 너무 공손하게 대하고 있다는 느낌이 들었다. 거지가 이번에는 황용을 돌아보았다.

"그럼 꼬마 아가씨는 드시려나?"

황용이 고개를 가로저으며 언뜻 보니 호로병을 잡은 그의 오른손은 식지가 없어 손가락이 네 개뿐이었다. 문득, 객잔 창밖에서 들은 구처기와 왕처일의 대화가 떠올랐다.

'혹, 이분이 그 홍 선배님이 아닐까? 좀 더 지켜봐야겠다.'

그는 황용의 손에 들린 닭고기를 바라보며 군침을 꿀꺽 삼켰다. 황용은 속으로 웃으며 반을 갈라 똥집과 함께 건넸다. 거지는 희색이 만면해 닭고기를 낚아채더니 게 눈 감추듯 깨끗이 먹어치웠다. 그는 먹는 동안에도 입은 계속 떠들어댔다.

"거, 맛이 참으로 좋구먼. 조상님께 빌어도 이런 닭고기는 못 얻어먹을 게다."

황용은 미소를 지으며 제 손에 남아 있던 나머지 반도 그에게 주었다.

"그럴 수야 있나? 둘은 아직 먹지도 않았는데……."

거지는 입으로는 사양하면서도 손은 이미 닭을 받아 뼈째 제 입에 쑤셔 넣었다. 다 먹어치운 그는 만족스러운 듯 배를 두드렸다.

"뱃가죽아, 뱃가죽아! 이렇게 맛있는 닭고기가 얼마 만에 들어가는 거냐?"

황용은 풋, 웃음을 터뜨렸다.

"어쩌다 구워본 닭고기를 이리도 맛있게 드셔주시니 제가 다 영광이네요."

거지는 흡족한 듯 크게 웃어젖혔다.

"참 착한 아가씨로군."

그는 품속에서 금 표창을 몇 개 꺼냈다.

"어제 길에서 몇 사람이 뒤엉켜 싸우기에 가봤더니 그중 한 놈이 돈 푼깨나 있는 놈인지 표창을 날리는데, 금빛이 번쩍번쩍하더군. 내 가서 그 표창들을 거두어왔지. 자세히 보니 표창 안은 고철이지만 겉은 순금으로 도금을 했어. 자네가 지니고 있다가 돈이 떨어지면 바꿔 쓰게나. 예닐곱 전錢은 족히 될걸."

곽정은 고개를 저으며 사양했다.

"어르신이 친구처럼 느껴져서 식사 대접을 한 겁니다. 친구에게 무슨 돈을 받겠습니까?"

곽정이 자란 몽고에서는 손님을 극진히 대접하는 것이 풍습이었다. 거지는 몹시 난처한 듯 머리를 긁적였다.

"이것 참, 곤란한걸. 남들이 남긴 밥이나 식은 밥 좀 얻어먹는 거야 뭐 거지니까 당연한 것이지만, 이번에는 둘이서 먹으려고 준비한 멀쩡한 닭을 내가 먹어버렸으니…… 이런 은혜를 입고 어찌 갚을꼬!"

"그냥 닭 한 마리일 뿐인데 무슨 은혜랄 게 있겠습니까? 말이 났으니 말이지만, 저희도 훔쳐온 것입니다."

황용도 웃으며 거들었다.

"저희가 거저 훔쳐온 것을 어르신께서도 거저 드셨으니 결국 다 같이 거저 즐긴 것 아니겠어요?"

거지가 호탕하게 웃음을 터뜨렸다.

"참 재미있는 젊은이들이구먼. 나랑 죽이 맞을 듯한데, 그럼 바라는 게 뭔지 한번 이야기해보게."

곽정은 이 노인이 자신을 도와줄 수 있을 것 같은 느낌이 들기는 했지만, 역시 음식을 대접하고 그 대가를 받는 것 같은 기분이 들어 고개를 저었다. 결국 황용이 나섰다.

"이 닭고기는 사실 별것 아니에요. 제가 잘하는 요리가 더 있는데 한번 대접할 테니 근처에 있는 장터에 함께 가보시죠."

"거 좋지!"

곽정이 조심스럽게 물었다.

"어르신 존함은 어찌 되십니까?"

"내 성이 홍이고, 일곱째이니까 홍칠공洪七公이라고 부르면 되겠구먼."

황용은 그가 홍씨라는 말을 듣고 자신의 짐작이 맞았다는 걸 알았다.

'역시 그랬군. 하지만 구 도장보다도 몇 살 아래인 듯한데, 이런 젊은 나이에 어떻게 전진칠자의 사부와 어깨를 나란히 할 수 있을까? 음, 하긴 우리 아버지도 홍칠공 연배니까…… 전진칠자라는 노인네들이 한심하게 나이만 헛먹은 거로군.'

구처기가 곽정과 목염자를 혼인시키려 한 일 때문에 황용은 줄곧 마음이 꼬여 있던 터였다. 세 사람은 남쪽으로 향해 강묘진姜廟鎭이라는 장터에 이르러 객점에 들었다.

"제가 나가서 재료를 사 올 테니 두 분은 좀 쉬고 계세요."

홍칠공은 밖으로 나가는 황용의 뒷모습을 보며 은근한 웃음을 지었다.

"자네 색시인가?"

곽정은 얼굴을 붉힌 채 우물쭈물 대답을 못 했다. 홍칠공은 더 이상 묻지 않고 소탈하게 웃고는 의자에 기대 눈을 붙였다. 반 시진쯤 지났을까, 채소를 사 온 황용이 주방에 가 손질을 시작했다. 곽정이 도와주려고 했지만 황용이 웃으며 사양하는 바람에 등을 떠밀려 나왔다. 반 시진이 더 지나고 홍칠공이 하품을 하며 일어나 코를 벌름거렸다.

"향이 특이한걸? 이게 무슨 요리인가? 정통 요리는 아닌 듯한데…… 영 이상하구먼!"

그는 중얼거리며 목을 쭉 빼더니 주방을 이리저리 들여다보느라 정신이 없었다. 곽정은 음식을 기다리느라 안절부절못하는 그의 모습에 몰래 웃음이 나왔다. 주방에서 냄새만 풍겨낼 뿐 황용은 끝내 얼굴을 내밀지 않았다. 홍칠공은 마음이 급한지 여기저기를 긁적이며 앉았다 일어났다 가만히 있질 못했다. 참으로 우스운 모습이었다.

"내가 식탐이 있어서 먹을 걸 생각하면 다른 건 다 잊어버린단 말일세."

손가락이 네 개만 남은 오른손을 내보이며 말을 이었다.

"옛사람들이 식지대동食指大動이라고 하지 않던가? 정말 맞는 말일세. 나는 산해진미를 보거나 냄새만 맡아도 오른손 식지가 날뛴단 말이지. 한번은 이 식탐 때문에 중요한 일을 망쳐버린 적이 있었지. 그래서 화를 참지 못하고 한칼에 이 손가락을 잘라버렸다네."

곽정은 놀라 입을 딱 벌렸다.

"손가락은 잘라냈지만, 이 식탐은 영 없어지지 않는군."

그때 황용이 활짝 웃으며 쟁반을 받쳐 들고 나타났다. 그녀는 자신이 만든 두 가지 요리와 쌀밥 세 그릇, 술잔 하나를 탁자에 내려놓았다. 곽정은 향기로운 음식 냄새에 뭐라 형언할 수 없는 아늑함이 느껴졌다. 요리 중 하나는 고기구이로 향이 깊고 진할 뿐 달리 특이할 게 없었다. 또 하나는 푸른 빛이 도는 청탕淸湯에 붉은 앵두 수십 개를 띄운 것으로, 분홍색 꽃잎 일고여덟 장에 부드러운 죽순까지 곁들여 홍백록, 삼색의 화려한 조화가 눈길을 사로잡았다. 또한 탕에서 연잎의 은은한 향기가 퍼져 나오는 것이 아마도 연잎을 넣고 오랜 시간 끓여 낸 듯했다. 황용은 술잔에 술을 따라 홍칠공 앞에 놓으며 말했다.

"제 솜씨가 어떤지 한번 맛을 보시지요."

홍칠공은 그다음 말은 기다리지도 않고 술도 마다한 채 젓가락을 들고 고기 요리를 두어 조각 집더니 그대로 입에 넣었다. 입안 가득 퍼지는 맛이 평범한 고기 요리가 아니었다. 씹을 때마다 다른 맛이 배어 나오는데, 육질은 부드럽고 달콤하면서도 개운한 맛이었다. 맛의 변화가 끝없이 이어지는 것이 마치 예측을 불허하는 무림 고수의 초식을 보는 듯했다.

홍칠공은 참으로 기쁘면서도 놀라워 요리를 가만히 들여다보았다. 자세히 보니 모든 고기 요리는 가늘게 채 썬 네 조각의 다른 고기를 합친 것이었다. 홍칠공은 눈을 지그시 감고 맛을 구분해보았다.

"음…… 하나는 새끼 양의 엉덩이 살이고, 또 하나는 새끼 돼지의 귀, 송아지 콩팥도 있는걸. 아, 또 하나는…… 이건……."

황용이 끼어들었다.

"맞히시면 실력을 인정해드릴게요."

말이 떨어지자마자 홍칠공이 외쳤다.

"노루 다릿살에 토끼고기를 섞었군."

황용이 손뼉을 마주치며 감탄했다.

"맞아요. 정말 대단하시네요!"

곽정은 어이가 없었다.

'고기구이 요리 한 그릇에 그렇게 공을 들이고, 또 맛이 다른 고기를 각각 맞히게 하는 건 또 뭐람?'

홍칠공이 계속 떠들어댔다.

"고기는 다섯 가지이지만, 돼지와 양을 함께 씹을 때 다른 맛이 나고, 노루와 소를 함께 씹을 때 또 다른 맛이 나기 때문에 모두 몇 가지 맛인지는 모르겠군."

황용이 미소를 지었다.

"순서에 따라 변하는 맛을 빼고 계산해보면 맛의 변화는 스물다섯 가지예요. 매화 꽃잎처럼 다섯 가지씩이니까요. 또 고기 조각 모양이 피리처럼 생겨서 요리 이름도 독특하죠. '옥적수가청낙매玉笛誰家聽落梅'라고 해요. '수가'라는 말에는 다른 이를 시험해본다는 의미가 있죠. 어르신이 맞히셨으니까 미식가 중에서도 으뜸이세요."

"굉장하구나!"

요리 이름에 감탄한 것인지, 맛을 알아낸 능력에 스스로 감탄한 것인지 홍칠공은 탄성을 내뱉고는 곧이어 숟가락을 들어 탕 속에서 앵두 두어 개를 건졌다.

"연잎에 죽순을 넣었구나. 너무 보기 좋아서 먹기가 아까운걸."

입안에 넣고 잠시 굴리는가 싶더니 "아" 하고 외마디 탄성을 올렸다. 그러고는 고개를 갸우뚱하더니 다시 한번 두어 개를 건져 먹었다.

연잎의 담백함, 죽순의 청량감, 앵두의 달콤함이 어우러져 뭐라 형언할 수 없는 맛이었다. 앵두에는 씨를 파내 다른 재료를 박아 넣었는데 그게 무엇인지는 알 수 없었다.

"음…… 앵두 안에 들어 있는 이게…… 이게 뭘까?"

눈을 감고 천천히 맛을 음미해보았다.

"새고기로구나! 자고새는 아니고…… 비둘기구먼그래! 맞아, 비둘기야!"

눈을 번쩍 뜨고는 황용이 엄지손가락을 치켜세운 것을 보더니 자못 의기양양한 기세로 웃었다.

"이 탕은 또 무슨 이상한 이름이 있는고?"

황용이 살포시 미소를 지었다.

"어르신, 재료 한 가지가 빠졌는데요."

"으흠……."

홍칠공은 신음 소리를 내며 탕을 노려보았다.

"아하, 꽃잎이 있군."

"맞아요. 이 탕의 이름은 이 다섯 가지 재료에서 찾아보시면 돼요."

"나는 수수께끼 같은 것에는 약하단 말이지. 어서 그냥 알려주게."

"한 가지만 알려드릴게요. 《시경詩經》을 생각해보세요."

홍칠공은 연신 고개를 젓더니 끝내 포기하고 말았다.

"안 되겠어. 책이라면 나는 아는 게 별로 없단 말이야."

황용이 웃으며 입을 열었다.

"꽃처럼 고운 얼굴에 앵두 같은 입술이라면 미인이라고 할 수 있겠죠?"

"아하, 미인탕이었군."

황용이 고개를 저었다.

"대나무는 마음을 다스려주니까 군자겠지요. 연꽃 또한 꽃 중에서도 군자라고 할 수 있고요. 그래서 죽순과 연잎은 군자라고 한답니다."

"아, 그러니까 미인군자탕이군."

황용이 또 고개를 저으며 말을 이어갔다.

"그럼 이 비둘기는요? 《시경》의 제1편을 보시면 '……노래하는 저 물수리, 황하의 물가에 노는구나. 얌전하고 조용한 아가씨는 덕 높은 군자의 좋은 짝일레라關關雎鳩 在河之洲 窈窕淑女 君子好逑'라는 글이 있잖아요? 그래서 이 탕의 이름은 '호구탕好逑湯'이에요."

홍칠공은 크게 웃어젖혔다.

"별 이상한 탕이 다 있다 했더니, 이름도 참으로 이상하구나. 그래, 좋다. 이 대단한 아가씨는 도대체 어떤 대단한 양반이 낳으셨을꼬? 어쨌거나 이 탕은 맛이 정말 좋구나. 십수 년 전에 황실 주방에서 먹은 앵두탕도 이 탕에 비하면 아무것도 아니야."

"황실 주방에는 어떤 음식들이 있어요? 좀 들려주세요. 잘 듣고 배워서 또 대접할게요."

홍칠공은 쉴 새 없이 고기 요리와 탕을 먹고 마시느라 술은 마실 틈도 없었다. 그릇의 바닥이 거의 드러나서야 황용의 질문에 대답할 여유가 좀 생기는 듯했다.

"황실 주방에야 좋은 것이 참 많지. 그래도 지금 먹은 이 음식들에는 미치지 못할 게다. 아, '원앙오진회鴛鴦五珍膾'는 참 좋았지. 하지만 어떻게 만드는지는 잘 모르겠구나."

곽정이 끼어들었다.

"황제께서 초청하신 건가요?"

홍칠공이 또 웃었다.

"그렇지. 황제께서 부르신 거지. 다만 황제가 모를 뿐이지. 나는 주방 대들보 위에서 석 달을 숨어 지내면서 황제가 먹을 음식의 맛을 먼저 봐준 거야. 맛이 좋으면 그릇째 가져다 먹고, 별로다 싶으면 황제에게 양보를 했지. 주방 사람들은 귀신이 있는 줄 알고는 무슨 신령이 내려왔다고들 하더구나."

곽정과 황용은 동시에 같은 생각이 들었다.

'이 사람, 식탐도 대단하지만 간도 정말 크구나.'

홍칠공이 웃으며 곽정에게 말했다.

"자네, 안사람 음식 솜씨가 정말 천하일품이로구먼. 복이 굴러 들어온 거야. 젠장, 나는 왜 젊어서 이런 색시를 만나지 못했을꼬?"

진심으로 안타까워하는 기색이었다. 황용도 웃으며 곽정과 함께 남은 음식을 먹었다. 황용은 한 그릇이면 충분했지만 곽정은 네 그릇이나 먹었다. 그에게 음식 맛이 있는지 없는지 하는 것은 전혀 상관없었다. 홍칠공이 고개를 가로저으며 탄식했다.

"소가 모란을 씹는 격이로구나. 쯧쯧…… 아깝다, 아까워."

황용은 입을 가리고 웃는데, 곽정은 어리둥절했다.

'소가 모란꽃을 좋아하나? 몽고에 소는 많아도 모란이 없어서 소가 모란을 먹는 건 본 적이 없는데……. 그런데 뭐가 또 아깝다는 거지?'

홍칠공이 배를 슬슬 문지르며 말했다.

"너희 두 사람 모두 무예를 하는 것은 내 일찌감치 눈치챘다. 아가씨가 성심을 다해 이런 좋은 음식을 내게 대접했으니, 나도 몇 가지 재주를 가르쳐줘야겠다. 이렇게 대접을 받고 그냥 넘어가는 것도 도리가 아니지. 가자, 가. 나를 따라오너라."

그는 호로병을 둘러메고 죽봉을 짚더니 몸을 일으켰다. 곽정과 황용은 그를 따라 마을을 빠져나와 소나무 숲으로 갔다. 홍칠공이 먼저 곽정에게 물었다.

"너는 무얼 배우고 싶으냐?"

곽정은 잠시 머뭇거렸다.

'무학武學이란 끝이 없는 것인데, 가르쳐달라면 뭐든 가르쳐줄 수 있다는 말인가?'

머리를 굴리는 사이에 황용이 나섰다.

"칠공, 오빠는 무공이 저만 못해 항상 화를 내요. 꼭 저를 이기고 싶어 해요."

"내가 언제 화를……."

곽정은 설명을 하려다가 눈을 찡긋하며 눈치를 보내는 황용을 보고 입을 다물었다. 홍칠공이 미소를 지었다.

"내 보니, 이 아이가 손발에 무게가 있고 내공도 견실하더구나. 어찌 네게 미치지 못한다고 하겠느냐? 자, 너희 두 사람, 한번 겨루어보아라."

황용이 몇 걸음 나서며 외쳤다.

"오빠, 덤벼요."

곽정이 우물쭈물하자 황용이 재촉했다.

"실력을 보여드려야 어떻게 가르쳐줄지 정하실 것 아니에요?"

황용의 말에 일리가 있는지라 곽정은 먼저 홍칠공에게 예를 갖추었다.

"후배의 재주가 일천합니다. 많은 지도 부탁드립니다."

홍칠공이 대답했다.

"조금씩 지도해도 되느니, 많이 가르치면 오히려 좋지 않다."

곽정이 잠시 멍한 사이 황용이 외쳤다.

"가요!"

그녀가 빠르게 다가오더니 장력을 날려 공격했다. 곽정이 손을 들어 자세를 갖추었지만 황용은 순식간에 초식을 바꾸며 다리를 들어 곽정의 하체를 공격했다.

"오, 과연 대단하구나."

홍칠공도 감탄할 만한 솜씨였다. 황용이 나직이 속삭였다.

"정말로 공격할 거예요!"

곽정도 정신을 집중해 남희인에게 배운 남산장법을 쓰기 시작했다. 두 손바닥을 합치니 쉭쉭, 바람이 일어났다. 황용은 몸을 날리며 방어에 열중하다 갑자기 초식을 바꾸어 아버지 황약사가 창시한 낙영신검장落英神劍掌으로 맞섰다. 이 장법의 명칭 중 '신검' 두 글자는 황약사가 검법의 초식을 변환해 만들었기 때문에 붙은 것이다. 황용이 두 팔을 휘두르자 사방팔방에서 장영掌影이 일어나며 오허일실五虛一實, 혹은 팔허일실八虛一實로 도원에 갑자기 광풍이 일어 온갖 꽃이 일제히 떨어지는 듯했다. 마치 춤을 추는 듯 움직임은 가볍기 그지없었다.

그러나 황용의 공력도 완전히 성숙한 단계는 아니어서 장력의 공격이 검처럼 날카로운 경지에 이르지 못했다. 그래도 곽정은 눈앞이 아찔해지는 듯 수비가 허물어졌다.

팍! 팍! 팍! 순간 양쪽 어깨와 가슴, 등에 연달아 공격을 당하고 말았다. 황용이 전력을 다하지 않은 덕에 그다지 고통은 없었다. 황용은 웃으며 물러났고, 곽정은 탄복해 마지않았다.

"용아, 정말 굉장하다!"

홍칠공이 차가운 얼굴로 입을 열었다.

"네 아버지의 무공이 그렇게 대단한데, 어찌 나더러 이 아이를 가르치라는 게냐?"

황용은 깜짝 놀랐다.

'이 낙영신검장은 아버지가 독창적으로 만들어 아무에게도 사용한 적이 없다고 하셨는데, 칠공은 어떻게 안 거지?'

"칠공, 저희 아버지를 아시나요?"

"물론이지. 네 아버지는 동사요, 나는 북개 아니더냐? 우리는 그동안 수없이 겨루어왔다."

황용은 또 한 번 놀랐다.

'이분도 정말 대단한가 보구나. 아버지 동사와 어깨를 나란히 할 정도라니……'

"어떻게 저를 알아보셨어요?"

"거울을 한번 비추어보거라. 눈과 코가 꼭 네 아버지를 닮지 않았느냐? 그저 낯이 익다 했을 뿐 알아채지 못했는데, 네 무공을 보고 나니 확신이 들더구나. 도화도의 무학이 상당하거늘 내 어찌 모르겠느냐? 그 장법은 본 적이 없지만, 네 아버지만이 생각해낼 수 있는 장법이다. 하하! 옥적수가청낙매니, 호구탕이니 하는 음식도 결국은 네 아버지가 지은 이름 아니냐?"

"정말 귀신처럼 맞히시네요. 어쨌든 우리 아버지 무공이 대단하다는 거죠?"

홍칠공은 여전히 차가운 얼굴이었다.

"물론 대단하지. 하지만 천하제일이라고는 할 수 없다."

황용은 손뼉을 마주쳤다.

"그럼 칠공이 제일이시겠네요?"

"반드시 그런 것도 아니지. 20여 년 전 우리 동사, 서독, 남제, 북개, 중신통 다섯 사람이 화산 정상에서 무예를 겨룬 적이 있었다. 7일 밤낮을 겨루어보니 중신통이 가장 뛰어나더구나. 나머지 네 사람은 그를 천하제일로 인정했다."

"중신통이 누구예요?"

"아버지가 이야기한 적이 없더냐?"

"없어요. 아버지는 무림에는 별별 일이 다 있으니 계집애가 알아서 좋을 것 없다고 하시면서 말씀을 잘 안 하세요. 그러다 아버지께서 저를 혼내고 미워하셔서 몰래 집을 나온 거예요. 저를 찾지 않으시는 걸 보면 완전히 쫓아내신 것 같아요."

어느덧 황용은 얼굴빛이 어두워지며 고개를 떨구었다.

"이런, 늙은 요괴 같으니라고…… 정말 독하기도 하구나."

"아버지를 욕하지 마세요."

황용의 말에 홍칠공은 껄껄 웃었다.

"내 거지꼴로 살다 보니 아무도 시집오려 하지를 않더구나. 그렇지 않았다면 너 같은 딸이 있을 텐데. 나는 착한 딸을 절대 쫓아내지 않을 거야."

황용도 다시 웃는 낯이 되었다.

"그러게 말이에요! 저를 쫓아내면 누가 음식을 해드리겠어요?"

홍칠공이 탄식을 했다.

"그래, 그렇지……."

잠시 침묵이 흐르다 홍칠공이 입을 열었다.

"중신통은 전진교 교주인 왕중양이란다. 그가 죽은 이후 누가 천하 제일인지는 모를 일이다."

"전진교라고요? 구丘씨, 왕王씨, 또 마馬씨 성을 가진 도사들 말씀이 세요? 다들 무예가 대단하다던데 제가 보기에는 그냥 평범했어요. 다른 사람과 싸우다 몇 초식 만에 중상을 입기도 하던걸요."

"그래? 하지만 그들 모두 왕중양의 제자들이다. 그 일곱 명의 제자 중에 구처기의 무공이 가장 뛰어나다고들 하더구나. 하지만 그래도 그들의 사숙인 주백통周伯通만은 못하지."

황용은 주백통이라는 이름을 듣고는 조금 놀라는 기색을 보이며 뭔가 말을 하려다 그만두었다. 옆에서 가만히 듣고만 있던 곽정이 끼어들었다.

"맞아요, 마 도장님께서 사숙이 있다고는 하셨는데…… 그분 존함은 말씀하지 않으셨어요."

"주백통은 전진교 도사가 아니라 속가의 사람이다. 그의 무공은 왕중양이 직접 전수한 것이지. 흐음…… 너, 이 녀석! 이렇게 아둔해서야 똑똑하기 그지없는 네 장인이 좋아하겠느냐?"

곽정은 장인이 누가 될지 미처 생각하지 못하고 잠시 멀뚱히 쳐다만 볼 뿐이었다. 황용이 미소를 지으며 대신 대답했다.

"아버지는 오빠를 만나본 적이 없어요. 칠공께서 오빠에게 무공을 가르쳐주신다면 아버지도 칠공의 공을 생각해서라도 오빠를 마음에 들어 하실 거예요."

"요것이 아버지의 무공은 안 배우고 시커먼 속셈만 배웠구나. 나는 누가 아첨하고 비위 맞추는 것은 딱 질색이다. 그래서 제자도 들이지 않는 것이고. 게다가 이런 아둔한 놈을 누가 거두겠느냐? 너니까 이 녀석을 대단한 보배라도 되는 양 나더러 무공을 가르쳐달라 조르는 거지. 허허! 내가 그런 꿍꿍이에 넘어갈 줄 아느냐?"

황용은 고개를 떨구고 저도 모르게 얼굴을 붉혔다. 그녀는 그동안 무공을 익히는 데 그다지 노력을 기울이지 않았다. 그렇다고 이제 와서 갑자기 무공에 관심이 생긴 것도 아니었다. 그저 곽정의 무예가 아직 부족하니 이렇게 운 좋게 홍칠공 같은 고수를 만났을 때 곽정이 무공을 익혔으면 하는 마음이었다. 그러면 곽정이 여섯 사부나 구처기 같은 도사들 앞에서 고양이 앞의 쥐처럼 꼼짝 못 하는 모습을 보지 않아도 될 것 같았다.

하지만 식탐이 많아 먹을 것만 밝히는 줄 알았던 홍칠공이 속셈을 모두 꿰뚫고 있으니 그녀로선 할 말이 없었다. 그는 한참 욕을 퍼붓고는 떨치고 일어나 휘적휘적 가버렸다. 얼마나 지났을까, 곽정이 입을 열었다.

"용아, 그 어르신 성깔이 좀 이상하시지?"

황용의 귀에 머리 위 나뭇잎이 미세하게 움직이는 소리가 들렸다. 홍칠공이 이미 숲을 돌아 나무 위로 올라와 있을지도 모른다는 생각이 들었다.

"그분은 굉장히 좋은 분이세요. 무공도 우리 아버지보다 훌륭하시고요."

곽정이 의아해하며 물었다.

"무공을 본 적도 없는데, 어떻게 알아?"

"아버지께서 말씀하시는 걸 들었어요."

"뭐라 하셨는데?"

"아버지 말씀이, 무공으로 아버지를 능가할 사람은 구지신개 홍칠공 한 명뿐이라고 하셨어요. 그런데 종적을 알 수 없어 자주 겨루어볼 수 없는 것이 안타깝다고 하셨죠."

과연 홍칠공은 멀리까지 간 후, 그 절륜의 경공법을 써 숲을 돌아 나무 위로 올라가서는 두 사람의 이야기를 엿듣고 있었다. 사실 그는 황약사가 두 사람을 보내 자신의 무공을 배워오도록 한 것이 아닌가 알아보고자 그렇게 한 것이었지만, 황용의 말을 듣고 저도 모르게 의기양양해졌다.

'황약사 이놈, 면전에서는 죽어도 승복하지 않는 듯하더니 마음속으로는 이미 내게 무릎을 꿇었구나.'

그는 이것이 모두 황용이 꾸며낸 것이라고는 꿈에도 생각하지 못하고 계속 귀를 기울였다.

"우리 아버지의 무공은 나도 얼마 배우지 못했어요. 다 내가 놀기 좋아하고 노력하지 않은 탓이지요. 운 좋게 홍칠공을 직접 뵙게 되었으니 조금이라도 배울 수 있다면 우리 아버지에게 직접 배우는 것보다 훨씬 낫지 않았겠어요? 하지만 제가 입을 잘못 놀려 실수를 하는 바람에 화를 내고 가버리셨네요."

이야기 끝에 훌쩍훌쩍 울기까지 했다. 황용은 원래 우는 척만 하려고 했는데 곽정이 다정하게 위로하자 일찍 돌아가신 어머니며, 멀리 떨어져 있는 아버지까지 생각나 정말로 눈물이 났다. 결국 봇물 터지듯 눈물을 흘리며 구슬프게 울기 시작했다. 홍칠공은 어쩐지 측은한 마음이 들었다. 한바탕 울고 난 황용은 여전히 흐느끼며 말했다.

"아버지께서 그러시는데, 홍칠공에게 어떤 무공이 있는데 고금을 막론하고 천하에 단 하나뿐인 무공이래요. 전진교 왕중양마저도 두려워하던 무공이라던데…… 그 무공이…… 그게…… 아, 왜 이렇게 생각이 안 나죠? 조금 전까지만 해도 생각이 났는데…… 가르쳐달라고 부탁할 생각이었는데…… 그 권법이…… 그게……."

어차피 그녀는 아무것도 모르고 그저 허풍을 떨고 있는 것이었다. 나무 위에서 듣고 있던 홍칠공이 참다못해 뛰어내리며 외쳤다.

"항룡십팔장降龍十八掌 권법이다!"

곽정과 황용은 화들짝 놀라 몇 걸음 물러섰다. 두 사람이 모두 놀란 듯 보였지만 하나는 정말 놀란 것이고, 하나는 거짓이었다. 황용이 그를 반겼다.

"아, 칠공! 어떻게 나무 위에 계셨어요? 맞아요, 항룡십팔장이죠. 제가 왜 생각을 못 했을까요? 아버지께서 노상 말씀하셨는데……. 아버지께서 평생 가장 탄복한 무공이 바로 항룡십팔장이라고 하셨어요."

홍칠공은 마음이 아주 흡족했다.

"네 아버지가 그래도 말은 바로 하는구나. 나는 왕중양이 세상을 떠난 뒤에 자기가 천하제일이라고 떠들고 다니는 줄 알았다."

그러고는 곽정을 향해 말했다.

"네가 기초는 이 아가씨에 뒤지지 않는다. 다만 권법이 못 미처 다소 밀리는 거지."

여기까지 말한 그는 황용을 가리켰다.

"너는 객점으로 돌아가 있거라."

황용은 그가 곽정에게 권법을 전수하려는 것을 확인하고 기쁜 마음으로 자리를 떴다.

개방 방주 북개 홍칠공

홍칠공은 곽정에게 정색을 하고 말했다.

"무릎을 꿇고 맹세를 하거라. 내 허락 없이는 누구에게도 내가 전수하는 무공을 가르쳐주면 안 된다. 네 귀여운 아가씨에게도 마찬가지다."

곽정은 난처한 표정이었다.

'황용이 가르쳐달라고 조르면 내가 거절할 수 있을까?'

"칠공! 저, 안 배우겠습니다. 제 무공이 떨어져도 할 수 없습니다."

"아니, 왜?"

"만일 황용이 배우고 싶어 하면 어찌할 수가 없습니다. 안 가르쳐주자니 그 애한테 미안하고, 가르쳐주자니 칠공께 면목이 없지 않겠습니까?"

홍칠공이 크게 웃었다.

"아둔한 녀석이 마음씨는 착해 그저 하나밖에 모르는구나. 그럼 이렇게 하자. 내 너에게 항룡유회亢龍有悔라는 초식을 가르쳐주마. 황약사가 자존심이 강한 자라 속으로는 부럽더라도 내 무공을 몰래 배우려고 하지는 않을 거다. 그리고 그가 연마하는 방법이 나와는 다르니 내가 그의 무공을 배울 수 없고, 그도 내 장법을 배울 수 없는 일이지."

이야기를 하면서 왼쪽 다리를 살짝 굽히고, 오른손바닥으로 원을 그리더니 쉬익, 하는 소리와 함께 장력을 밖으로 뿜었다.

우지직! 앞에 있던 소나무가 부러져 두 토막이 났다. 곽정은 깜짝 놀랐다. 가볍게 한 번 미는 정도로 이렇게 엄청난 힘이 뿜어나올 줄은 몰랐던 것이다. 홍칠공이 설명을 시작했다.

"이 나무는 움직이지 못하는 것이다. 만일 살아 있는 사람이었다면 당연히 몸을 움직여 피했을 테지. 이 초식을 배울 때 어려운 점이라면 상대방을 움직이지 못하게 해야 한다는 것이다. 적을 궁지로 몰아넣어 몸을 빼지 못하게 한 후 이 초식을 쓰면 여기 소나무처럼 단번에 쓰러뜨릴 수 있을 거다."

말을 마치고 자세를 두어 번 보여준 뒤 내공을 밖으로 뿜어내는 법, 공격과 수세 등을 자세히 설명해주었다. 초식 하나를 배울 뿐인데도 한 시진 이상을 소비했다. 곽정이 미련한 구석이 있기는 해도 내공의 기초는 이미 잡혀 있는 터라 이처럼 간결하고 힘이 많이 들어가는 심오한 무공을 배우기에 적당했다. 땀을 뻘뻘 흘리며 연습하더니 두어 시진 후에는 기본이 잡혀갔다.

홍칠공이 덧붙였다.

"그 아이의 장법은 허와 실 가운데 허를 훨씬 많이 쓰는 편이다. 아무 생각 없이 겨루다 보면 틀림없이 계략에 빠져 벗어날 수가 없지. 그 애가 쓰는 수많은 허를 받아내고 이번에는 실이다 생각될 때도 허가 나올 거야. 반대로 허인 줄 알고 방심할 때 실을 쓰는 거지."

홍칠공이 장력을 뿜어 가볍게 한 번 밀자 소나무가 두 토막이 났다.

곽정은 연신 고개를 끄덕일 뿐이었다.

"그래서 그런 장법을 깨뜨릴 수 있는 단 하나의 비결은 바로 아예 허실을 따지지 않는 것이다. 상대방이 장법을 쓰면 허든 실이든 그냥 항룡유회를 한 번 쓰는 거지. 이 초식을 보고 나면 장법을 거두고 초식을 취할 수밖에 없을 거다. 그러면 깨뜨리는 거야."

"그다음에는요?"

홍칠공의 얼굴이 일그러졌다.

"뭐가 그 다음이야, 이 녀석아? 그 아이가 무공이 뛰어나다고 해도 지금 가르쳐준 초식을 막지는 못한단 말이다!"

곽정의 표정이 어두워졌다.

"막지 못하면 다칠 거 아니에요?"

홍칠공은 고개를 저으며 한숨을 내쉬었다.

"이 장력을 뿜어낼 줄만 알고 거두지를 못한다면 힘의 경중과 강온을 마음대로 할 수 없을 것 아니냐? 그렇다면 어찌 천하에 둘도 없는 장법, 항룡십팔장이라고 할 수 있겠느냐?"

곽정은 "예, 예" 하면서 마음속으로는 한 가지 생각을 굳혔다.

'내가 쓰고 거두는 것을 모두 배우지 못한다면 황용에게는 절대 시험해보지 말아야지.'

홍칠공이 이야기를 계속했다.

"믿지 못하겠거든 지금 해보자꾸나."

곽정은 자세를 취하고 그중 가늘고 작은 소나무를 골라 홍칠공을 흉내 내어 장력을 써보았다. 소나무는 몇 번 흔들릴 뿐 부러지지는 않았다. 홍칠공이 버럭 소리를 질렀다.

"멍청한 녀석아! 소나무를 흔들어 뭐 하자는 거야? 다람쥐 잡냐? 솔방울 주워?"

곽정은 얼굴이 홍당무가 되어 멋쩍게 웃었다. 홍칠공이 꾸짖었다.

"내 말하지 않았느냐! 상대방이 빠져나갈 곳이 없게 몰아넣어야 한단 말이다. 아까 그 장력은 경도勁道는 약하지 않았으나, 소나무가 흔들리며 너의 힘을 분산시킨 것이다. 우선 소나무가 움직이지 못하도록 한 다음 단번에 부러뜨릴 수 있어야 한다."

곽정은 크게 깨달은 바가 있어 기쁜 기색이었다.

"그럼 경도를 아주 빨리 써서 상대가 막을 틈을 주지 않으면 되겠습니다."

홍칠공이 눈을 치켜뜨며 흘겨보았다.

"바로 그 말이다, 이놈아! 땀을 뻘뻘 흘리면서 그렇게 연습하더니 그런 간단한 원리를 이제야 깨달은 거냐? 아주 아둔하기 짝이 없는 놈이로구나."

그러면서도 설명을 상세히 덧붙여주었다.

"이 초식이 바로 항룡유회라는 것이다. 이 장법의 정수는 항亢 자가 아니라 회悔 자에 있다. 만일 강하고 맹렬한 공격만 추구한다면 누구나 힘만으로 할 수 있을 것이다. 이 초식이 어떻게 황약사를 감탄시켰는 줄 아느냐? 항룡유회, 영불가구盈不可久라, 항룡유회는 이미 공력을 가득 부어야 하는 초식으로 오랫동안 사용할 수는 없다는 말이다. 그러니 공력을 썼으면 거두어들일 수도 있어야지. 밖으로 뿜어낸 힘이 10이라면 자기에게 남겨둔 힘은 20이 있어야 한다는 말이다. 네가 이 회 자의 의미를 깨닫는다면 너는 이 초식을 이미 3할은 배운 것이라

할 수 있다. 마치 오래된 좋은 술이 입에 들어갈 때는 부드러우나 잠시 후 무한한 취기가 올라오는 것과 같다. 그것이 바로 이 '회'의 뜻이니라."

곽정은 무슨 말인지 몰라 눈을 끔벅거리며 홍칠공의 말을 하나하나 새겨들었다. 그는 무공을 익힐 때 항상 '남들이 하루 연마할 때, 나는 열흘 연마한다'는 마음가짐을 갖고 임했다.

이제 전심전력을 다해 장법을 연마하니 처음 수십 장은 그저 소나무가 흔들리는 정도였으나 연습을 거듭할수록 위력이 더해져 스스로도 무공이 나아지는 것을 느낄 수 있었다. 이미 손바닥이 벌겋게 부어올랐으나 곽정은 조금도 늦추지 않고 연습을 계속했다. 홍칠공은 진작부터 지루해져 땅바닥에 벌렁 드러누워 코를 골며 잠이 들었다. 곽정은 쉬지 않고 연습을 하면서 공력의 사용과 거두어들임을 조금씩 스스로 조절할 수 있게 되었다.

단전에 기를 모아 전광석화처럼 장력을 날렸다가 즉시 거두어들이자 소나무는 조금도 흔들리지 않았다. 곽정은 신이 나 이번에는 초식대로 장력을 뿜었다. 그러자 힘이 손바닥 모서리에 모이면서 맹렬히 울리더니 소나무가 두 동강이 나버렸다.

"대단해요!"

갑자기 황용의 목소리가 들려왔다. 돌아보니 찬합을 들고 천천히 다가오고 있었다. 홍칠공은 눈도 뜨기 전에 이미 음식 냄새를 맡고 코를 벌름거리며 외쳤다.

"아! 향이 좋구나!"

그는 몸을 벌떡 일으키더니 허둥지둥 다가가 찬합 뚜껑을 열었다.

안에는 구운 개구리 다리, 오리고기 냉채, 그리고 눈처럼 흰 찐빵이 들어 있었다. 홍칠공은 아이처럼 좋아하며 두 손을 부지런히 놀려 음식을 집는 대로 입안에 밀어넣고 우적우적 씹으면서도 칭찬을 아끼지 않았다. 그러나 볼이며, 잇새, 혀, 목구멍에 온통 음식이 차 있어 무슨 말을 하는지 잘 알아들을 수가 없었다. 개구리 다리와 오리고기 냉채는 곧 바닥을 드러냈다. 그제야 홍칠공은 곽정이 아직 먹지 않은 것을 깨닫고 조금 미안한 생각이 들었다.

"자, 자! 여기 찐빵이 맛이 좋구나."

그렇게 권하면서도 미안한 마음이 가시지 않는지 한마디 덧붙였다.

"거, 오리고기보다도 맛이 좋아."

황용은 웃음이 터졌다.

"칠공, 제가 가장 잘하는 음식은 아직 못 드셨어요."

홍칠공은 놀라면서도 기쁨을 감추지 못했다.

"뭐? 무슨 음식이냐?"

"한꺼번에 다 말할 수 있나요? 예를 들면 배추볶음, 두부찜, 곤달걀, 편육 같은 것들이 있죠."

자타가 공인하는 미식가인 홍칠공은 진정한 요리의 고수라면 평상시에 먹는 음식일수록 더욱 독특한 솜씨를 발휘한다는 것을 알고 있었다. 그것은 무학과도 일맥상통하는 바였다. 즉, 평범함 속에서 빼어남을 발휘하는 것이야말로 진정한 고수의 솜씨라고 할 수 있는 것이다. 황용의 이야기에 홍칠공은 또다시 군침을 삼켰다. 황용을 대하는 얼굴에는 얻어먹고 싶어 하는 기색이 역력했다.

"그래그래! 내 진작부터 이 아가씨더러 좋은 사람이라고 하지 않더냐? 내 배추와 두부를 사다 주지. 어때?"

"필요 없어요. 사 오셔도 제 마음에 들지 않을 거예요."

홍칠공이 무릎을 쳤다.

"그렇지, 그렇지! 다른 사람이 사 오는 게 마음에 들 턱이 없지!"

황용이 슬쩍 화제를 돌렸다.

"아까 보니 오빠가 장력으로 소나무를 부러뜨리던데, 이제 저보다 강하겠지요?"

홍칠공이 고개를 저었다.

"아니야, 아직 안 돼. 나무를 일장에 반듯하게 부러뜨려야지, 비뚤비뚤 잘라놓으니…… 그래서야 무슨 무공이 되나? 게다가 부러뜨리는 나무라고는 젓가락, 아니 이쑤시개처럼 가느다랗고. 무공이 아직 많이 떨어져."

"하지만 저 정도의 장력으로 공격하면 저는 감당하지 못할 거예요. 칠공 탓이라고요. 나중에 저를 공격하기라도 하면 저는 어쩌면 좋아요?"

홍칠공은 지금 최대한 황용의 비위를 맞추어 환심을 사야 하는 처지라 황용이 억지를 부리는 것을 알면서도 따를 수밖에 없었다.

"어떻게 해주면 되겠느냐?"

"제게도 오빠를 이길 수 있는 재주를 하나 가르쳐주세요. 가르쳐주시면 음식을 해드릴게요."

"좋아, 이제 하나 가르쳐주었을 뿐인데, 이기는 게 뭐가 어렵겠느냐? 내 소요유逍遙遊라는 권법을 가르쳐주마."

말을 마치자마자 그의 몸이 솟구치더니 소매를 날리며 동에 번쩍, 서에 번쩍 경공술의 극치를 보여주었다. 황용은 속으로 하나하나 새겨

두어 홍칠공이 권법을 마쳤을 때는 이미 반쯤 배운 상태였다. 홍칠공이 조금 더 짚어주며 가르치자 두 시진이 되지 않아 36초식의 소요유를 완전히 터득하게 되었다.

마지막으로 홍칠공과 함께 초식을 연마하는데, 두 사람이 어깨를 나란히 하며 한 사람이 왼쪽에서 가면 다른 한 사람은 오른쪽에서 시작해 똑같이 초식을 펼쳤다. 그야말로 날렵한 제비 한 마리와 커다란 매가 함께 날개를 퍼덕이며 춤을 추는 듯했다. 36초식을 모두 마치자 두 사람은 동시에 땅에 내려앉아 마주 보고 미소를 지었다. 곽정은 환호하며 갈채를 보냈다.

"네 색시가 너보다 백배는 총명하구나."

홍칠공의 면박에 곽정은 머리를 긁적거렸다.

"그렇게 많은 초식을 용이는 어떻게 잊지도 않고 금방 배울까요? 저는 두 번째 초식을 생각하다 보면 첫 번째 초식을 잊어버리는데요."

홍칠공이 너털웃음을 터뜨렸다.

"이 소요유 권법은 네가 배울 수 있는 것이 아니다. 죽어라 외운다 해도 쓰려고 보면 유유히 소요逍遙하는 맛이 조금도 안 날 거야. 그저 인상을 쓰고 허둥지둥 흉내나 내겠지. 힘들게 기어가는 고뇌파苦惱爬 정도가 될까?"

곽정도 따라 웃었다.

"그러게요."

"이 소요유는 내가 어릴 때 연마한 무공이다. 용이가 원래 가지고 있던 무공과 맞추기 위해 가르쳤지. 사실, 나의 지금 무학과는 이미 거리가 있다. 근 10여 년 동안 한 번도 써보지 않았으니까."

다시 말해, 소요유의 위력은 항룡십팔장에 훨씬 못 미친다는 것이었다. 황용은 그 말을 듣고도 오히려 기뻐했다.

"칠공, 제가 또 오빠를 이겨서 아마 부끄러울 거예요. 오빠에게 몇 수 더 가르쳐주세요."

황용 자신이 배우려고 나선 것은 그저 미끼였을 뿐, 사실은 곽정이 홍칠공에게 무예를 많이 익히게 하는 것이 그녀의 목적이었다. 그녀가 정말 배울 생각이었다면 엄청난 고수인 아버지에게만 익혀도 평생 다 못 배울 터였다. 홍칠공이 대답했다.

"이놈은 아둔하기가 곰 같아서, 내가 아까 가르쳐준 초식도 아직 터득하지 못했다. 한꺼번에 많이 배우려고만 하면 제대로 쓸 수가 없느니……. 일단 맛있는 음식을 해주면 네가 바라는 대로 될 거다."

"알았어요. 가서 재료를 사 올게요."

홍칠공은 만족스러운 듯 크게 웃으며 객점으로 돌아가고, 곽정은 혼자 남아 해가 질 때까지 연습을 계속했다.

그날 밤, 황용은 정말 배추볶음과 두부찜을 해서 홍칠공에게 대접했다. 배추는 속만 골라 닭고기 기름에 오리 발바닥과 함께 볶았다. 두부는 아주 특이했는데, 우선 훈제한 돼지 다릿살을 절개하고 스물네 개의 구멍을 뚫은 다음 작은 공 모양으로 깎은 스물네 개의 두부를 각 구멍에 집어넣었다. 돼지 다릿살을 묶어 푹 삶고 나니 신선한 고기 맛이 두부로 완전히 흡수되어 고기는 그냥 먹지 않고 버리는 요리였다. 홍칠공은 맛을 보더니 그만 푹 빠져버리고 말았다. 이 두부찜에도 당시唐詩에서 따온 이름이 있었으니 바로 스물네 개의 밝은 달을 형상화한 '이십사교명야월二十四橋明夜月'이었다.

황용 가문에는 난화불혈수蘭花拂穴手라는 무공이 있어 이를 익히면 열 손가락의 움직임이 정교하고 가벼우며 내공조차도 있는 듯 없는 듯 부드럽게 손가락을 놀릴 수 있었다. 만일 이러한 무공이 없었다면 부드러운 두부는 손을 대자마자 부스러졌을 것이다. 황용이 난화불혈수를 연마했기 때문에 손쉽게 스물네 개의 공 모양으로 두부를 깎아 넣을 수 있었던 것이다. 이 무공의 정교함과 어려움은 쌀알에 글자를 새기거나 과일 씨로 배를 조각하는 것과 비슷하다. 물론 두부를 네모지게 썬다면 일은 훨씬 쉬워질 것이나, 세상 어디에도 네모난 달은 없으니 거기에 바로 이 요리의 진수가 있었다.

곽정과 황용은 근래 들어 마음껏 하고 싶은 대로 하면서 한가롭게 지냈다. 객점에서도 종종 한방을 쓰곤 했으나 홍칠공과 함께 있을 때는 각자 따로 방을 썼다. 홍칠공이 의아해하며 물었다.

"너희는 부부가 아니냐? 어찌 한방에서 자지 않느냐?"

그동안 줄곧 웃는 얼굴로 장난스럽게 홍칠공을 대하던 황용마저도 양쪽 귓불이 빨갛게 물들었다.

"또 그런 말씀 하시면 내일 음식 안 해드릴 거예요."

홍칠공은 그래도 궁금한 모양이었다.

"내가 말을 잘못했나?"

잠시 생각하더니 대충 짐작하고는 미소를 지었다.

"이런, 내 정신 봐라. 이제 보니 아직 혼인을 하지 않은 규수 차림이로구나. 아마도 둘이서만 언약을 하고 아직 부모님 허락은 받지 못한 모양이지? 정식으로 혼례도 못 치르고……. 걱정 마라. 내가 중매를 서

주면 되니까. 네 아버지가 허락하지 않으면 내가 또 가서 7일 밤낮을 새우며 싸워주마. 하여튼 허락해줄 때까지 무조건 붙잡고 늘어질 테니까."

황용은 그러잖아도 아버지가 곽정을 마음에 들어 하지 않을까 봐 걱정이었는데, 홍칠공의 말을 듣고 적이 마음이 놓였다.

다음 날 아침이 밝자마자 곽정은 일찌감치 일어나 소나무 숲으로 향했다. 항룡십팔장 중 하나인 항룡유회를 20여 차례 연습하자 온몸에 땀이 솟았다. 스스로 진경進境에 가까워졌다고 생각하니 내심 흐뭇했다. 그때였다.

"사부님, 한 30리 정도 달려온 것 같습니다."

갑자기 사람 소리가 들려왔다.

"그래, 너희들 각력脚力이 많이 좋아졌다."

또 다른 사람의 목소리였다. 어쩐지 목소리가 귀에 익은 듯하다는 생각을 하고 있는데, 세 사람이 숲속으로 들어서는 것이 보였다. 앞장선 사람은 백발의 동안인 삼선노괴 양자옹이었다.

곽정은 가슴이 철렁 내려앉아 뒤돌아서 냅다 달리기 시작했다. 그러나 양자옹이 이미 곽정을 발견하고 소리쳤다.

"어딜 달아나?"

그를 따르는 세 명은 그의 제자들이었다. 사부가 적을 뒤쫓자 즉시 각기 흩어져 삼면에서 싸고 들어왔다.

'숲을 벗어나 객점까지만 뛰면 괜찮겠지.'

곽정은 객점을 향해 나는 듯 달렸다. 양자옹의 첫째 제자가 곽정의 퇴로를 막고 서서 쌍장을 엇걸고 외쳤다.

"이놈, 무릎을 꿇어라!"

사문에 전해오는 관외의 대력금나수법大力金拿手法을 쓰며 가슴을 틀어쥐려 했다. 곽정은 그에 맞서 왼쪽 복부를 살짝 집어넣고 오른손을 안으로 구부리며 오른손바닥으로 원을 그렸다.

후욱! 이제 막 배운 항룡유회로 장력을 내뿜은 것이다. 양자옹의 제자는 예리한 장풍 소리를 듣고 팔을 움츠려 막으려 했지만 오히려 팔이 우두둑 부러지며 몸은 6~7척 밖으로 날아가 정신을 잃고 말았다. 곽정은 자기가 사용해놓고도 초식의 위력에 놀라 잠시 멈칫했지만 이내 다시 달음질쳤다.

이를 본 양자옹은 놀랍기도 하려니와 화가 치밀었다. 일단 숲을 벗어나 한 바퀴를 돌더니 곽정의 앞에 섰다. 막 숲을 빠져나온 곽정은 양자옹이 앞을 가로막고 서자 놀란 나머지 곧장 다리를 굽히고 팔을 구부려 원을 그리며 재빨리 밀어냈다. 바로 아까 썼던 항룡유회였다. 양자옹은 이 초식을 알지 못하나 그 기세가 날카로워 그냥 막기는 힘들 것 같았다. 결국 몸을 날려 구르며 장력을 피했다. 곽정은 그 틈을 타 죽을힘을 다해 달렸다. 양자옹이 몸을 일으켜 다시 쫓았으나 곽정은 이미 객점에 도착해 있었다.

"용아, 용아! 큰일 났어! 내 피를 빨아 먹으려는 사람이 쫓아와!"

황용이 고개를 빼고 내다보니 양자옹이 눈에 들어왔다.

'어떻게 저 늙은 요괴가 여기까지 왔지? 마침 잘됐다. 새로 배운 소요유를 시험해봐야지.'

"오빠, 무서워할 것 없어요. 먼저 시작하면 내가 도울게요. 우리 한바탕 혼을 내주자고요."

곽정은 생각이 달랐다.

'용이는 그자가 얼마나 무서운 줄도 모르면서 말은 쉽게 한다니까…….'

그러는 사이 양자옹이 벌써 곽정의 앞을 막았다. 상황이 급박한지라 곽정은 다시 한번 항룡유회로 장력을 뿜었다. 양자옹은 몸을 뒤틀어 꼬며 옆으로 몇 자가량 피했다. 그러나 오른쪽 어깨가 이미 공격에 영향을 받은 듯 후끈거리며 아프기까지 했다.

'불과 몇 개월 사이에 이 애송이의 무공이 이렇게 상승하다니. 분명 내 뱀의 피를 빨아 먹은 덕일 거야.'

양자옹은 생각할수록 분통이 터졌다. 그가 몸을 솟구치자 곽정이 또 항룡유회로 맞섰다. 양자옹은 방어하기 어려워 다시 솟구치며 피했다. 그러나 이어지는 다른 공격이 전혀 없었다. 순간 그는 뭔가를 깨달은 듯 머릿속에 번뜩 생각이 스치며 두려움도 어느 정도 사라졌다.

"이 멍청한 놈아! 할 줄 아는 것이 이거 하나뿐이더냐?"

곽정은 우직하게 사실대로 대답했다.

"이 재주 하나라도 막지 못할걸요."

또다시 항룡유회 공격!

양자옹은 옆으로 솟구쳐 오르며 공격을 피하고 곽정의 뒤쪽으로 반격했다. 곽정이 고개를 돌려 다시 공격하려 했지만 양자옹은 이미 눈치를 채고 그의 뒤로 몸을 피하며 등을 공격했다. 항룡유회를 세 차례나 쓴 곽정에겐 이제 뒤쪽까지 방어할 만한 체력이 남아 있지 않았다. 곽정의 위태로운 모습을 본 황용이 몸을 날려 끼어들었다.

"오빠, 내가 상대할게요."

두 사람 사이에서 황용은 왼손 장력과 오른쪽 다리로 동시에 공격을 펼쳤다. 양자옹은 몸을 움츠리며 주먹을 날려 두 차례 반격에 나섰다. 곽정은 두어 걸음 물러서서 두 사람의 싸움을 지켜보았다.

황용이 소요유의 장법을 배우기는 했지만 아직 익숙지 않아 만약 연위갑을 입지 않았다면 진작 공격을 받고 부상당했을 것이다.

황용은 34가지 소요유를 모두 펼치고 나자 더는 지탱할 수가 없었다. 양자옹의 두 제자는 부상당한 동문을 부축한 채 싸움을 지켜보다 사부가 점점 유리해지자 고함을 치며 위협해왔다. 곽정이 나서 공격하려는 순간, 홍칠공이 창 너머로 외치는 소리가 들렸다.

"다음은 악구란로惡狗攔路다!"

황용이 어리둥절해 있는 사이 양자옹은 어느새 두 다리를 말처럼 벌리고 주먹을 쥔 채 두 팔을 흔드는 악호란로惡虎攔路 자세를 취하고 있었다. 호랑이가 길을 막고 있는 듯한 악호란로! 홍칠공이 호랑이 호虎 자를 개 구狗 자로 바꾸어 경고한 것이다. 황용은 슬며시 웃음이 나왔다.

'악호란로를 악구란로라고 바꾸어 적을 조롱하시는구나. 그런데 어떻게 미리 아셨을까?'

홍칠공이 또 외쳤다.

"다음은 취사취수臭蛇取水!"

황용은 이번엔 즉시 알아차렸다. 원래는 청룡취수靑龍取水, 용을 뱀으로 바꾸어 말한 것이었다. 이 초식은 주먹을 뻗어 앞에서 공격해오는 방법으로 공격한 후에는 뒤에 틈이 생겼다.

홍칠공의 외침이 떨어지자마자 황용은 이미 양자옹의 뒤로 돌아가 있었다. 양자옹의 공격이 시작되고 보니 역시 청룡취수였다. 그러나 황용이 이미 형세를 바꾸어놓았기 때문에 주객이 전도되어 오히려 그가 공격을 당하는 꼴이 되고 말았다. 그래도 양자옹은 무공이 뛰어났으므로 위급한 중에도 초식을 바꾸어 날쌔게 몸을 날려 한 자쯤 옆으로 피할 수 있었다. 그러나 이미 등에 공격이 적중한 뒤였다. 그는 발끝으로 땅을 찍으며 일어섰다. 노기등등한 얼굴이었다.

"도대체 뉘시기에 뒤에 숨어서 콩 놔라 팥 놔라 참견하는 거요?"

그러나 창문 안쪽은 조용할 뿐 아무 소리가 없었다.

'저자가 어떻게 나의 권법을 미리 예상하는 걸까?'

고수가 뒤에서 버티고 있다는 생각에 황용은 겁이 없어졌다. 이번에는 오히려 선제공격을 했다. 그러나 악에 받친 양자옹이 연달아 살수를 쓰자 황용의 상황이 위급해졌다. 이때 다시 홍칠공의 목소리가 들려왔다.

"두려워할 것 없다! 그자는 지금 난비고후자상수爛屁股猴子上樹를 쓰는 거야!"

황용은 피식 웃으며 두 주먹을 흔들어 맹렬하게 공격을 펼쳤다. 양자옹이 쓰는 영원상수靈猿上樹는 원숭이 모습을 본뜬 초식인데, 그만 졸지에 엉덩이가 썩은 원숭이가 되어버린 것이다.

양자옹은 이 영원상수를 써 높은 위치를 확보하고 위에서 아래로 공격을 하고자 한 것인데, 황용에게 선수를 빼앗기면서 반도 써보지 못하고 반격을 당해 밑으로 떨어졌다. 만일 계속 치솟았다면 그녀의 주먹에 머리를 맞았을 터였다. 하는 수 없이 즉시 자세를 바꾸었다.

적과 싸울 때 자신이 취할 초식이 상대방에게 미리 드러날 경우, 얼마 싸워보지도 못하고 생명이 위험해지는 것은 당연하다. 그러나 양자옹의 무공이 황용보다 훨씬 뛰어났기 때문에 그나마 위급한 상황에서 벗어날 수 있었다. 여러 차례 공격이 무위로 돌아가자 양자옹은 잠시 권圈 밖으로 나왔다.

"계속 숨어 있으면 나도 사정 봐주지 않을 테요!"

권법이 급격하게 바뀌면서 질풍과 폭우가 쏟아지듯 공격이 이어졌다. 초식 하나가 미처 끝나기도 전에 다음 초식이 이어지자 황용도 더 이상 버틸 힘이 없었고, 홍칠공 역시 미리 알려줄 수가 없었다. 황용의 방어가 어지러워지자, 곽정은 이리저리 틈을 보다가 앞으로 나서 항룡유회로 양자옹을 공격했다. 그러자 양자옹은 오른발을 땅에 디디고 뒤쪽으로 날아올랐다. 황용이 마침내 곽정에게 외쳤다.

"오빠, 계속 공격하세요."

그러고는 몸을 돌려 객점으로 얼른 들어갔다. 곽정은 자세를 취하고 양자옹이 공격해 들어오기를 기다렸다. 어떤 초식을 쓰든 자신은 중간에 항룡유회를 써 맞설 작정이었다. 양자옹은 신경질이 났지만 우습기도 했다.

'이 녀석, 어디서 이상한 초식을 하나 배우더니 끝끝내 그걸로 버티려나?'

곽정이 할 줄 아는 게 한 가지뿐이기는 했지만, 양자옹도 어떻게 해볼 도리가 없어 두 사람은 거리를 유지한 채 잠시 팽팽하게 맞서고 있었다.

"에라, 이 멍청아! 조심해라!"

양자옹이 외치며 몸을 날렸다. 곽정은 마찬가지로 장력을 뿜었다.

예상외로 양자옹은 허공에서 몸을 틀며 오른손을 뻗어 세 개의 투골정을 상중하 세 갈래로 나눠 뿌리며 공격했다. 곽정이 급히 몸을 피했지만 양자옹은 이미 그 기세를 타고 번개같이 곽정의 뒷덜미를 잡아챘다. 곽정은 외마디 소리를 지르며 팔꿈치로 양자옹의 가슴을 내질렀다. 그러나 팔꿈치로 때린 곳은 마치 솜뭉치를 뭉쳐놓은 듯 부드러웠다. 양자옹이 살수를 쓰려는 순간 황용의 외침이 들려왔다.

"이 늙은 요괴야, 이게 뭔지 아느냐?"

양자옹은 황용의 교활함을 잘 알고 있었다. 일단 오른손으로 곽정의 견정혈肩井穴을 짚어 꼼짝도 못 하게 해놓은 다음 고개를 돌렸다. 천천히 다가오는 황용의 손에는 비취처럼 푸른 죽봉이 들려 있었다. 양자옹은 가슴이 뜨끔했다.

"홍…… 홍 방주……."

황용이 또 소리를 쳤다.

"그래도 손을 놓지 못하겠느냐?"

양자옹은 애초에 누군가 자신이 사용할 초식을 미리 일러줄 때 반신반의하면서도 설마 홍칠공일 것이라고는 생각조차 못 했다. 그러나 이제 녹죽봉이 그의 눈앞에 나타나고 보니 더 이상 의심할 수가 없었다. 자기가 가장 두려워하는 홍칠공이 곁에 있다는 사실 하나만으로 그는 완전히 넋이 나가 저도 모르게 곽정을 놓아주었다.

황용이 두 손에 녹죽봉을 받쳐 들고 다가오며 외쳤다.

"칠공께서는 당신에게 목소리를 들려주셨는데도 방자하게 날뛰고 있다면서 매우 불쾌해하셨어요. 뭘 믿고 저러는지 모르겠다고 말씀하시더군요."

양자옹은 무릎을 꿇고 사정하기 시작했다.

"소인은 홍 방주께서 친히 왕림하신 줄은 몰랐습니다. 아무리 제가 간이 부었기로 어찌 알고도 무례를 범하겠습니까?"

황용은 조금 의심스러웠다.

'무공도 높으면서 왜 칠공 이름만 듣고도 이렇게 쪼그라들까? 또 왜 홍 방주라고 하지?'

그녀는 겉으로는 전혀 내색하지 않은 채 계속 목소리를 높였다.

"그렇다면 어떻게 죄를 갚을 셈이죠?"

"낭자께서 홍 방주께 잘 말씀 올려주시오. 양자옹, 죄를 지었으나 홍 방주께서 너그러이 용서해주시기를 바랄 뿐이라고 청해주시오."

"한두 마디쯤이야 말씀드려줄 수도 있죠. 그럼 앞으로 우리 두 사람을 괴롭히지 말아야 할 텐데……."

"전에야 몰라뵙고 그랬는데…… 용서해주시면 앞으로 다시는 그러지 않겠습니다."

황용은 의기양양하게 웃음을 지었다. 그녀는 당당히 곽정의 손을 끌고 객점으로 돌아왔다. 홍칠공은 앞에 네 가지 음식을 차려놓고 왼손에는 술잔을, 오른손에는 젓가락을 들고 신나게 먹는 중이었다.

"칠공, 양자옹이 무릎을 꿇고 꼼짝도 못 하고 있어요."

황용의 말에 홍칠공은 음식을 먹으며 대답했다.

"분풀이로 몇 대 때려주고 오너라. 절대 덤비지 못할 거다."

곽정이 창밖을 내다보니 양자옹은 무릎을 꿇은 채 꼿꼿하게 앉아 있고, 세 제자도 그 뒤에 무릎을 꿇고 있었다. 보고 있자니 측은한 마음이 들어 가만히 있을 수가 없었다.

"칠공, 그만 용서해주시지요."

홍칠공이 욕을 퍼부었다.

"이런, 변변찮은 놈! 얻어터질 때는 꼼짝도 못 하더니, 나서서 구해주니까 용서해주라고? 그게 말이 되느냐, 이놈아?"

곽정은 할 말을 잃었다. 황용이 웃으며 말했다.

"제가 가서 처리할게요."

그녀는 죽봉을 들고 객점을 나섰다. 얌전히 무릎을 꿇고 앉은 양자옹은 황용을 보더니 잔뜩 겁먹은 얼굴이 되었다. 황용이 정색을 하고 입을 열었다.

"홍칠공 말씀을 전하겠소. 오늘 양자옹 당신을 토막 내야 마땅하나, 마음 약한 우리 곽정 오빠가 인정에 호소하니 이번에는 용서해주시겠다고 하오."

말을 마치고는 죽봉을 들어 양자옹의 엉덩이를 픽 소리 나게 때렸다.

"그만 가시오."

양자옹이 창에 대고 외쳤다.

"홍 방주! 소인의 목숨을 살려주셨으니 방주를 뵙고 감사를 표하고 싶습니다."

객점 안에서는 아무 소리도 없었다. 양자옹은 여전히 무릎을 꿇고 앉아 미동도 하지 않았다. 잠시 후, 곽정이 나와 손짓을 하며 조용히 말했다.

"칠공은 지금 주무십니다. 떠들지 말고 조용히 가세요."

그제야 양자옹은 몸을 일으켜 곽정과 황용을 매섭게 쏘아보고는 제자들을 이끌고 사라졌다. 황용은 흐뭇해 어쩔 줄 몰랐다. 방으로 들어

와보니 홍칠공은 정말 탁자에 엎어져 잠들어 있었다. 황용이 그의 어깨를 흔들어 깨웠다.

"칠공, 칠공! 이 죽봉 위력이 정말 대단하던데, 필요 없으면 저한테 주시면 안 돼요?"

홍칠공은 고개를 들고 하품을 하더니 기지개를 켜며 웃었다.

"아주 네 멋대로구나. 이건 내 밥벌이 수단이란 말이다. 거지가 개 쫓는 몽둥이 하나 없어서야 어떻게 밥을 빌어먹겠느냐?"

황용은 끈질기게 졸랐다.

"무공이 있으시잖아요? 사람들이 칠공 목소리만 들어도 벌벌 떠는데, 죽봉은 뭐 하러 가지고 다니세요?"

홍칠공은 너털웃음을 터뜨렸다.

"이 철부지야, 음식이나 해주려무나. 내 천천히 이야기해주마."

황용이 주방으로 가 음식을 세 접시 차려 내왔다. 홍칠공은 오른손엔 잔을, 왼손에는 훈제한 족발을 들고 우물우물 씹으며 이야기를 시작했다.

"천하의 모든 것은 그 무리가 있다고 했다. 돈 좋아하는 부자들도 무리가 있고, 또 돈을 빼앗는 도적도 그 무리가 있지. 우리처럼 밥을 빌어먹고 사는 거지도 무리가 있게 마련이야……."

황용이 손뼉을 마주쳤다.

"아, 알겠어요. 그래서 양자옹이 홍 방주라고 불렀던 거군요. 거지 무리의 우두머리인 방주시니까……."

"우리는 구걸을 하기 때문에 언제나 멸시를 당하지. 개한테 물리기까지 하고. 그러니 무리를 지어 다니지 않으면 목숨을 부지하기도 힘들어. 북쪽의 백성들은 금나라의 지배 아래 있고, 남쪽의 백성들은 송 황제의 지배를 받고 있다. 하지만 우리 거지들은……."

황용이 말을 가로챘다.

"남쪽이든 북쪽이든 홍칠공께서 다스리시는군요?"

홍칠공이 웃으며 고개를 끄덕였다.

"그래, 이 죽봉과 호로병은 당대唐代부터 전해진 것이다. 벌써 수백 년이 되었지. 대대로 개방의 방주가 지니는 것이다. 황제의 옥새나 관리의 금인金印과도 같은 것이야."

황용이 혀를 날름 내밀었다.

"그럼 주시지 않는 게 좋겠네요."

"그건 왜?"

"천하의 거지들이 모두 저를 찾아와 받들겠다고 하면 얼마나 귀찮 아지겠어요?"

홍칠공이 한숨을 내쉬었다.

"네 말이 옳다. 내 천성이 게으르다 보니 개방 방주 노릇하기가 보통 힘든 것이 아니다. 그러면서도 맡길 만한 사람을 찾지 못해 할 수 없이 이렇게 방주 노릇을 하고 있는 것이지."

"그래서 그 노괴가 칠공을 그렇게 무서워하는 것이군요? 천하 거지 들이 모두 몰려와 그를 괴롭히면 정말 견디기 힘들 테니까요. 거지들 이 이를 한 마리씩만 잡다 머리에 풀어놓아도 가려워 죽을 지경일 걸요?"

홍칠공과 곽정이 웃음을 터뜨렸다. 한바탕 웃다가 홍칠공이 다시 입을 열었다.

"그가 나를 무서워하는 데는 또 다른 이유가 있지."

"뭔데요?"

"한 20년쯤 되었나? 그놈이 나쁜 짓을 하려다가 나한테 걸린 적이
있거든."

"무슨 나쁜 짓을 했는데요?"

홍칠공이 잠시 머뭇거렸다.

"그 노괴 놈이 무슨 채음보양採陰補陽이라는 사설邪說을 믿고 많은 처
녀를 데려다가 이상한 짓거리를 해서 그들의 몸을 망쳐놓았지. 불로장
생을 한다나……."

"어떻게 처녀들 몸을 망쳐요?"

황용은 어머니가 그녀를 낳다가 난산으로 세상을 떠나 어려서부터
아버지 밑에서 자랐다. 황약사는 진현풍, 매초풍이 배신하고 달아나
자 화가 난 나머지 남은 제자들의 근맥筋脈을 끊어 섬에서 쫓아내버렸
다. 그래서 도화도에는 몇몇 벙어리 하인만 남아 있었다. 상황이 이렇
다 보니 황용은 나이 든 여자에게 남녀 사이의 일을 배운 적이 한 번
도 없었다. 그래서 곽정과 마음이 맞으면서도 같이 있으면 한없이 즐
겁고, 잠시라도 떨어지면 못내 쓸쓸할 뿐 다른 생각은 없었던 것이다.
그녀는 남녀가 부부가 되면 영원히 함께하는 것이라 생각하고 마음속
에 곽정을 남편으로 받아들인 지 오래였다. 그러나 부부 관계에 대해
서는 까맣게 모르고 있었다. 황용의 질문에 홍칠공이 오히려 어찌 대
답을 해주어야 할지 난처해졌다.

"처녀들의 몸을 망쳤다니…… 그들을 죽였나요?"

"아니, 여자의 몸으로 그런 치욕을 당하는 것은 오히려 죽는 것보다

더 고통스러울 수도 있지. 이런 말이 있지 않느냐? 절개를 잃는 것은 큰일이요, 굶어 죽는 일은 작은 일이다. 뭐, 그런 의미라고 할 수 있지."

황용은 여전히 무슨 말인지 이해할 수 없었다.

"그럼 칼로 귀나 코를 베어버렸나요?"

홍칠공은 슬슬 짜증이 났다.

"허, 참! 그런 게 아니다. 집에 돌아가 어머니한테 여쭈어보아라."

"어머니는 이미 돌아가셨어요."

홍칠공은 "아" 하고 탄식을 흘렸다.

"네가 이 녀석과 화촉을 밝히고 신방을 차리면 자연히 알게 될 게다."

황용은 얼굴이 붉어지며 입을 삐죽거렸다.

"말씀 안 하시려거든 그만두세요."

그러더니 뭔가 말하기 부끄러운 일이라는 것을 눈치채고 이야기를 돌렸다.

"그러니까 양 노괴가 나쁜 짓을 한다는 것을 알게 되신 거죠? 그래서 어떻게 되었어요?"

황용이 난처한 질문을 더 이상 하지 않자, 홍칠공은 무거운 짐을 내던진 듯 안도의 숨을 내쉬었다.

"그야, 내가 나섰지. 그놈, 나한테 잡혀 아주 실컷 두들겨 맞았단다. 그놈 머리털을 다 뽑아놓고 여자들을 모두 돌려보내게 했지. 그리고 앞으로 다시는 그런 악행은 저지르지 않겠다는 다짐도 받았고. 또다시 나한테 걸리는 날엔 곱게 죽지 못할 거라고 했다. 근래에는 잠잠하기에 오늘 그냥 용서해준 게다. 그놈 참, 머리털은 좀 자랐더냐?"

황용이 킥킥거리며 웃었다.

"자랐어요. 그렇게 무성한 머리털을 뽑혔다면 정말 아팠겠어요."

황용이 다시 말을 이었다.

"칠공, 이제 죽봉을 주신다고 해도 제가 받지 않을 거예요. 그런데 저희가 평생 칠공과 함께 있을 수는 없잖아요? 만일 다음에 또 양자옹을 만나면 어쩌죠? 그자들이 '지난번에는 홍 방주가 있어 할 수 없이 죽봉에 맞았지만, 이번에는 복수를 해야겠다. 내가 너희들 머리털을 뽑아주마' 이러면 저희는 어떡해요? 오빠가 노괴랑 싸우는 걸 보니까 처음부터 끝까지 항룡유회만 쓰던데……. 물론 대단한 무공이기는 하지만 너무 단순하잖아요? 그 노괴가 속으로 칠공을 무시할걸요? '홍 방주, 무공은 대단하면서 제자 키우는 재주는 별것 아니구먼……' 하고요."

그 말에 홍칠공은 웃을 수밖에 없었다.

"또 겁주는 소리로 나를 부추기는구나. 결국 너희에게 무공을 더 가르쳐달라는 거 아니냐? 얌전히 맛있는 음식이나 해오면 내 모른 척하지는 않을 거다."

황용은 뛸 듯이 기뻐하며 홍칠공의 손을 끌고 소나무 숲으로 향했다. 홍칠공은 항룡십팔장의 제2초식인 비룡재천飛龍在天을 곽정에게 가르쳐주었다. 이 초식은 몸을 허공으로 띄워 높은 위치를 차지한 뒤 아래로 공격하는 것이었다. 곽정은 사흘 동안이나 연습한 뒤에야 이 초식을 겨우 익힐 수 있었다.

이 사흘 동안 홍칠공은 십수 가지 산해진미를 맛보았다. 그러면서도 황용은 자신에게 무공을 가르쳐달라고는 하지 않고 곽정이 무공을 전수받는 것으로 만족했다.

이렇게 한 달여가 지나자 곽정은 홍칠공에게 항룡유회부터 전룡어
야戰龍於野까지 항룡십팔장 중 15가지 초식을 배울 수 있었다. 이 항룡
십팔장은 외문外門 무학 중 으뜸으로, 어떤 방어로도 막을 수 없는 절
륜의 무공이었다. 비록 초식의 수가 많지는 않지만 각각의 초식이 모
두 엄청난 위력을 지니고 있었다. 북송 연간의 개방 방주 교봉이 이 무
공으로 천하의 영웅호걸과 겨루어 대단한 실력을 발휘했으니 그 기세
가 천하를 덮고도 남았다. 홍칠공도 이 장법을 전수받아 왕중양, 황약
사 등과 겨룰 때 그 위력을 맘껏 선보였다. 그래서 왕중양 등도 항룡십
팔장에 높은 평가를 내릴 수밖에 없었다.

홍칠공은 원래 곽정에게 두세 가지 장법만 가르쳐 스스로 몸만 보
호할 수 있도록 해주려 했으나, 뜻밖에 황용의 요리 솜씨가 뛰어나
그들을 놓아줄 수가 없었다. 그렇게 하루하루를 지내다 보니 어느새
15가지 초식을 전수하게 된 것이다.

곽정이 비록 총명하지는 못하나 조금씩이라도 배우기만 하면 불철
주야 전력을 다해 연마하니, 이제는 제법 15가지 장법을 제대로 구사
하게 되었다. 아직 결정적으로 사용해본 적은 없으나 한 달여가 지나
자 곽정은 완전히 딴사람이 되어 있었다. 어느 날, 홍칠공이 아침을 먹
고 나서 한숨을 내쉬며 입을 열었다.

"우리 세 사람이 함께 지낸 지도 어느덧 한 달이 넘었구나. 이제 그
만 헤어질 때가 된 것 같다."

"아, 안 돼요. 아직 해드릴 음식이 많이 남아 있는걸요."

황용이 만류했지만, 홍칠공은 이미 마음을 굳힌 듯했다.

"세상에 파장이 없는 잔치는 없는 법이다. 내 평생 누군가에게 3일

이상 무공을 가르친 일이 없거늘, 이번에는 30일을 가르쳤으니……
계속 이렇게 가면…… 아, 좋지 않을 거다."

"왜 그러세요?"

"그러면 내 재주를 전부 배우게 되는 것 아니냐?"

"도와주시려거든 끝까지 도와주셔야죠. 18가지 장법을 모두 오빠에
게 전수해주시면 좋잖아요?"

"너희들이야 좋을지 몰라도 나로서는 좋을 것이 없다."

황용은 마음이 조급해졌다. 무슨 수를 써서라도 그를 붙잡아 곽정이
남은 세 가지 장법을 마저 배우도록 해야 했다. 그러나 홍칠공은 그예
호로병을 메고는 말없이 소매를 떨치고 길을 나섰다. 곽정은 급히 그를
쫓았다. 하지만 홍칠공은 신법이 워낙 빨라 눈 깜짝할 사이에 모습이
사라져버렸다. 곽정은 소나무 숲까지 따라가 홍칠공을 불러보았다.

"칠공, 칠공!"

뒤따르던 황용도 함께 불렀다. 숲 저편에서 사람의 그림자가 비치
는가 싶더니 홍칠공이 다가왔다.

"네 이 녀석들! 나를 따라와 어쩌겠다는 거냐? 아무리 그래도 더 가
르쳐줄 수 없어."

"오랫동안 가르침을 받았으니, 제자가 무슨 욕심을 더 부리겠습니
까? 그저 스승님의 은혜에 감사드리고자 온 것입니다."

곽정은 말을 마치고는 꿇어 엎드려 머리를 땅에 찧으며 절을 올렸
다. 순간, 홍칠공의 낯빛이 변했다.

"멈추어라! 나는 음식을 얻어먹은 답례로 무공을 가르쳤을 뿐이니
우리는 사제 관계가 될 수 없다."

그러곤 마찬가지로 꿇어앉더니 머리를 조아려 곽정에게 절을 했다. 곽정은 깜짝 놀라 다시 절을 하려 했다. 홍칠공은 손을 뻗어 곽정의 옆구리 혈도를 짚었다. 그의 무릎이 꺾이더니 움직이지 못했다. 홍칠공은 곽정에게 네 번 절한 뒤에야 혈도를 풀어주었다.

"자, 너는 내게 절을 한 것도 아니요, 또 제자도 아니라는 것을 명심해라."

그제야 곽정은 그의 괴팍한 성질을 알고 입을 다물었다. 뒤따라온 황용이 탄식했다.

"칠공, 그동안 저희에게 잘해주셨는데 이렇게 헤어지게 되다니요? 다음에 다시 만나면 또 음식을 해드릴 생각이었는데, 과연…… 아, 그렇게 할 수 있을지……."

"왜 그러느냐?"

"저희를 괴롭히는 적이 너무 많아요. 그 삼선노괴 말고도 나쁜 놈들이 많다고요. 언젠가 저희는 그들 손에 죽을 거예요."

홍칠공은 조용히 웃었다.

"죽으면 죽는 거지, 안 죽는 사람도 있다더냐?"

황용이 고개를 가로저었다.

"죽으면 차라리 낫겠지요. 제가 걱정하는 것은 그게 아니에요. 놈들이 저를 잡아 제가 칠공께 무예를 배운 일이며, 칠공께 음식을 해드린 것을 알고 옥적수가청낙매며, 이십사교명월야 같은 음식을 하라고 한 뒤 그걸 먹는다면 칠공의 명성이 떨어지지 않겠어요?"

홍칠공은 황용의 이야기가 자신을 꼬드기는 말이란 사실을 알고 있었다. 그러나 정말 누군가 황용에게 음식을 만들도록 시켜 그것을 먹는 동안 자신은 그 맛을 못 볼 수도 있다고 생각하니 저도 모르게 화가 치밀어 올랐다.

"그놈들이 누구냐?"

"귀문용왕 사통천요. 그자의 먹는 모양이 얼마나 흉한지 몰라요. 제가 한 요리들이 모두 더럽혀질 거예요."

홍칠공은 고개를 저었다.

"사통천이 별것이더냐? 곽정 이놈이 한두 해 더 연습하면 놈을 이길수 있을 거다. 걱정할 것 없다."

황용이 영지상인이며, 팽련호 등의 이름을 주워섬겼지만 홍칠공은 모두 별것 아니라며 무시했다. 그러다 백타산 산주 구양극의 이름이 나오자 흠칫 놀랐다. 그의 무공이며 생김새를 꼬치꼬치 캐묻던 홍칠공은 황용의 대답을 듣고는 고개를 끄덕이며 신음을 흘렸다.

"역시 그놈이군……."

홍칠공의 낯빛이 어두운 것을 보고 황용이 물었다.

"그가 그렇게 센가요?"

"구양극은 별것 아니다. 그의 숙부인 노독물老毒物이 정말 대단하지."

"노독물이오? 아무리 강해도 칠공만은 못하겠죠."

홍칠공은 한참 동안 말이 없었다.

"원래는 비슷했다만, 20년이 흘렀으니…… 20년……. 그는 무예를 익히는 데 진지하고 아주 부지런하다. 나처럼 먹고 노는 것을 좋아하지 않아. 헤헤! 그래도 나를 이기려면 쉽지는 않을 거야."

황용도 맞장구를 쳤다.

"칠공을 이기지는 못할 거예요."

홍칠공이 고개를 저었다.

"꼭 그렇지도 않아. 그건 두고 볼 일이다. 그래, 노독물 구양봉歐陽鋒의 조카가 너희를 괴롭힌다니 우리도 방심할 수는 없지. 아무래도 네가 해주는 음식을 달포쯤 더 먹어야겠다. 미리 말해두겠는데, 앞으로 달포 동안 같은 음식을 두 번 먹게 되면 나는 두말없이 떠날 테다."

황용은 기쁜 마음으로 갖은 재주를 다 부렸다. 같은 만두와 밥이라도 머리를 짜내 중복되는 음식이 나오지 않게 했다. 군만두, 찐만두, 물만두가 달랐고 볶음밥, 국밥을 따로 해냈으며 떡, 찐빵에 쌀국수까지 음식 가짓수가 그야말로 무궁무진했다.

홍칠공은 홍칠공대로 온 정성을 다해 곽정과 황용에게 대응하는 법, 몸을 지키는 법 등을 가르쳤다. 다만 항룡십팔장의 남은 세 가지 초식만은 가르치지 않았다. 곽정은 항룡십오장에 강남육괴에게 배운 무예를 덧붙여 상당한 위력을 지니게 되었다.

홍칠공은 서른다섯 살까지 접한 무공이 매우 다양해 스스로 연습한 권법과 장법도 적지 않았다. 이제 각종 희한한 무술까지 끄집어내어 황용에게 가르쳤다. 그러나 그건 어디까지나 심심풀이 소일거리에 불과했다. 보기에는 기교가 매우 화려하나 적을 제압하기 위해서는 15가지 초식을 익힌 곽정의 항룡십팔장에 훨씬 못 미쳤다. 황용도 그것을 아는지 가벼운 마음으로 연습할 뿐 전력을 다해 배우고 익히지는 않았다.

뱀을 무찌르는 법

어느 날 저녁, 곽정은 소나무 숲에서 장법을 연습하고 있었다. 황용은 주운 솔방울에 죽순과 매실을 더해 특별한 요리를 만들 생각이었다. 그 이름도 이미 소나무와 대나무, 매화나무를 일컫는 세한삼우歲寒三友로 지었다. 그녀의 말을 듣고 군침을 꼴깍꼴깍 삼키던 홍칠공이 갑자기 몸을 돌려 음, 하는 기합 소리와 함께 수풀 속에 몸을 굽혀 팔을 휘저었다. 그러더니 2척이 넘는 청사靑蛇를 집어 올렸다.

"뱀!"

황용이 놀라 비명을 질렀다. 홍칠공이 왼손바닥으로 뱀의 몸통을 가볍게 치며 몇 자 밖으로 밀어냈다.

쉬익! 쉬익! 수풀이 흔들리더니 뱀 몇 마리가 또 튀어나왔다. 홍칠공은 연신 죽봉을 휘둘렀다. 머리 일곱 치쯤 되는 부위에 홍칠공의 죽봉이 닿자마자 뱀들은 모두 힘없이 뻗어버렸다. 황용이 홍칠공의 솜씨에 감탄하는 사이 갑자기 뒤쪽에서 뱀 두 마리가 소리 없이 기어 나와 그녀의 등을 물었다.

청사는 몸집이 작은 편이지만 맹독을 지니고 있었다. 이런 사실을 잘 알고 있는 홍칠공은 깜짝 놀라 황용을 해독해주려 했으나 여기저기서 뱀이 다가오는 바람에 일단 10여 장 밖으로 몸을 날려 피했다. 홍칠공은 왼손으로 황용의 허리를, 오른손으로 곽정의 손을 잡아끌고 빠른 걸음으로 숲을 벗어났다. 객점에 도착하기에 앞서 황용을 살펴보니 평상시와 다름이 없었다. 놀라우면서도 다행이다 싶었다.

"좀 어떠냐?"

황용이 웃어 보였다.

"괜찮아요."

곽정은 뱀 두 마리가 여전히 황용의 등을 물고 있는 것을 보고는 떼어내기 위해 급히 손을 뻗었다. 홍칠공이 말리려고 했지만 마음이 급했던 곽정은 이미 뱀의 꼬리를 잡아 떼어냈다. 뱀을 살펴보니 머리가 피로 범벅이 되어 죽어 있었다. 홍칠공은 잠시 놀랐지만 곧 그 까닭을 짐작했다.

"그렇군. 제 아버지가 연위갑을 주었겠지……."

뱀들은 연위갑의 가시를 물고 머리가 찔려 죽은 것이었다. 곽정이 손을 뻗어 나머지 한 마리도 떼어냈다. 그때, 숲에서 또 몇 마리의 뱀이 튀어나왔다. 홍칠공은 품 안에서 황색 알약을 꺼내 입에 넣고 질경 질경 씹었다. 그때 숲속에서 다시 수천 마리의 청사가 끊임없이 기어나왔다. 도대체 숲속에 몇 마리가 있는 것인지 가늠할 수조차 없었다.

곽정이 외쳤다.

"칠공, 빨리 가요."

홍칠공은 대답도 없이 메고 있던 호로병에 든 술을 한 모금 마신 뒤

입안에 씹던 약과 섞어 뿜어냈다. 약주는 화살처럼 뿜어져 나갔다. 그가 고개를 왼쪽에서 오른쪽으로 돌리자, 그 액체는 세 사람 앞에 선을 그리며 쏟아졌다. 제일 앞에서 기어오던 청사가 그 냄새를 맡더니 그대로 뻣뻣하게 굳어버렸다. 뒤따라오던 청사들은 더 이상 다가오지 못하고 저희들끼리 뭉쳐 똬리를 틀었다. 숲에서 기어 나오던 뱀들도 앞에서 주춤거리는 뱀들과 어지럽게 뒤얽혔다.

황용은 손뼉을 마주치며 환호성을 올렸다. 이때 숲속에서 이상한 휘파람 소리가 들리더니 흰옷을 입은 남자 세 명이 뛰어나왔다. 모두 두어 장 길이의 막대기를 손에 들고 휘파람 소리를 내며 뱀 무리를 헤집고 있었다. 마치 목동이 소나 양을 모는 모습 같았다.

황용은 처음에는 재미있었으나 눈앞 가득 쉭쉭, 소리를 내며 몰려드는 청사를 보고는 구역질을 참지 못해 토하기 시작했다.

홍칠공은 "음" 하고 신음을 내뱉더니 죽봉으로 뱀 한 마리를 집어 올려 왼손 식지와 중지로 머리를 누르고 오른손 새끼손가락 손톱으로 뱃가죽을 쨌다. 그러더니 그 틈에 손가락을 넣어 푸른색의 뱀 쓸개를 꺼내 황용에게 주었다.

"이것을 삼켜라. 아주 쓰니까 씹지 말고 그대로 삼켜."

황용은 그 말대로 받아 삼켰다. 속이 좀 가라앉는 듯했다. 그녀는 고개를 돌려 곽정에게 물었다.

"오빠도 어지러워요?"

곽정은 고개를 저었다. 그는 큰 뱀의 보혈寶血을 마셨기 때문에 어떤 독에도 영향을 받지 않았다. 숲속에 있던 그 많은 뱀도 홍칠공과 황용에게만 덤벼들 뿐 곽정에게는 접근하지 않았다.

"칠공, 누군가 기르는 뱀들인가 봐요."

황용의 말에 홍칠공도 고개를 끄덕이며 노기 가득한 얼굴로 흰옷 입은 세 남자를 쏘아보고 있었다. 홍칠공이 뱀 쓸개를 황용에게 먹이는 것을 본 세 사람도 표정이 험악해졌다. 일단 뱀 무리를 정리하고 난 뒤 앞으로 다가왔다.

"이런 쥐새끼 같은 것들이…… 죽고 싶어 환장했나?"

욕설을 듣고 가만있을 황용이 아니었다. 그녀도 똑같은 말투로 응수했다.

"그래, 쥐새끼 같은 것들아! 너희야말로 죽고 싶어 환장했나?"

홍칠공은 통쾌해하며 말 한번 잘했다는 듯 황용의 어깨를 토닥거렸다. 세 사람은 약이 바짝 올랐다. 가운데 있던 누런 얼굴의 중년 남자가 막대기를 곧추세우고 황용을 찌르려 했다. 막대기를 다루는 품이 무공이 상당한 듯했다. 홍칠공이 죽봉을 내밀어 가로막자, 막대기가 허공에서 딱 멈추었다. 사나이는 크게 놀라 두 팔을 뒤쪽으로 빼려 했다. 홍칠공이 팔을 살짝 한 번 흔들었다.

"가봐라!"

사나이는 보이지 않는 힘에 밀려 벌렁 뒤로 나자빠지며 뱀 무리 사이로 떨어졌다. 그 결에 또 십수 마리의 청사가 깔려 죽었다. 그는 특수한 약을 먹었는지 뱀들이 달려들지 않았다. 그렇지 않았다면 청사의 독에 목숨을 부지할 수 없었을 것이다. 남은 두 사람은 크게 놀라 뒤로 몇 걸음 물러나며 그에게 물었다.

"어떠십니까?"

쓰러졌던 사나이가 몸을 일으키려고 했지만 워낙 강한 충격에 쓰러진 터라 온몸이 쑤셔왔다. 반 정도 몸을 일으켰다가 그만 다시 쓰러지는 바람에 또 뱀들을 깔아뭉갰다. 옆에 있던 얼굴이 하얀 자가 막대기를 뻗어 그를 부축해주니 겨우 일어날 수 있었다. 상황이 이렇게 되자 세 사람은 더 이상 손을 쓸 수가 없었다. 모두 뱀 무리 속으로 물러가섰다. 쓰러졌던 사나이가 물었다.

"누구십니까? 이름이나 압시다."

홍칠공은 하하, 웃으며 대꾸하지 않았다. 대신 황용이 나섰다.

"당신들은 누구요? 어찌 독사를 떼로 몰고 다니며 사람을 놀라게 하죠?"

세 사람이 서로 얼굴을 마주 보고는 막 대답하려 할 때, 숲속에서 흰옷을 입은 한 서생이 부채를 흔들며 뱀 무리를 뚫고 나타났다. 곽정과 황용은 그가 백타산의 작은 주인 구양극이라는 것을 알아보았다. 놀랍게도 그가 뱀 무리를 뚫고 걸어 나오자 뱀들은 쉬익거리며 길을 터주었다.

세 사람이 구양극에게 다가가 낮은 목소리로 귀엣말을 속삭였다. 이야기를 하면서 시선이 홍칠공 주변을 향하는 것으로 보아 방금 일어난 일을 설명하는 듯했다. 구양극의 얼굴에 잠시 놀라는 빛이 스치더니 곧 평정을 되찾고는 고개를 끄덕였다. 그리고 몸을 돌려 예를 갖추어 태연하게 입을 열었다.

"이놈들이 무지해 선배님께 무례를 범한 것 같습니다. 제가 대신 사과드리지요."

그러곤 다시 고개를 황용 쪽으로 돌렸다.

"여기 계셨군요. 낭자를 찾느라 얼마나 고생했는지 모릅니다."

황용은 거들떠보지도 않고 오히려 홍칠공에게 말을 걸었다.

"칠공, 이 사람 정말 나쁜 사람이에요. 혼 좀 내주세요."

홍칠공이 천천히 고개를 끄덕였다.

"뱀을 치는 데도 때와 장소가 있고, 규칙이 있으며, 법도가 있어야 하는 법! 벌건 대낮에 이렇게 뱀을 몰고 다니는 법이 어디 있단 말이냐? 누굴 믿고 이렇게 함부로 행동하는 거지?"

구양극이 받아쳤다.

"이 뱀들이 먼 곳에서 오느라 허기진 상태여서 그런 것을 신경 쓸 경황이 없었습니다."

"그래, 얼마나 많은 사람이 물렸나?"

"우리는 넓은 들에 뱀을 풀기 때문에 물린 사람은 몇 안 됩니다."

홍칠공이 두 눈을 부릅뜨고 구양극을 쏘아보며 콧방귀를 뀌었다.

"몇 안 된다? 성이 구양이라고 했던가?"

"그렇습니다. 저 낭자가 이미 이야기한 모양인데…… 선배님께서는 성이 무엇입니까?"

황용이 말을 가로챘다.

"이 어르신의 존함은 당신 같은 사람의 이름과 나란히 입에 올릴 수가 없어요! 들으면 아마 놀라 자빠져버릴걸?"

구양극은 황용이 아무리 냉정하게 쏘아붙여도 화를 내기는커녕 미소 띤 얼굴로 그녀를 지그시 바라보기만 했다. 홍칠공이 다시 물었다.

"구양봉의 아랫것이렷다? 그렇지?"

구양극이 미처 대답하기도 전에 뱀을 몰던 세 사람이 튀어나와 대들었다.

"이 거지 영감이 위아래가 없구먼! 감히 우리 노산주의 존함을 들먹거려?"

홍칠공은 미소를 지었다.

"다른 사람은 몰라도 나는 부를 수 있지."

세 사람이 욕을 퍼부으려는 순간, 홍칠공은 죽봉을 땅에 짚으며 몸을 솟구쳤다. 새처럼 몸을 날린 홍칠공이 그 세 사람의 따귀를 한 대씩 올려붙였다. 홍칠공은 몸이 땅에 닿기도 전에 다시 죽봉을 짚어 제자리로 돌아왔다. 황용이 호들갑을 떨었다.

"그런 재주가 있으시면서 왜 제게는 가르쳐주지 않으셨어요?"

세 사람은 아래턱을 싸쥐고 신음 소리도 내지 못했다. 알고 보니 홍칠공이 뺨을 때릴 때, 이미 분근착골수로 그들의 아래턱 관절을 뽑아버린 것이다. 구양극은 내심 크게 놀라면서도 천천히 물었다.

"선배님은 저희 숙부님을 아십니까?"

"아, 구양봉의 조카였구먼. 노독물을 본 지도 벌써 20년이 되어가는군. 그래, 아직 죽지 않고 살아 있는가?"

구양극은 화가 부글부글 끓었지만 홍칠공의 몸놀림을 보아하니 자기는 적수가 아닌 듯했다. 게다가 자신의 숙부까지 알고 있는 것이 선배 고수인 것 같아 어찌해 볼 도리가 없었다.

"숙부께서는 친구분들이 모두 죽기 전에는 먼저 갈 수 없다고 말씀하셨습니다."

홍칠공이 앙천대소仰天大笑를 터뜨렸다.

"하핫! 녀석, 은근히 욕도 하는구나. 이 뱀들을 끌고 다니며 무엇을 하는 거냐?"

"후배는 서역에만 있다가 이번에 중원으로 나오게 되었습니다. 여정이 지루해 뱀들을 데려다 심심풀이를 하고 있던 참입니다."

황용이 끼어들었다.

"거짓말! 그 많은 여자를 데리고 다니면서 심심할 게 뭐가 있어요?"

구양극은 부채를 펼쳐 두어 번 부치더니 두 눈을 게슴츠레 뜨고 황용을 응시하며 웃음을 섞어 읊조렸다.

"내 마음에 어찌 다른 이가 없겠소만, 오직 그대 때문에 지금껏 고민한다오 悠悠我心 豈無他人 唯君之故, 沈吟至今!"

황용은 그에게 얼굴을 괴상하게 찡그려 보이고는 잘라 말했다.

"나에게 잘 보이려고 할 필요 없어요. 그리고 제 생각도 마시고요."

그녀의 우스꽝스러운 표정을 보고도 구양극은 여전히 넋을 잃은 채 말을 잇지 못했다. 홍칠공이 외쳤다.

"서역에서는 숙질이 못된 짓을 일삼아도 뭐라는 이가 없었겠지만, 중원에서는 어림도 없다. 자네 숙부 얼굴을 봐서 오늘은 그냥 넘어갈 터이니 썩 물러가거라!"

구양극은 호된 꾸지람을 듣고 홍칠공에게 맞서고 싶었지만, 적수가 못 되는 것을 잘 알고 있는 터라 조용히 물러날 수밖에 없었다. 그러나 속으로는 여전히 분이 풀리지 않아 한마디 덧붙였다.

"후배는 그만 물러가겠습니다. 혹시 몇 해 안에 중한 병이 들지 않거나 재난을 당하지 않으신다면 백타산에 오셔서 머무시는 것이 어떠실는지요?"

홍칠공은 가볍게 웃어넘겼다.

"네 녀석이 지금 내게 도전을 하는 것이냐? 나는 누구와 약속 같은 것을 해본 적이 없다. 네 숙부도 나를 두려워하지 않겠지만, 나도 마찬가지다. 네 숙부와는 20년 전에 이미 겨루어보았고 서로 실력이 대등하니 더 볼 것도 없다."

갑자기 홍칠공의 얼굴이 일그러지더니 호통을 쳤다.

"어서 썩 물러가지 못하겠느냐!"

구양극은 또 한 번 크게 놀랐다.

'숙부의 무공을 아직 절반도 배우지 못했는데, 이 사람 말이 거짓인 것 같지 않구나. 정말 더 화내기 전에 피하는 게 낫겠다.'

그는 더 이상 아무 말 하지 않고 흰옷 입은 사내들의 턱관절을 맞추어준 뒤 황용을 흘끗 보고는 몸을 돌려 숲으로 들어갔다. 세 사내는 괴상한 휘파람 소리로 뱀들을 몰기 시작했다. 여전히 턱이 아픈지 휘파람 소리가 겨우 입에서 새어나올 뿐 뚜렷하게 들리지 않았다. 뱀 무리는 마치 물줄기처럼 순식간에 숲으로 빨려 들어가 흔적도 남지 않았다. 여기저기서 점액이 반짝거릴 뿐이었다.

황용이 입을 열었다.

"칠공, 이렇게 뱀을 많이 본 건 처음이에요. 그 사람들이 키우는 걸까요?"

홍칠공은 잠시 대답 없이 등에서 호로병을 내려 꿀꺽꿀꺽 술을 몇 모금 마시고 소매로 이마의 땀을 닦더니 긴 한숨을 내쉬었다.

"위험했다, 정말 위험했어."

곽정과 황용이 동시에 물었다.

"왜요?"

"그 독사들을 잠시 막아내기는 했지만 정말 공격해왔다면 위험했을 거다. 수천수만 마리의 독사가 한꺼번에 몰려들면 어떻게 손을 쓰겠느냐? 다행히 그 녀석들이 어수룩해서 내 속셈을 모르고 겁을 집어먹었기에 망정이지. 혹여 노독물이 직접 와 있었다면 너희 둘은 큰일을 당했을 거다."

황용이 대답했다.

"이기지 못하면 도망가죠."

홍칠공이 웃음을 터뜨렸다.

"나야 무서울 것이 없지만, 너희가 무슨 수로 노독물의 손아귀를 빠져나간단 말이냐?"

"그 사람 숙부가 누구예요? 그렇게 대단한가요?"

"허어, 대단하냐고? 동사, 서독, 남제, 북개, 중신통이 있지 않느냐? 네 아버지가 동사고, 그 구양봉이 바로 서독이란 말이다. 무공이 천하제일이라고 했던 왕중양은 이미 세상을 떠났고, 남은 네 사람의 무공이 얼추 비슷하다 보니 서로 경계를 하고 있지. 생각해보아라. 네 아버지 무공이 대단치 않느냐? 내 재주도 보통은 넘고."

황용은 말없이 가늠해보더니 천천히 입을 열었다.

"우리 아버지는 좋은 분이신데, 왜 동사라고 하는 거죠? 그런 별호는 싫어요."

홍칠공은 미소를 지었다.

"네 아버지는 마음에 들어 하던데…… 그 사람 성정이 괴팍하고 정통 무학을 따르지 않으니, 사(邪)라 할 수밖에 없지 않느냐? 무공이라면 역시 전진교가 정통이지. 그건 나도 인정하는 바란다."

말을 마치고는 곽정을 향해 고개를 돌렸다.

"너도 전진파의 내공을 익히지 않았느냐?"

"마 도장께 2년을 배웠습니다."

"그러지 않았다면 한 달 사이에 항룡십팔장을 배울 수 없었을 거다."

황용이 물었다.

"그럼 남제는 누군가요?"

"남제라면, 물론 황제시지."

곽정과 황용이 의아한 표정을 지었다.

"임안의 송나라 황제 말씀인가요?"

황용의 물음에 홍칠공은 크게 웃었다.

"임안 황제의 힘이라야 고작 금 밥그릇 받쳐 들고 밥이나 먹을 정도겠지. 그것도 두 그릇은 힘들 거다. 당연히 송나라 황제는 아니지! 남제의 무공은 네 아버지나 나도 경계할 정도다. 음양오행에 남화南火가 서금西金을 제어한다고 했다. 그 남제가 바로 서독 구양봉의 천적이란다."

곽정과 황용은 완전히 알아듣지는 못했지만 홍칠공이 뭔가에 정신이 빼앗긴 듯 멍해진 것을 보고는 더 이상 묻지 못했다. 홍칠공은 하늘을 우러러 양미간을 찡그린 채 생각에 잠겼다. 뭔가 풀기 어려운 문제를 생각하는 듯했다. 그렇게 한참을 있다가 몸을 돌려 객잔으로 들어갔다. 그때 찌익, 하는 소리와 함께 그의 옷자락이 문 옆의 못에 걸려 찢어졌다. 황용은 깜짝 놀랐지만, 홍칠공은 옷이 찢어진 것도 못 느끼는 눈치였다.

"제가 꿰매드릴게요."

황용은 객잔 주인 여자에게 바늘과 실을 빌렸다. 홍칠공은 여전히 멍하니 앉아 있었다. 그러다 황용의 손에 들린 바늘을 보고는 갑자기 깨어난 사람처럼 바늘을 빼앗듯 낚아채 밖으로 뛰어나갔다. 곽정과 황용은 이상해하면서도 얼른 뒤따랐다. 홍칠공이 오른손을 휘두르자 번쩍하는가 싶더니 바늘이 튀어나갔다. 황용의 시선이 바늘을 따라가보니 바늘은 땅에 꽂혀 메뚜기를 꿰어놓았다. 황용은 저도 모르게 손뼉을 쳤다. 홍칠공의 얼굴에도 기쁜 빛이 가득했다.

"됐다! 이제 되었어."

곽정과 황용은 영문을 모르고 그를 바라보았다. 홍칠공이 설명을 시작했다.

"노독물 구양봉은 원래 독사, 독충 키우기를 좋아한다. 엄청난 무리의 청사도 제 마음대로 부릴 수 있지. 정말 대단한 재주야."

잠시 말을 멈추었다가 다시 이었다.

"내 보아하니 구양극이라는 자가 별로 좋은 놈 같지는 않더구나. 제숙부도 만나면 좋은 소리는 하지 않을 것이다. 그러니 만일 우리 두 사람이 부딪치게 되면, 나도 그 독사들을 제압할 무기가 필요하지 않겠느냐?"

"바늘로 독사를 땅에 찍어두려는 거군요."

황용이 손뼉을 치며 끼어들자, 홍칠공은 미소를 지었다.

"이런 눈치 빠른 녀석, 내가 할 말을 미리 잘라가는구나."

"그런데 약이 있잖아요? 술과 섞어서 뿜으니까 뱀들이 다가오지 못하던 약요?"

"그건 잠시 막아줄 뿐이란다. 나는 가서 만천화우滿天花雨를 연습해야겠다. 이 초식에 바늘을 사용할 수 있는지 봐야지. 수천수만 마리 뱀이 몰려오는데 한 마리씩 찍어서야 안 되지. 다 죽이는 데 열흘, 보름이 걸린다면 나도 굶어 죽을 거 아니냐?"

곽정과 황용은 배를 잡고 웃었다.

"제가 바늘을 사 올게요."

황용이 웃음을 그치고 시장으로 뛰어갔다. 그 모습을 바라보던 홍칠공이 고개를 저으며 탄식했다.

"정아, 어찌 저 아이의 머리를 좀 나누어 갖지 못했느냐?"

곽정은 어리둥절했다.

홍칠공은 그런 곽정을 보고 머리만 가로저었다.

시간이 제법 흘러 황용이 시장에서 돌아왔다. 장바구니에는 바늘 보따리가 둘이나 있었다.

"시장에 있는 바늘이란 바늘은 모조리 쓸어왔어요. 내일 이 동네 남자들은 부인한테 잔소리깨나 들을걸요."

곽정은 얼른 알아듣지 못하고 물었다.

"왜?"

"집에 바늘 하나 못 사다 주면 쓸모없는 사람이라고 잔소리를 듣지 않겠어요?"

홍칠공이 웃음을 터뜨렸다.

"역시 내가 잘 생각한 거야. 애초에 마누라를 얻지 않았으니 마누라에게 시달릴 일도 없지 않나 말이다. 자, 자, 가서 연습을 하자꾸나. 너희도 나한테서 무공을 배우고 나면 훨씬 강해질 게다."

황용은 활짝 웃으며 홍칠공 뒤를 따랐다. 그러나 곽정은 따라나서지 않았다.

"칠공, 저는 배우지 않겠습니다."

홍칠공은 얼른 이해가 되지 않았다.

"응? 왜?"

"칠공께서 가르쳐주신 무예를 제가 아직 다 익히지 못했습니다."

홍칠공은 잠시 어안이 벙벙했으나 곧 곽정의 마음을 눈치챘다. 워낙 욕심을 부릴 줄 몰랐던 곽정은 칠공이 더 이상 무공을 가르치지 않겠다고 했을 때 배우지 않기로 이미 마음을 정한 것이다. 갑작스럽게 상황이 달라져 어쩔 수 없이 무공을 더 가르쳐주겠다고 하면 보통 사람들은 이를 기회로 더 많이 얻어낼 생각을 하는데, 곽정은 이런 범인들과는 달랐다.

홍칠공은 내심 흐뭇했다. 그는 고개를 끄덕이고는 황용의 손을 끌고 갔다. 곽정은 뒷산에서 새로 배운 항룡십오장을 연습했다. 연습할수록 자신의 장법에 무궁무진한 변화가 생기는 것 같았다. 곽정 역시 자신의 무공에 흐뭇해했다.

그렇게 10여 일이 지나자 황용은 만천화우척금침滿天花雨擲金針을 익히게 되었다. 한 번에 열 개 정도의 바늘을 던져 동시에 사람의 급소를 찌르는 재주였다. 다만 한 번에 여러 명을 명중시키는 단계에까지는 이르지 못했다. 홍칠공은 바늘 한 줌을 한꺼번에 던져 앞쪽 손바닥 면적만큼의 땅에 찔러 넣었다. 그는 자신의 생각대로 되자 기분이 좋아져 허리를 펴고 크게 웃음을 터뜨렸다. 그러다가 문득 무엇이 떠올랐는지 갑자기 고개를 쳐든 채 가만히 생각에 잠기며 혼잣말을 중얼거렸다.

"노독물은 왜 이 사진蛇陣을 쓰는 걸까?"

황용도 맞장구를 쳤다.

"맞아요. 무공이 그렇게 대단하다면 다른 사람을 상대하면서 뱀 따위를 쓸 필요가 없을 텐데요."

"그래! 결국은 동사, 남제, 그리고 나를 상대할 때 쓰려고 준비한 거야. 개방과 전진교는 사람 수가 많고, 남제는 황제 자리에 있으니 그 아래에 관병이며 친병이 부지기수지. 네 아버지는 박식하고 임기응변이 뛰어나며 변화무쌍한 사람이라 지세를 잘 이용한다면 능히 일당백을 해낼 것이고……. 노독물은 일대일 대결이라면 누구에게도 지지 않지만, 모두가 함께 덤벼든다면 혼자서 당해낼 재간이 없을 거야."

"그래서 뱀을 키워 자기 무리를 만드는 셈이네요?"

홍칠공이 탄식했다.

"우리 거지들도 뱀을 잡아다 키운다. 그것도 다 먹고살려고 익힌 재주지. 열댓 마리 뱀 새끼를 잡아다 저녁에는 알아서 개구리며 두꺼비를 잡아먹도록 풀어주는 정도지. 이것도 해보면 쉽지 않은 일이다. 그런데 노독물은 수천 마리의 뱀을 키우니 정말 대단한 거야. 용아, 노독물은 아마도 엄청난 시간과 정력을 쏟아부어 노력했을 거다. 절대 그냥 심심풀이로 하는 것이 아니야."

"그렇게 힘을 쏟았다니 선한 마음으로 하지는 않았을 것 같아요. 조카가 천박해서 재주를 뽐내려다 들킨 것이 오히려 다행이네요."

홍칠공은 고개를 끄덕였다.

"그렇구나. 구양극이 경박한 탓에 일을 그르친 거야. 노독물이 또 누구에게 전수했는지 모르겠다. 청사들을 그 먼 서역에서 몰고 왔을 리는 없고, 틀림없이 근처 산에서 모았을 텐데……. 너는 구양극이 재주를 뽑내려 했다고 하지만, 반드시 그렇지 않을 수도 있다. 어쩌면 다른 의도가 있을지도……."

"어쨌든 좋은 일은 아닐 거예요. 하지만 우리가 먼저 보고 칠공께서 사전에 대비책을 마련해두셨으니까 나중에 노독물 때문에 허둥대는 일은 없겠지요."

홍칠공은 깊은 신음을 흘렸다.

"만일 놈이 바늘을 던지지 못하도록 나를 붙잡고 그 많은 뱀으로 둘러싼다면 그땐 어찌하겠느냐?"

황용은 잠시 생각에 잠겼지만, 뾰족한 수가 떠오르지 않았다.

"그럼 그냥 삼십육계 줄행랑을 놓을 수밖에요."

홍칠공은 그만 웃고 말았다.

"예끼! 녀석하고는…… 다리를 빼어 몸을 돌리고, 발걸음을 떼어 달리는 것이 그래, 방법이랄 수 있느냐?"

한참이 지나고 황용이 다시 입을 열었다.

"정말 좋은 생각이 났어요."

홍칠공이 얼른 다그쳐 물었다.

"무슨 생각이냐?"

"칠공께서 우리 두 사람을 항상 데리고 다니는 거죠. 노독물과 부닥치면 칠공은 노독물을 상대하시고, 오빠는 그 조카를 상대하는 거예요. 그사이 저는 바늘로 뱀을 찔러 죽이고요. 오빠는 항룡십팔장의 나머지 세 장을 배우지 못했기 때문에 그 능글맞은 악당을 이기지는 못하겠지만요."

홍칠공이 눈을 부릅떴다.

"너야말로 능글맞은 악당이로구나. 그저 나를 속여 곽정에게 나머지 세 장을 가르치게 할 생각뿐이니……. 물론 그놈 사람됨을 보면 열여덟 장을 다 가르쳐주어도 문제 될 것이 없다. 하지만 그렇게 되면 그놈이 정말 내 제자가 되는 것 아니냐? 그 녀석, 도대체가 멍청하고 아둔해서 그런 제자를 둔다면 내가 웃음거리가 되고 체면이 깎일 것 같단 말이다."

황용은 키득거리며 웃다가 이내 일어났다.

"저는 가서 장을 봐올게요."

황용은 이제 더 이상 홍칠공을 붙잡을 수 없다는 것을 알고 있었다. 이제 헤어질 때가 되었다는 생각에 재료를 고르는 데 유난히 정성을 쏟았다. 특별히 맛있는 음식으로 보답하고 싶었다.

왼손에 장바구니를 들고 천천히 객점으로 돌아오는 동안 오른손으로는 계속해서 바늘 던지는 시늉을 하며 만천화우 기술을 연습했다. 객점에 거의 다 왔을 때 갑자기 방울 소리가 들리며 큰길 쪽에서 청총마青總馬 한 마리가 황용이 서 있는 쪽으로 달려왔다. 말 위에는 소복을 입은 여자가 타고 있었다.

말이 객점에 이르자 여자는 말에서 내려 안으로 들어갔다. 그녀는 바로 양철심의 양녀 목염자였다. 그 여자와 곽정 사이에 혼약이 있었다는 데 생각이 닿은 황용은 슬그머니 질투심이 일어 한동안 길가에 멀거니 서 있었다.

'저 여자가 뭐기에 여섯 사부와 전진파 도사들이 오빠와 두 사람을 맺어주려고 안달인 거야?'

생각할수록 부아가 났다. 그녀는 장바구니를 꽉 움켜쥐고 객점으로 들어갔다. 목염자는 수심이 가득한 얼굴로 탁자 앞에 앉아 객점 점원에게 음식을 주문하고 있었다.

"국수 한 그릇하고 쇠고기 좀 주세요."

이때 황용이 불쑥 끼어들었다.

"쇠고기를 무슨 맛으로 먹어요?"

목염자는 고개를 들어 황용을 보더니 깜짝 놀랐다. 수도에서 곽정과 함께 있던 아가씨가 아닌가? 황급히 일어나 인사를 했다.

"여긴 언제 왔어요? 어서 앉아요."

"그 도사들, 땅딸보, 서생도 같이 왔어요?"

"아니에요, 혼자예요."

황용은 애초에 구처기 일행이 못마땅했던 터라 그녀가 혼자라는 말에 기쁜 빛을 감추지 못했다. 슬며시 웃으며 훑어보니, 얼굴은 지난번 만났을 때보다 수척해졌지만 소복 차림의 가련한 모습이 그녀를 더 깨끗하고 고와 보이게 했다. 황용의 시선이 그녀의 허리에 꽂혀 있는 비수에 닿았다.

'저건 오빠 아버지와 이 여자의 아버지가 정혼을 하면서 주고받았다는 비수……'

황용이 대뜸 말했다.

"그 칼 좀 보여주세요."

그것은 포석약이 숨을 거두며 품에서 꺼내준 유품이었다. 양철심 부부가 함께 세상을 떠나자 비수는 목염자에게 돌아왔다. 갑자기 칼을 좀 보여달라는 황용의 태도가 좀 거슬려 거절하려고 했으나 황용이 이미 손을 내밀고 있어 할 수 없이 칼집째 건네주었다. 황용은 칼을 받아 칼자루부터 살펴보았다. '곽정'이라는 두 글자가 또렷이 새겨져 있었다.

'이건 오빠 물건이야. 이 여자에게 줄 수는 없어.'

칼을 뽑으니 한기가 얼굴을 엄습해 왔다.

'정말 좋은 칼이구나!'

칼을 칼집에 꽂고는 자기 품에 넣었다.

"이 칼을 오빠한테 돌려드려야겠어요."

목염자는 깜짝 놀랐다.

"뭐라고요?"

"칼자루에 곽정이라고 똑똑히 쓰여 있잖아요? 그러니 당연히 오빠 물건이죠. 내가 오빠한테 갖다주겠다고요."

목염자가 화가 나서 외쳤다.

"그건 부모님께서 남겨주신 유일한 유품이에요. 어떻게 당신이 가져갈 수 있어요? 이리 주세요."

"재주 있으면 뺏어가든지!"

황용은 그녀의 말에 아랑곳하지 않고 객점을 빠져나왔다. 홍칠공은 앞쪽 소나무 숲에서 낮잠을 자고 있을 것이고, 곽정은 뒷산에서 연습을 하고 있을 터. 황용은 왼쪽으로 달렸다. 목염자는 황용이 홍마를 탄다면 쫓아가는 게 무리일 것 같아 마음이 급했다. 목염자는 소리를 지르며 나는 듯 쫓아갔다.

황용은 몇 차례나 모퉁이를 돌아 커다란 버드나무 아래까지 달려갔다. 사방을 둘러봐도 사람 모습은 보이지 않았다. 그제야 걸음을 멈추고 웃으며 말했다.

"나를 이기면 돌려주지요. 한번 겨뤄봅시다. 이번에는 비무초친이 아니라 비무탈검比武奪劍이에요."

목염자는 얼굴을 붉혔다.

"농담하지 말아요. 나에게 그 칼은 아버지와도 같아요. 그걸 가져가서 어쩌려는 거예요?"

황용은 잠시 뭔가를 생각하더니 더는 뭐라고 반박할 말이 없어 생떼를 썼다.

"말이 너무 많아요!"

냅다 소리를 치며 바람처럼 몸을 날려 목염자에게 장풍을 날렸다. 목염자가 살짝 몸을 피하려고 했으나 황용 가문에 전해지는 낙영신검장이 워낙 변화무쌍해 옆구리를 맞고 말았다. 고통이 느껴지자 목염자는 분노가 폭발했다. 왼쪽으로 몸을 빼어 돌리며 주먹을 날리는데, 전광석화처럼 빠른 솜씨였다.

"소요유잖아. 별것 아니네."

황용은 오히려 여유만만했다. 목염자는 황용의 말에 깜짝 놀랐다.

'이것은 홍칠공께서 나에게 가르쳐주신 독창 무공인데, 어떻게 알고 있는 거지?'

황용의 왼쪽 주먹이 반격해오는가 싶더니 오른쪽 주먹이 곧장 공격해 들어왔다. 황용이 전개하는 초식이 모두 소요유를 깨는 권법이어서 목염자는 더더욱 놀랐다. 일단 몸을 솟구쳐 몇 걸음 떨어지며 물었다.

"잠깐, 이 권법은 누구에게 배운 거죠?"

깜찍한 황용이 솔직히 대답할 리 만무했다.

"나 혼자 생각해낸 거예요. 이 정도 무공이 뭐 대단한 게 있겠어요?"

황용은 말을 마치자마자 소요유 초식 중에서 연문탁발沿門托鉢과 견인신수見人伸手 두 가지를 연달아 쏟아냈다. 목염자는 놀라움이 가시지 않아서 일단 사해오유四海遨遊로 황용의 공격을 피하고는 재차 다그쳐 물었다.

"혹시 홍칠공을 알아요?"

"내 오랜 친구니까 당연히 알죠. 당신은 그분께 배운 무공을 쓰지만, 나는 내 무공만으로 상대해드리죠. 누가 이기는지 두고 봅시다."

황용은 키득키득 웃더니 공격의 속도를 높였다. 정말 더 이상 소요유 권법을 쓰지 않았다. 황용의 무예는 아버지 황약사에게 직접 물려받은 것으로 원래부터 목염자보다 훨씬 뛰어났다. 거기에 홍칠공의 지도까지 받아 한층 성숙해졌으니, 목염자가 대적할 수 있는 상대가 아니었다.

이제는 칼을 포기하고 도망을 갈 수도 없었다. 황용이 왼손바닥을 세워 마치 장검처럼 찌르고 들어온 것이다. 그 결에 칼처럼 매서운 바람이 일었다. 목염자는 얼른 몸을 틀어 피했지만 뒷덜미가 어느새 얼얼했다. 황용이 난화불혈수로 뒷덜미 추골의 대추혈大椎穴을 짚은 것이다. 이 혈은 사람의 수족과 내장의 맥이 만나는 곳으로, 짚이고 나면 이내 손발에 힘이 빠져버린다. 황용은 반 발짝도 움직이지 않고 곧장 손을 뻗어 허리 오른쪽의 지실혈志室穴을 찔렀다. 목염자는 결국 그대로 쓰러지고 말았다.

황용은 비수를 뽑아 키득거리며 목염자 얼굴 주변을 찌르는 시늉을 했다. 얼굴 주변을 빙 돌아가며 칼끝이 아슬아슬하게 비켜가도록 찔렀다. 목염자는 눈을 감고 죽기만을 기다렸다. 그러나 얼굴로 차가운 한

기만 느껴질 뿐 아픔은 없었다. 눈을 떠보니 비수가 번득이며 얼굴로 떨어지고 있었다. 눈앞이 번쩍하더니 비수는 귀 옆으로 미끄러지며 꽂혔다. 목염자는 화가 치밀었다.

"죽이려거든 어서 죽여라! 왜 사람을 가지고 노느냐?"

"우리 사이에 원한도 없는데 죽이긴 왜 죽여요? 약속을 한 가지 해주면 놓아줄 거예요."

목염자 역시 적의가 있었던 것은 아니나 어찌 되었든 패배를 인정하고 싶지 않은 마음에 목소리가 점점 거칠어졌다.

"차라리 어서 죽여라. 내가 목숨을 구걸하기를 바란다면 일찌감치 꿈 깨는 것이 좋을 거야."

황용이 짐짓 한숨을 쉬어 보였다.

"이렇게 예쁜 아가씨가 젊은 나이에 죽다니…… 정말 아깝네요."

목염자는 아예 눈을 감고 대꾸도 하지 않았다. 잠시 후, 황용이 속삭였다.

"오빠는 나를 좋아해요. 당신이 오빠한테 시집가려고 해도 오빠가 좋아하지 않을 거란 말이에요."

목염자가 번쩍 눈을 떴다.

"뭐라고?"

"약속하지 않아도 할 수 없어요. 어쨌든 오빠는 당신과 혼인하지 않을 테니까. 나는 다 알아요."

목염자는 어리둥절했다.

"누가 누구를 좋아한다고요? 도대체 내가 누구에게 시집을 간다는 거예요?"

"곽정 오빠 말이에요, 곽정!"

"아, 그 사람 말이군요? 그럼 지금 무슨 약속을 하라는 거죠?"

"무슨 일이 있어도 오빠한테 시집가지 않겠다는 맹세를 해줘야겠어요."

목염자 얼굴에 미소가 떠올랐다.

"당신이 내 목에 칼을 들이대도 그 사람과는 혼인하지 않을 거예요."

황용이 반색을 하며 물었다.

"정말요? 왜요?"

"제 의부의 유명遺命이 곽정과 짝을 맺으라는 것이기는 하지만, 사실……."

목염자의 목소리가 점점 잦아들었다.

"아버지께서 돌아가실 때는 정신이 이미 흐릿한 상태였으니까……그 전에 날 다른 사람에게 보내기로 한 것을 잊어버리셨던 거죠."

황용은 뛸 듯이 기뻤다.

"아, 미안해요. 내가 괜히 소동을 피웠네요."

황용은 깡충거리며 혈도를 푸네, 손발을 주무르네, 한바탕 부산을 떨었다. 그러더니 목염자를 언니라 부르며 부드러운 목소리로 물었다.

"언니, 누구에게 시집가기로 한 거예요?"

목염자의 귓불이 발갛게 물들며 목소리가 기어들어갔다.

"당신도 본 적이 있을 거예요."

황용은 고개를 갸웃거렸다.

"내가 본 적이 있다고요? 누굴까? 언니와 어울릴 만한 남자가 누가 있을까?"

"그럼 천하 남자들 중 곽정만 훌륭하다는 건가요?"

황용도 웃음을 지었다.

"언니, 혹시 오빠가 둔해서 시집가지 않으려는 건가요?"

"그가 어디가 둔해요? 천성이 순박하고, 의협심이 강한 사람이에요. 나는 얼마나 감탄했는지 몰라요. 우리 아버지와 나에게 너무나 잘해주었거든요. 그때 우리 일에 나서서 자기 목숨도 돌보지 않고 도와주었잖아요. 어떻게 감사를 드려야 할지…… 세상에 그런 사람도 드물 거예요."

"그럼 아까 왜 목에 칼을 들이대도 혼인할 수 없다고 했어요?"

황용이 묻는 모습이 천진난만한 데다 곽정에 대한 마음이 하도 애틋해 목염자는 그녀의 손을 꼭 잡아주었다.

"동생 마음속에는 이미 곽정 그 사람이 있죠? 만일 앞으로 그보다 훨씬 훌륭한 사람이 나타나더라도 마음이 바뀌지는 않을 거예요. 그렇죠?"

황용이 고개를 끄덕였다.

"그럼요. 하지만 오빠보다 훌륭한 사람은 없을 거예요."

"그가 이 말을 들었다면 정말 기뻐할 텐데……. 어쨌든 아버지께서 나를 연경에 데리고 와 비무초친을 하실 때 어떤 사람이 나를 이겼지요……."

황용이 말을 가로챘다.

"아하, 알겠어요. 소왕야 완안강을 마음에 두고 있군요?"

"왕야가 아니라 거지라도 상관없어요. 제 마음속에는 그 사람뿐이에요. 나쁜 사람이라고 해도 저는 이미 그의 것이 되었는걸요."

목소리는 가벼웠지만, 그 의지는 굳건해 보였다. 황용은 고개를 끄덕이며 목염자의 말을 자세히 음미해보았다. 마치 곽정에 대한 자신의 생각을 목염자가 대신 말해준 듯했다. 두 사람은 손을 맞잡고 나무에 몸을 기댄 채 한동안 서로의 마음이 통하는 것을 기꺼워했다.

"언니, 받으세요."

잠시 생각에 잠겼던 황용이 칼을 돌려주었다. 목염자는 받으려 하지 않았다.

"그건 곽정 그 사람 거잖아요? 동생이 가져야지요. 칼자루에 이름까지 새겨져 있는데 내가 지니고 있는 것도…… 좋지 않을 것 같아요."

황용은 좋아라 하며 비수를 다시 품에 넣었다.

"언니는 정말 좋은 사람이에요."

뭔가 좋은 선물을 하고 싶은 생각이 들었지만 마땅한 것이 떠오르지 않았다.

"언니, 그런데 왜 혼자 여기까지 왔어요? 제가 도울 일은 없을까요?"

목염자는 얼굴이 붉어지며 고개를 떨구었다.

"뭐, 중요한 일이 있는 것은 아니에요."

"그럼 칠공을 뵈러 가실래요?"

황용의 말에 목염자의 눈이 반짝 빛났다.

"칠공이 여기 계세요?"

황용은 고개를 끄덕이며 목염자의 손을 잡고 몸을 일으켰다. 그때 갑자기 머리 위 나뭇가지가 미세하게 흔들리면서 나무껍질 한 조각이 떨어졌다. 누군가 나무들 사이로 펄쩍펄쩍 뛰며 사라져갔다. 뒷모습이 꼭 홍칠공이었다. 황용이 나무껍질을 주워보니 바늘로 글을 몇 줄 남겨놓았다.

'두 아가씨가 그렇게 사이좋게 지내야지. 황용, 또 이런 소란을 피우면 칠공한테 혼날 거다.'

글 끝에는 이름도 없이 호로병 하나가 그려져 있었다. 칠공의 글임을 확신한 황용의 입가에 미소가 번졌다.

'목염자를 쓰러뜨리고 약속하라고 윽박지른 것도 모두 보았겠지?'

두 사람이 소나무 숲에 도착했을 때는 이미 홍칠공의 모습이 사라진 뒤였다. 곽정은 객점으로 돌아가 있었다. 그는 목염자가 황용과 손을 잡고 오는 것을 보고 의아한 생각이 들었다. 그는 궁금한 것부터 물어보았다.

"제 사부님들은 보셨나요?"

목염자는 고개를 절레절레 흔들었다.

"그분들과 남쪽으로 가다가 중간에 산동에서 헤어진 뒤로는 한 번도 못 뵈었어요."

"사부님들은 모두 안녕하시지요?"

"걱정 마세요. 아무도 화내지 않으셨어요."

곽정은 내심 불안했다. 아무래도 사부님들이 크게 화가 나 있을 것 같았다. 한동안 밥도, 차도 내키지 않아 그저 멀거니 생각에 잠겼다. 목염자는 황용에게 홍칠공을 만난 이야기를 물었다. 황용이 그간 있었던 일들을 자세히 들려주자 목염자는 탄식했다.

"동생은 정말 운이 좋네요. 그분과 그렇게 오래 지낼 수 있었다니…… 나는 얼굴 한 번 뵙는 것도 마음처럼 안 되는데요."

"그래도 몰래 숨어서 지켜보시잖아요. 아까도 내가 언니를 다치게 했으면 아마 나타나서 언니를 구해주셨을 거예요."

황용의 위로에 목염자도 고개를 끄덕였다. 곽정은 여전히 어찌 된 일인지 알 수가 없었다.

"용아, 정말 목 낭자를 다치게 할 생각이었어?"

"그건 말할 수 없어요."

"아마 부끄러워서……."

목염자가 나서서 뭐라 하려다가 스스로도 부끄러워져 입을 다물고 말았다. 황용은 얼른 손을 뻗어 그녀의 겨드랑이를 간질이며 웃었다.

"말할 거예요?"

목염자는 혀를 쏙 내밀며 고개를 저었다.

"내가 어떻게 그래요? 약속이라도 할까요?"

황용은 목염자를 들볶다가 아까 곽정에게 시집가지 않겠다는 약속을 하라고 몰아세우던 것이 생각나 얼굴을 붉혔다. 곽정도 두 사람이 사이가 좋아진 것을 보고 흐뭇해졌다.

식사를 마친 세 사람은 숲을 거닐며 이야기를 나누었다. 황용은 목염자에게 어떻게 홍칠공의 무예를 전수받았는지 물었다. 목염자가 자신의 지난 일을 이야기했다.

"그때 저는 아직 어렸어요. 하루는 아버지를 따라 변량에 가게 되었지요. 객점에 머물렀는데, 저는 객점 입구에서 놀고 있었어요. 그런데 거지 두 사람이 땅에 누워 있는 거예요. 온통 피투성이가 되어서……. 정말 무서웠어요. 사람들은 모두 더럽다고 피하기만 할 뿐 아무도 도와주지 않았어요."

황용이 말을 받았다.

"아, 알았다. 그 사람들을 치료해주었군요?"

"저는 상처를 치료할 줄 몰랐어요. 그저 불쌍하기에 그 사람들을 부축해 우리 방에 누이고 상처를 씻은 다음에 천으로 싸매준 것뿐이에요. 나중에 아버지께서 돌아오셔서 잘했다고 칭찬해주셨어요. 그러면서 옛 아내도 저처럼 착했다고 하시며 한숨을 쉬셨답니다. 아버지는 그 사람들에게 돈을 좀 주셨어요. 그 사람들은 고맙다면서 떠났고요. 그리고 몇 달이 지났을까, 양주에 갔다가 그 사람들을 또 만난 거예요. 그때는 상처도 이미 다 나았더군요."

목염자의 말이 계속됐다.

"저를 허름한 사당으로 데리고 갔는데, 거기에 홍칠공이 계셨죠. 저를 칭찬해주시고는 소요유 권법을 가르쳐주셨어요. 저는 사흘간 배워서 익혔고요. 나흘째 사당에 가보니, 칠공은 이미 떠나고 안 계시더군요. 그 후로는 한 번도 뵙지 못했어요."

황용은 궁금증이 풀렸다. 그리고 목염자에게 더욱 친밀감이 느껴졌다.

"칠공께서 무공을 가르쳐주실 때, 다른 사람에게는 전하지 말라고 당부하셨어요. 만일 언니가 제 아버지 무공을 배우고 싶으시다면 저희가 보름쯤 머물면서 가르쳐드릴게요."

황용은 목염자가 곽정에게 시집갈 마음이 없다는 것을 알고부터 마치 가슴을 누르고 있던 무거운 돌덩이가 사라진 듯 마음이 홀가분했다. 그러다 보니 목염자가 대단한 은인처럼 느껴진 것이다. 거기에 비수까지 받고 보니 어떻게든 보답하고 싶은 마음이 생겼다.

"고맙기는 하지만, 내게 지금 급한 일이 있어 틈을 낼 수가 없어요.

다음에 기회가 닿으면 동생이 싫다고 해도 내가 가르쳐달라고 조를 게요."

황용은 무슨 일인지 물으려다가 아무래도 은밀한 일이 있는 것 같아 더 묻지 않고 입을 다물었다.

'보기에는 온화하고 부드러운데, 의지는 정말 굳은 것 같아. 대답하기 싫어하는 일이라면 굳이 물어봐도 소용이 없겠지.'

목염자는 미시未時쯤 객점을 빠져나갔다가 저녁에 돌아왔다. 그녀의 얼굴이 밝은 것을 보고도 황용은 모르는 척했다. 저녁을 먹고 나서 목염자와 황용은 한방에 묵었다. 황용은 먼저 잠자리에 누워 흘끗흘끗 목염자를 훔쳐보았다. 등불 아래 멍하니 앉아 있는 목염자의 얼굴에는 수심이 가득했다. 황용은 눈을 감고 잠이 든 척했다. 그러자 잠시 후 목염자는 작은 보퉁이에서 뭔가를 꺼내 들고는 천천히 입을 맞추었다. 꿈을 꾸는 듯, 그것을 손에 들고는 한없이 바라보았다. 더없이 부드럽고 행복한 얼굴이었다.

황용은 그녀의 등 뒤에서 살며시 넘겨다보았다. 화려한 무늬가 수놓인 손수건인 듯했다. 갑자기 목염자가 몸을 돌려 손수건을 공중으로 날렸다. 황용은 깜짝 놀라 황급히 눈을 감았다. 가슴이 두근두근 방망이질 치며 떨려왔다.

방 안에는 가벼운 바람이 일었다. 눈을 살짝 떠보니 목염자가 방 안을 돌며 무예 동작을 펼치고 있었다. 그러다가 손수건을 얌전히 개켜놓았다. 자세히 보니 그건 손수건이 아니라 찢긴 옷자락이었다.

'저건 소왕야와 겨룰 때 그의 비단 장포에서 찢긴 거잖아?'

목염자는 입가에 미소를 띤 채 마치 그날의 상황을 회상하는 듯했다. 때로는 가볍게 발로 차고, 또 주먹을 내지르기도 했다. 눈썹을 꿈틀거리고, 옷소매를 한껏 펄럭이는 모습은 영락없이 완안강이 그날 보여준 경박하고 오만한 태도였다. 그녀는 이렇게 혼자서 도취되어 있다가 잠자리로 다가왔다. 황용은 두 눈을 꼭 감았다. 목염자가 자신을 바라보고 있음을 느낄 수 있었다. 잠시 후 목염자의 중얼거리는 듯한 목소리가 들려왔다.

"예쁘기도 하지!"

곧이어 목염자는 갑자기 몸을 돌려 방문을 열더니, 옷자락을 날리며 담을 넘어 객점을 빠져나갔다. 황용은 호기심이 일어 참을 수가 없었다. 자리를 박차고 일어나 급히 따라 나갔다. 목염자는 막 서쪽으로 내달리고 있었다. 황용도 경공술을 써 그 뒤를 바짝 쫓았다.

황용의 무공이 목염자보다 뛰어났으므로 얼마 안 가 그녀를 따라잡을 수 있었다. 황용은 목염자의 눈에 띌까 봐 약 10여 장쯤 거리를 두고 걸음을 늦추었다. 목염자는 시장 쪽으로 들어가 어느 커다란 집 지붕으로 뛰어올라갔다. 그리고 그 위에서 사방을 살피더니 남쪽 끝에 있는 높은 집으로 뛰어갔다. 황용은 날마다 이곳에 와서 장을 봤기 때문에 그 집이 근방에서 제일 큰 부자인 장蔣씨의 저택이라는 것을 알고 있었다.

'언니가 노자가 떨어져 돈을 훔치러 온 건가?'

이런저런 생각을 하는 사이, 두 사람은 어느새 장씨 저택 안쪽으로 들어와 있었다. 장씨 저택의 대문에는 등불이 대낮처럼 밝혀져 있고, 화려한 붉은 등도 걸어놓았다. 등에 박힌 '대금국흠사大金國欽使'라는 금색의 다섯 글자가 화려하게 빛났다. 등 아래에는 허리에 검을 찬 금국 병사 네 명이 문을 지키고 있었다. 황용은 이미 여러 차례 이 저택을 지나가보았지만 이런 광경은 처음이었다.

'금국 사신의 돈을 훔치면 정말 좋겠다. 그러면 언니가 훔치고 나서 나도 좀 훔칠 수 있을 텐데……'

황용은 목염자를 쫓아 잠깐 사이 담을 뛰어넘어 화원까지 들어갔다. 목염자는 흙을 쌓아 만들어놓은 언덕과 꽃나무 사이에 몸을 숨긴 채 길을 찾고 있었다. 그때 동쪽 방에서 불빛이 비치는가 싶더니 장지문 위로 한 남자의 검은 그림자가 어른거렸다.

목염자는 천천히 그쪽으로 다가가 그림자를 응시한 채 굳은 듯 서 있었다. 얼마나 지났을까, 방 안의 그림자는 여전히 오락가락하고, 목염자 역시 하염없이 그림자를 바라보며 시선을 떼지 못하고 있었다. 황용은 슬슬 마음이 조급해졌다.

'언니도 참…… 왜 저렇게 답답하게 군담. 뛰어 들어가 혈도를 짚으면 꼼짝도 못 할 텐데 멀거니 보고만 있으면 어쩌자는 거야?'

그녀는 방의 다른 쪽 모퉁이로 돌아 나가며 생각했다.

'내가 좀 도와줄까? 놈을 쓰러뜨리고 숨어 있으면 언니가 깜짝 놀라겠지?'

황용이 창을 열고 들어가려는데 누군가 방문을 열고 들어가는 소리가 들렸다.

"대인, 방금 역마가 소식을 전해왔습니다. 남조南朝에서 사신을 영접하는 단段 지휘사가 모레 도착한답니다."

"으흠……"

안에 있던 사람이 고개를 끄덕이자 보고를 마친 자가 물러나왔다.

'방 안에 있는 사람이 금국 사신인 모양인데……. 그렇다면 언니는 돈을 훔치려는 게 아니라 뭔가 다른 계획이 있는 걸지도 모르겠군. 함부로 끼어들면 안 되겠는걸.'

황용은 손가락에 침을 묻혀 창문 격자의 가장 아래쪽에 구멍을 뚫었다. 그 구멍으로 안을 들여다보니 방 안에 있는 남자는 다름 아닌 소왕야 완안강이었다. 그는 손에 뭔가 시커먼 물건을 들고 어루만지며 서성거리고 있었다. 근심거리가 있는 듯 천장을 올려다보며 생각에 잠긴 모습이었다. 그가 촛불 쪽으로 다가서자 손에 든 철창이 선명하게 드러났다. 창끝은 이미 녹이 슬었고, 그 아래로 긴 자루가 이어졌는데 중간이 끊겨 있었다. 황용은 그 창이 그의 친아버지 양철심의 유품이라는 것을 모르고 아마도 목염자와 관련된 물건일 것이라 지레짐작했다.

'한 명은 옷자락을 펄럭이느라 정신이 없고, 또 한 명은 창이나 어루만지며 그리워하고 있다니……. 언니가 바로 지척에 있는데 멀리 떨어져 있는 줄 알고 있나 보군.'

저도 모르게 킥킥 웃음소리가 새어나왔다. 완안강은 즉각 소리를 알아채고 팔을 휘둘러 촛불을 껐다.

"누구냐?"

황용은 어느새 목염자의 뒤로 돌아가 있었다. 두 팔을 둥글게 둘러 왼손은 바깥쪽에서 오른쪽으로, 오른손은 위에서 아래로 놀려 목염자의 혈도를 눌렀다. 비록 힘을 주지는 않았지만 급소의 혈도를 눌린 목염자는 꼼짝달싹할 수가 없었다. 이는 72가지 금나수擒拿手 중에서도 역나법逆拿法이라고 하는 것으로, 목염자가 저항하려고 했지만 이미 때는 늦었다. 황용이 웃으며 목염자의 귓가에 소곤거렸다.

"언니, 가만있어요. 내가 언니의 임에게 보내드릴게요."

완안강이 방문을 열어젖히고 뛰어나오려는데, 어디선가 여자의 웃음 섞인 소리가 들려왔다.

"당신이 그리워하던 사람이에요. 받으세요."

"뭐야?"

완안강이 뭐라 말하기도 전에 이미 그의 팔에는 부드러운 여체가 안겨 있었다. 어찌할 바를 모르고 어안이 벙벙한 사이, 아까 들려왔던 목소리의 여자는 이미 담을 뛰어넘고 있었다.

"언니, 어떻게 보답할래요?"

은방울 굴리는 듯한 웃음소리가 멀어져가는 사이, 품에 안긴 여자는 이미 팔에서 빠져나갔다. 완안강은 경황이 없는 중에도 혹시 자기를 해칠까 봐 몇 걸음 물러섰다.

"누구요?"

"저를 기억하시겠습니까?"

목염자가 낮은 목소리로 물었다. 완안강은 그 목소리가 희미하게 기억이 나는 듯했다.

"아…… 당신은?"

"그래요, 저예요."

"누구와 함께 온 거요?"

"짓궂은 친구와 함께요. 저도 모르는 사이에 몰래 뒤를 밟아왔군요."

완안강은 방으로 들어가 촛불을 밝혔다.

"들어오시오."

방으로 따라 들어가 의자에 앉은 목염자는 고개를 숙인 채 말이 없었다. 가슴이 뛰어 터질 것만 같았다. 완안강은 촛불 아래에서 놀라고 기꺼워하는 듯한 그녀의 얼굴을 바라보았다. 하얀 얼굴에 붉은 홍조가 살포시 떠오른 소녀의 자태가 무척 사랑스러웠다. 저도 모르게 가슴이 뛰는 것을 느끼며 부드럽게 물었다.

"늦은 밤에 어찌 나를 찾아왔소?"

목염자는 고개를 숙인 채 대답이 없었다. 문득 완안강은 친부모의 끔찍한 일이 떠오르면서 그녀에 대한 애틋함이 피어올랐다.

"당신 아버지가 돌아가셨으니 앞으로 내 집에서 살도록 해요. 내 친누이처럼 대할 것이니……."

"저는 아버지의 수양딸입니다. 친딸이 아닌……."

낮은 목소리였지만 단호했다. 완안강은 정신이 번쩍 들었다.

"아, 그렇지. 우리는 혈연으로는 아무런 관계가 없지요."

그는 손을 뻗어 그녀의 오른손을 잡으며 미소를 지었다. 목염자는 얼굴이 온통 발갛게 달아올라 살짝 손을 빼보려 했지만 빠지지 않았다. 할 수 없이 완안강에게 손을 맡긴 채 고개를 더욱 깊숙이 파묻었다. 완안강의 가슴에 한바탕 파도가 일었다. 이번에는 왼손을 뻗어 그녀의 어깨를 감싸 안고 귓가에 속삭였다.

"세 번째 안아보는군요. 처음에는 무예를 겨루던 중에, 두 번째는 방문 밖에서, 그리고 지금 이 방에서……. 여기는 우리 둘뿐, 옆에는 아무도 없어요."

목염자는 그저 응, 하고 콧소리로 대답했다. 가슴 깊이 느껴지는 이런 달콤함은 태어나 처음으로 겪는 것이었다. 완안강은 그녀의 몸에서 풍기는 은은한 소녀의 향기에 취한 듯했다. 게다가 부드러운 몸의 떨림에 정신을 잃을 지경이었다.

"나를 어떻게 찾았지요?"

"연경에서부터 줄곧 따라왔어요. 밤마다 창에 비친 그림자를 보면서도 감히 들어갈 수 없어서……."

완안강은 그녀의 깊은 정에 크게 감동했다. 고개를 숙여 그녀의 볼에 입을 맞추는데, 입술에 닿은 부분이 마치 불덩이처럼 뜨거웠다. 순식간에 정열이 끓어올라 그녀를 부서져라 꼭 껴안고 길고 긴 입맞춤을 나누었다.

"저는 아버지도 어머니도 안 계세요. 저를…… 저를 버리지 마세요."

완안강은 그녀를 품에 안고 천천히 머리를 쓰다듬었다.

"걱정 마오! 나는 영원히 당신의 사람이고, 당신도 영원히 내 것이오."

목염자는 기쁨으로 가슴이 벅찼다. 고개를 들어 완안강의 두 눈을 바라보며 고개를 끄덕였다. 완안강은 그녀의 발그레한 두 볼과 파르르 떨리는 눈꺼풀이 견딜 수 없이 사랑스러웠다. 촛불을 훅 불어 꺼버리고는 그녀를 번쩍 안고서 침상으로 갔다. 침상에 그녀를 누이고 왼손으로 어루만지며 오른손으로 그녀의 옷깃을 헤쳤다. 목염자는 거의 정신을 잃고 있다가 완안강의 뜨거운 손이 살갗에 닿자 화들짝 놀라 그의 품을 빠져나왔다.

"아니, 이러시면 안 돼요."

완안강이 다시 달려들어 그녀를 안았다.

"내 반드시 당신을 아내로 맞이할 거요. 내 마음이 변한다면 어떤 벌이라도 받겠소."

목염자는 손을 뻗어 그의 입을 막았다.

"맹세는 하지 마세요. 당신을 믿어요."

팔에 힘을 주는 완안강의 목소리가 떨리고 있었다.

"그럼 내 뜻에 따라요."

"안 돼요…… 이러면…… 안 돼……."

목염자는 거의 사정을 하고 있었지만, 이미 달아오를 대로 달아오른 완안강은 그녀의 옷깃을 풀어 헤치고 있었다. 목염자는 있는 힘껏 두 손을 뿌리쳤다. 뜻밖에 그녀가 무공을 쓰자 그 서슬에 완안강은 그녀를 놓치고 말았다. 목염자는 침상 아래로 뛰어내려 탁자 위의 창을 집어 들더니 자신의 가슴을 겨누었다.

"계속 이러시면 당신 보는 앞에서 죽어버리고 말겠어요."

목염자는 그예 눈물을 흘리고 있었다. 완안강의 뜨겁던 마음은 순식간에 싸늘하게 식어버렸다.

"말로 하면 되지, 그럴 것까지는 없잖소?"

"제가 비록 강호를 떠도는 보잘것없는 계집애지만 아무렇게나 살지는 않아요. 진심으로 저를 사랑하신다면 저를 소중하게 생각해주세요. 이제 저는 다른 생각은 하지 않을 거예요. 제 목에 칼이 들어와도 저는 당신만을 따를 거니까요. 나중에…… 나중에 화촉을 밝히고 신방을 꾸미게 되면, 그때…… 그때 당신 뜻대로 하세요. 하지만 오늘 저를 가지시겠다면 저는 죽어버릴 거예요."

목염자의 목소리는 낮았지만, 굳은 결의만은 의심할 여지가 없었다. 완안강도 조금씩 그녀를 다시 보게 되었다.

"화내지 말아요. 내가 잘못했어요."

그가 침상에서 내려와 다시 촛불을 밝혔다. 목염자는 그가 사과하는 말을 듣고 곧 마음이 누그러졌다.

"저는 임안부 우가촌에 있는 아버지의 옛집에 가서 기다리고 있을게요. 언제든…… 사람을 보내 정식으로 불러주세요."

그녀는 잠시 숨을 고르고 나서 단호하게 말을 이었다.

"평생 오지 않아도 저는 죽는 날까지 기다릴 거예요."

완안강의 가슴에 다시 한번 그녀에 대한 사랑과 존경이 일었다.

"그런 걱정 말아요. 일을 모두 처리하고 나서 내 곧바로 당신을 맞이할 거요. 내 마음이 변하는 일은 있을 수 없소."

목염자는 살포시 웃으며 몸을 돌려 문을 나섰다. 완안강이 다급하게 외쳤다.

"가지 말아요. 우리 잠시 이야기라도 나눕시다."

목염자는 고개를 돌려 손을 흔들고는 이내 가버렸다. 그녀가 담을 넘어 사라지는 뒷모습을 바라보며 완안강은 멀거니 서 있었다. 미풍에 나뭇잎이 살랑거리고 하늘에는 별이 빛나고 있었다.

철창에는 아직 마르지 않은 목염자의 눈물이 남아 있었다. 베개에서도 그녀의 향기가 감돌았다. 방금 일어난 일을 생각하니 마치 꿈을 꾼 듯했다. 침상 위에 여자의 머리카락 몇 올이 눈에 띄었다. 완안강은 그것을 주워 쌈지에 고이 넣어두었다.

그가 처음 그녀와 무예를 겨루었을 때는 그저 가벼운 마음으로 장난삼아 한 것일 뿐, 그녀를 아내로 삼을 생각은 추호도 없었다. 그러나 줄곧 따라다니며 창밖에서 자신의 그림자를 바라보기만 했다는 그녀의 깊은 정에 형언하지 못할 애틋함이 느껴졌다. 게다가 그 순결한 몸가짐에 존경심마저 생겼다. 등불 아래 누워 이런저런 생각을 하자니 미소와 한숨이 교차했다. 완안강은 이리저리 뒤척이며 늦도록 잠을 이룰 수가 없었다. 밤은 새벽으로 흐르며 천천히 깊어만 갔다.

나를 알아주는 사람 이 세상에 없으니

　황용은 객점으로 돌아와 잠자리에 들었다. 좋은 일을 한 가지 했다고 생각하니 마음이 그렇게 편할 수 없었다. 오랜만에 달콤한 잠에 빠져들었다.

　다음 날 아침, 황용은 곽정에게 어젯밤 일을 이야기했다. 곽정은 목염자와의 일 때문에 계속 신경이 쓰이던 터였다. 일전 완안강과 생사를 건 결투를 벌이면서까지 목염자와 혼인시키려 한 그였다. 그런데 두 사람 사이에 정분이 싹텄다니 너무나 기뻤다. 게다가 이렇게 된 이상 구처기와 강남육괴도 더 이상 목염자를 아내로 맞이하라고 요구할 수는 없을 것이었다. 두 사람은 객점에서 이런저런 이야기를 나누며 점심을 먹었다. 그때까지도 목염자는 돌아오지 않았다.

　"기다릴 필요 없어요. 우리 먼저 가요."

　황용은 웃으며 말하고 방으로 들어가 남장을 하고 나왔다. 두 사람은 저잣거리로 가서 튼튼한 나귀 한 마리를 사고 장씨의 저택 문앞을 지나갔다. 문 앞의 대금국흠사라고 쓰인 제등提燈은 이미 없었다. 완안강이 떠났음이 분명하니 목염자도 함께 동행한 것이라 생각했다.

두 사람은 운하를 따라 남쪽으로 유유자적 강산을 여행하면서 의흥宜興에 도착했다. 의흥은 청산녹수 사이로 자색의 흙과 깨진 도자기 조각이 색다른 경관을 보여주는 천하제일의 도자기 고장이다.

다시 동쪽으로 향하니 얼마 후 태호太湖에 다다랐다. 태호는 동남쪽의 물이 모두 모여들어 특히 삼각주가 발달해 있었다. 주위가 500리라 옛부터 오호五湖라 부르기도 했다. 곽정은 이렇게 큰 호수는 난생 처음 보는지라 황용과 손을 잡고 호숫가에 서서 경치를 구경했다. 하늘과 맞닿은 듯 온 천지가 푸른 물결로 넘실거리고 72개의 봉우리가 3만 6천 경頃의 드넓은 호수 가운데 우뚝 솟아 있었다. 곽정은 자신도 모르게 감탄사를 연발했다. 황용이 살며시 그의 손을 잡아 끌며 말했다.

"우리, 호수에 가서 놀아요."

황용은 호수 주변의 민가를 찾아 나귀와 말을 묶어놓고 작은 배를 빌려 노를 저었다. 강변이 점점 멀어져 보이는 것이라고는 일렁이는 물결뿐이니 실로 천지가 호수 속에 담겨 있는 듯했다. 황용의 옷깃과 머리카락이 바람에 부드럽게 휘날렸다.

"범 대부范大夫가 서시西施를 데리고 오호를 누빈 것은 정말 현명했던 것 같아요. 여기서 편안히 늙어 죽는 것이 골치 아픈 관리가 되는 것보다 얼마나 좋아요?"

곽정은 범 대부에 관한 고사에 대해 아는 바가 없었다.

"용아, 무슨 고사가 얽혀 있는지 얘기해봐."

황용은 범려范蠡가 어떻게 월왕 구천을 도와 원수를 갚았는지, 어떻

보이는 것이라곤 일렁이는 물결뿐이니 실로 천지가 호수 속에 담겨 있는 듯했다.

게 공을 세운 후 모든 것을 버리고 서시와 함께 태호로 갔는지 등을
이야기해주었다. 또 오자서와 문종이 어떻게 오왕과 월왕에게 살해되
었는지도 설명해주었다.

곽정은 넋이 나간 듯 이야기를 듣고 있다가 물었다.

"범려가 현명하다고 하지만 오자서나 문종같이 조국을 위해 충성을
바치다 죽는 것이 더욱 가치 있는 일 아닐까?"

"맞아요. 국유도國有道, 불변색언不變塞焉, 강자교强者矯이고…… 국무
도國無道, 지사불변至死不變, 약자교弱者矯라고 하지 않아요?"

"그게 무슨 말이야?"

"나라가 평안해도 나라의 대신으로서 방어를 소홀히 하지 않고, 나
라가 부패하면 죽음으로 인仁을 보일망정 기개를 꺾지 않는 것이 진정
한 사내대장부이다."

곽정은 연신 고개를 끄덕였다.

"용아, 넌 어떻게 그런 도리를 깨달았니?"

"아이참, 내가 그런 걸 깨달았으면 성인군자게요? 이건 공자님의 말
씀이에요. 어릴 때부터 아버지가 가르쳐주신 거예요."

곽정은 탄식을 했다.

"아, 난 너무나 많은 세상사를 이해하지 못하고 있어. 책을 읽어 성
인의 말씀을 알았더라면 더 많은 깨달음을 얻었을 텐데……."

"그건 그렇지 않아요. 성인의 말도 틀린 것이 많다고 아버지가 늘
말씀하셨어요. 아버진 책을 읽으면서 '아니야, 아니야. 말도 안 돼. 이
런 이치가 어디에 있단 말인가?'라고 하시곤 했어요. 그리고 또 '대성
인大聖人이라고? 웃기고 있군'이라고 하셨다고요."

곽정은 황용의 말을 듣고 웃었다.

"난 책 읽기에 너무 많은 시간을 허비한 것 같아 후회되는걸요. 만약 아버지 말씀대로 독서나 그림 같은 것을 배우지 않고 그 시간에 무공에만 전념했더라면 매초풍이나 양 노괴가 뭐가 두렵겠어요? 하지만 지금도 늦진 않았어요. 비록 세 장이 빠지기는 했지만, 오빠가 칠공의 항룡십오장을 완전히 습득한다면 양 노괴도 두렵지 않을 거예요."

곽정은 고개를 내저었다.

"아무리 생각해봐도 힘들 것 같아."

"칠공을 그냥 보낸 게 너무 후회스러워요. 죽봉을 몰래 숨겨두고 나머지 세 장을 배운 다음에 돌려주는 건데 그랬어요."

"그럼 안 돼. 난 열다섯 장만 배운 걸로도 만족해. 어떻게 칠공에게 그런 무례를 저지를 수 있겠어?"

두 사람은 이런저런 이야기를 하며 배가 흘러가는 대로 호수를 떠다녔다. 어느덧 호수 주변에서 10여 리나 떨어진 곳까지 갔다. 그들은 수십 장 밖에서 일엽편주로 호수를 떠다니는 고깃배 한 척을 발견했다. 한 어부가 뱃머리에서 고기를 낚고 있고, 고물에는 동자가 앉아 있었다. 황용은 고깃배를 가리키며 말했다.

"연파호묘 일간독조烟波浩淼 一竿獨釣라. 하얀 물결 이는 망망한 호수에 대나무 낚싯대 하나가 홀로 고기를 잡네. 정말 한 폭의 수묵산수를 보는 듯하군요."

"수묵산수가 뭐야?"

"다른 색은 쓰지 않고 검은 먹으로만 그리는 그림이에요."

곽정은 고개를 들어 경치를 살펴보았다. 그러나 청산과 호수는 푸른빛이고, 푸른 하늘에 구름은 흰색이며, 석양은 황금빛이고, 저녁노을은 도화빛이니 아무리 찾아도 검은 먹 같은 색은 없었다. 곽정은 도무지 이해할 수 없다는 듯 고개를 갸우뚱했다.

황용과 곽정이 다시 한참을 이야기한 뒤에도 어부는 여전히 한 치의 흐트러짐 없는 자세로 고깃배에 앉아 있고, 낚싯대도 조금의 흔들림이 없었다. 황용이 웃으며 말했다.

"대단한 인내력이네요."

이때 실바람이 불어와 수면에 물결을 그리며 뱃머리를 치고 갔다. 황용은 손을 흔들며 노래를 시작했다.

> 배를 띄워 천 리 길 파도를 유유히 가며
> 모두 오산을 되돌아본다.
> 구름이 수중에 자리하고 머무니
> 파도가 선녀인 양 따르며 구강이 동쪽으로 모여든다.
> 북쪽 나그네는 표표히 떠나가며 웅대한 포부가 사라지니
> 인생이 저물어가는구나.
> 잊었던 옛정이 새로워지니 고향의 옛 친구를 생각한다.
> 남가일몽이라, 무엇을 좇을쏘냐!
>
> 放船千里凌波去 各爲吳山留顧
>
> 雲屯水府 濤隨神女
>
> 九江東注 北客翩然
>
> 壯心偏惑 年華將暮
>
> 念伊嵩舊隱 巢由故友

南柯夢 遽如許

후반부로 갈수록 노랫소리가 점점 구슬퍼졌다. 이 노래는 〈수용음水
龍吟〉이라는 사詞로, 호수에 배를 띄울 때 마음속에 품은 생각을 노래
한 것이다.

황용은 전반부를 부른 뒤 잠시 노래를 멈췄다. 황용의 눈에 어느새
눈물이 어른거렸다. 곽정이 노래의 뜻을 설명해달라고 말하려는데 어
디선가 처량한 노랫소리가 들려왔다. 곡조가 황용이 부른 것과 똑같은
〈수용음〉의 후반부였다.

되돌아보아도 사악한 기운은 사라지지 않았으니
세상에 영웅은 어디에 있단 말인가?
국토를 회복하려 해도 힘이 없으니
아둔한 머리로 공연히 부채질만 하네.
강철 닻과 비단 돛이 파도를 가르지만
손랑의 괴로운 마음 누가 알랴.
근심으로 계수나무 노를 두드리고,
비탄한 마음으로 양부를 부르니 눈물이 비처럼 흘러내리네.

回首妖氣未掃 問人間英雄何處

奇謀復國 可憐無用

塵昏白扇 鐵鎖橫江

錦帆衝浪 孫郎良苦

但愁敲桂棹 悲吟梁父 淚流如雨

멀리 바라보니 노래를 부른 사람은 바로 낚싯대를 드리우고 있는 어부였다. 노랫소리는 점점 격앙되어 기개가 넘쳤다. 곽정은 두 사람이 부르는 노래가 뭔지는 모르지만 참 듣기 좋았다. 황용은 노랫소리를 듣고 멍하니 넋이 나갔다.

"왜 그래?"

"아버지가 자주 부르시던 노래였는데, 이런 강변에서 어부가 부를 줄은 생각도 못 했어요. 우리, 한번 가봐요."

두 사람이 노를 저어 다가가니 어부는 이미 낚싯줄을 거두고 배를 저어 가고 있었다. 두 배의 거리가 가까워지자 어부가 말했다.

"호수에서 뜻밖의 귀한 손님을 만났으니, 함께 술 한잔 나눔이 어떠하오?"

황용은 그의 고상한 말투와 행동거지를 보고 더욱 기이하게 여겼다.

"어르신께 폐를 끼치는 게 아닌가 싶습니다."

어부는 웃으며 말했다.

"본시 귀한 손님을 만나기란 어려운 법인데, 호수에서 떠돌다 우연히 만나게 됐으니 어찌 아니 반갑겠소? 어서 건너오시지요."

노를 잡아당기니 두 배는 더욱 가까워졌다. 황용과 곽정은 배를 어부의 배에 묶어놓고 건너가서 예를 갖추어 인사했다. 어부는 앉아서 답례를 하며 말했다.

"앉으시오. 다리가 불편해서 일어서지 못하니 두 분이 양해해주시구려."

곽정과 황용은 동시에 말했다.

"괜찮습니다."

나를 알아주는 사람 이 세상에 없으니

두 사람은 배에 앉아서 어부를 훑어보았다. 나이는 40세 정도이고, 얼굴은 파리한 것이 중병을 앓고 있는 듯했다. 키는 매우 커서 앉은키가 곽정보다 머리 반 개 정도는 올라왔다. 고물에선 동자가 부채로 불을 붙여 술을 데우고 있었다.

"이분은 제 형인 곽 형이시고, 저는 황가입니다. 흥이 나서 호수에서 방성대가를 했으니, 어르신의 흥을 깨뜨리지 않았나 모르겠습니다."

어부는 웃으며 말했다.

"청아한 목소리에 마음의 먼지가 잠시 씻기는 듯했소이다. 제 성은 육가요. 두 분은 오늘 처음으로 태호에 오신 겁니까?"

"그렇습니다."

곽정이 대답했다. 어부는 동자에게 안주를 내오도록 명하고 술을 따라 대접했다. 접시 네 개에 담겨 나온 안주는 황용이 만든 것만은 못했지만 맛이 예사롭지 않았다. 술잔과 접시도 모두 깨끗하고 정교한 것이 대갓집의 것인 듯했다. 세 사람은 술 두 잔을 마셨다.

"방금 부르신 〈수용음〉은 억눌린 울분을 노래한 것으로 실로 절묘한 사詞라고 할 수 있지요. 젊은 나이에 어찌 이 사의 깊은 뜻을 이해했는지 실로 대단하십니다."

황용은 연장자임을 드러내려는 그의 말투를 듣고 미소를 지으며 대답했다.

"송이 남하한 이래 뜻있는 지사 중 나라 잃은 슬픔에 비분강개하지 않은 이가 어디 있겠습니까?"

어부는 고개를 끄덕이며 동의했다. 황용이 말을 이었다.

"장우호張于湖의 육주가두陸洲歌頭에 이런 말이 있습니다. 중원의 소식을 듣고 홀로 남은 노인네가 남쪽을 바라보니, 수풀 더미로 물총새 날고 깃발이 나부끼네. 나그네는 이곳에 멈춰 서서 가슴 가득 찬 충정과 번뇌에 절로 눈물을 흘리네聞道中原 遺老常南望 翠葆霓旌 使行人到此 忠憤氣塡膺 有淚如傾."

황용은 읊조리고 나서 한마디 덧붙였다.

"이 또한 같은 마음을 노래한 깃이 아니겠습니까?"

어부는 고개를 끄덕였다.

"나그네는 이곳에 멈춰 서서 가슴 가득 찬 충정과 번뇌에 절로 눈물을 흘리네."

그는 소리 높여 노래의 마지막 구절을 한 번 따라 부르고 혼자서 연달아 술 석 잔을 따라 마셨다.

황용과 어부 두 사람은 시를 논하며 마음이 잘 맞는 듯했다. 그러나 사실 황용같이 어린 나이에 무슨 우국충정과 비분강개가 있겠는가. 사의 깊은 뜻에 대해서는 전혀 이해하지 못하고 예전에 부친이 한 말을 기억해 말할 뿐이었다. 그러나 듣는 사람으로서는 정통한 견식을 갖춘 듯 학문의 깊이가 느껴지니, 어부는 연신 탁자를 치며 칭찬을 했다. 옆에서 듣고 있던 곽정은 전혀 무슨 뜻인지도 모르면서 황용을 칭찬하는 말에 마냥 기분이 좋았다. 잠시 이야기를 나누다 보니 저녁노을이 붉게 물들며 강변의 안개가 더욱 짙어졌다.

"저희 집은 강변에 있는데 괜찮으시다면 며칠 묵다 가시지요. 어떻습니까?"

곽정이 대답을 하지 않자 어부가 말했다.

"저희 집 근처에 있는 높은 산봉우리가 절경을 이루지요. 어차피 산

나를 알아주는 사람 이 세상에 없으니

수 구경을 나오신 거라면 한번 둘러보시지요."

곽정은 그의 간곡한 부탁을 거절할 수가 없었다.

"용아, 그럼 육 선생 댁에서 신세를 지자꾸나."

어부는 크게 기뻐하며 동자에게 배를 저어 돌아가자고 명했다. 배가 강나루에 도착하자 곽정이 말했다.

"저흰 먼저 가서 배를 돌려주고 오겠습니다. 저희가 타고 온 말도 건너편에 있고요."

어부는 친절을 베풀었다.

"이곳엔 제 친구들이 많으니 그들에게 그리하라 이르겠습니다."

황용이 얼른 나섰다.

"제 말은 성질이 고약해서 제가 직접 끌고 오지 않으면 안 됩니다."

"정히 그렇다면 전 집에서 기다리고 있겠습니다."

어부가 배를 저어 가니 일엽편주가 수양버들 사이로 사라졌다.

동자와 곽정, 황용 세 사람은 배를 돌려 말을 찾은 뒤 호숫가의 인가를 찾아가서 큰 배 한 척을 빌렸다. 동자가 배에 말을 싣고 곽정과 황용이 승선하자 여섯 명의 장정이 배를 저었다. 그렇게 몇 리를 갔을까, 삼각주 앞 청색 돌로 지은 부두 앞에 배가 정박했다. 뭍으로 올라서자 누각이 늘어서 있는 으리으리한 장원莊園이 선뜻 시야에 들어왔다. 큰 석교를 지난 세 사람은 장원 앞에 섰다.

곽정과 황용은 어부가 이런 대저택에 살고 있다는 것이 의아한 듯 서로를 바라보았다. 두 사람이 대문에 들어서기도 전에 스무 살 안팎의 젊은이가 나와서 맞이했고, 뒤에는 대여섯 명의 하인이 따랐다. 그 젊은이가 말했다.

"가친께서 소인에게 이곳에서 두 분을 기다리라고 하셨습니다."

곽정과 황용은 공수의 예로 답하고 그를 살펴보았다. 그는 값비싸 보이는 비단 장포를 입었고, 얼굴은 어부와 상당히 닮았는데 등과 어깨가 딱 벌어진 것이 체구가 우람했다.

"육 형의 대호大號는 어떻게 되십니까?"

"소인의 이름은 관영冠英이라 합니다. 그냥 이름을 부르십시오."

황용이 말했다.

"어찌 그럴 수 있습니까?"

세 사람은 말을 주고받으며 안으로 들어갔다. 내부의 장식이 화려하고 조각과 그림이 정교한 것이 북방의 질박하고 웅장한 장원과는 또 다른 느낌을 주었다. 황용은 장원의 길 배치를 보면서 왠지 이상한 생각이 들었다. 후원으로 들어서자 병풍을 사이에 두고 어부의 음성이 들려왔다.

"어서 오십시오. 어서 오세요."

"가친은 다리가 불편하셔서 동쪽 서방에서 기다리고 계십니다."

세 사람이 고개를 돌려 병풍 쪽을 보니, 서방 문이 열리면서 앉아 있는 어부의 모습이 눈에 들어왔다. 어부는 유생의 복장을 하고 손에는 순백의 거위 깃털 부채를 들고서 잔잔한 웃음을 머금은 채 공수의 예를 표했다. 곽정과 황용은 들어가서 자리에 앉았으나 육관영은 감히 앉지 못하고 한쪽에 비켜서 있었다.

황용이 방 안을 둘러보니 진귀한 물건들로 가득했다. 사방이 가득 시서詩書 책으로 둘러싸였고, 탁자 위에는 진귀한 골동품으로 보이는 동기銅器와 옥기玉器 들이 놓여 있었다. 그리고 벽에는 한 폭의 수묵화가 걸려 있었다. 수묵화는 중년 서생이 달 밝은 밤 우뚝 서서 칼집에 손을 얹고 하늘을 우러러보는 그림인데, 긴 한숨을 토하듯 쓸쓸함을 드러내고 있었다. 왼쪽 모서리에는 사 한 수가 적혀 있다.

간밤에 겨울 귀뚜라미가 계속 울어대고,
꿈에 놀라 깨어보니 시간은 이미 삼경.
일어나 홀로 계단을 돌아 내려가니 아무도 보이지 않고
주렴 밖으로 어슴푸레 달빛이 비치네.
늙어서까지 공명을 탐하니
옛 산의 늙은 송죽이 귀향길을 가로막네.
근심을 요쟁으로 풀고자 하나
지음은 별로 없고 끊어진 현의 가락 누가 들어줄꼬.

昨夜寒蛩不住鳴 驚回千里夢 已三更

起來獨自繞階行 人悄悄 簾外月朧明

白首爲功名 舊山松竹老 阻歸程

慾將心事附瑤箏 知音小 絃斷有誰

이 사는 황용의 부친이 예전에 가르쳐주었던 것으로 악비의 〈소중산小重山〉이라는 사였다. 그 아래에 '오호폐인이 병중에 먹칠을 하다五湖廢人病中塗鴉'라는 서명이 적혀 있었다. 오호폐인이란 분명 장주莊主의 별호일 것이다.

서법과 그림의 필치는 파책체波磔體(서법의 하나로 영자팔법의 제8책을 말함)이고, 예리한 검과 창처럼 웅장하고 기백이 넘치는 것이 종이를

昨夜寒蛩不住鳴
驚四千里夢
已三更起
來獨月
遠階行
人悄悄簾外月
朧明白首為功名
舊山松竹老阻歸
欲將心事付瑤琴
知音小絃斷
有誰聽

王湖廬人病中塗鴉

악비의 〈소중산〉이라는 사 아래에는 '오호폐인이 병중에 먹칠을 하다'라는 서명이 적혀 있었다.

뚫고 날아갈 듯했다. 육 장주는 황용이 그림을 자세히 감상하는 것을
보고 물었다.

"이 그림이 어떠한지 품평을 좀 해주시오."

"제가 뭘 안다고 감히 말하겠습니까?"

"개의치 말고 말씀해보시오."

"장주의 이 그림은 악무목岳武穆이 〈소중산〉이라는 사를 지을 때 기
개를 펴지 못한 것처럼 비분강개한 심정을 그린 것 같습니다. 악비 장
군은 나라와 백성을 생각하는 마음으로 가득한데, '백수위공명白首爲功
名'이란 구절은 현실에 환멸을 느껴 은거하겠다는 뜻으로 풀이해야겠
죠. 당시 조정의 군신들이 일제히 금나라와의 화의를 주장했으나 홀
로 항전을 주장한 악비는 세력이 약해 아무도 그의 말에 귀 기울이지
않았습니다. '지음, 즉 자신을 알아주는 이가 없으니 끊어진 현을 누가
알아들을꼬?' 이 두 구절은 이 일을 비유하는 듯합니다. 악비는 어찌
할 수 없는 답답한 심정이었으나 나서서 조정과 대적하지는 않았습니
다. 그러나 장주께서는 너무나 비분강개하신 나머지 필력에 웅건함이
지나치고 재주를 드러내려 하는 과욕을 부리신 듯합니다. 마치 원수와
죽기 살기로 싸우는 듯한 형세이니 악비 장군의 우국충정의 마음과는
다소 어울리지 않는 듯합니다. 선인들의 말씀을 듣자니, 붓끝에 힘이
지나치면 함축적인 의미가 옅어져서 최고의 경지에 오르지 못한다고
들었습니다."

육 장주는 이 말을 듣고 길게 탄식하고 침울해하면서 아무 말도 하
지 못했다. 황용은 그의 낯빛이 변하는 것을 보고 생각했다.

'내가 너무 말을 솔직하게 해서 기분이 상하셨나 보다. 하지만 아버

지께서 〈소중산〉과 서화에 대해 분명히 그렇게 설명하셨어.'

"소인, 나이가 어려 짧은 식견으로 마음대로 지껄여본 것입니다. 장주께서는 너무 개의치 마십시오."

육 장주는 순간 안색이 환해지면서 기쁘게 말했다.

"황 아우, 무슨 섭섭한 말씀이시오? 오늘에서야 처음으로 내 마음을 들켜버렸구려. 아우야말로 나를 아는 첫 번째 지음이오. 필묵이 너무 급하고 긴장감이 지나친 것이 평생 고치지 못한 내 결점이오. 아우의 지적대로 바로 그러하오."

그는 고개를 돌려 아들에게 말했다.

"주연을 베풀도록 하라."

곽정과 황용은 연거푸 사양하며 말했다.

"너무 신경 쓰지 마십시오."

그러나 육관영은 이미 밖으로 나갔다.

"아우의 평이 이토록 예리하니, 가문의 학문이 심오한 듯하구려. 부친께서는 필시 훌륭한 선비임이 틀림없을 거요. 부친의 존함이 어떻게 되시오?"

"소인의 짧은 식견으로 과도한 칭찬을 받았습니다. 가친께서는 시골에서 제자들을 가르치는 이름 없는 선비일 뿐입니다."

육 장주는 탄식하며 말했다.

"재인才人이 시운時運을 만나지 못했으니, 통탄할 일이로다."

세 사람은 간단하게 술을 주고받았다. 주연이 끝난 후 서재로 돌아온 세 사람은 다시 이야기를 나누었다. 육 장주가 말했다.

"이곳의 장공張公과 선권善卷, 두 동굴은 천하의 장관으로 알려져 있소. 두 분께서는 제 처소에 며칠 더 머무시면서 천천히 둘러보시오. 오늘은 날도 저물었으니 그만 쉬셔야겠지요?"

방을 나서려던 황용이 문득 고개를 드니 서재 처마 위에 여덟 편의 철편이 팔괘 형태로 박혀 있는 것이 보였다. 박혀 있는 모양이 가지런한 팔괘 모양이 아니라 듬성듬성하고 비뚤어져 있었다. 황용은 내심 놀랐지만 아무 내색도 하지 않고 장주의 안내에 따라 객방으로 들었다.

객방 또한 고급스럽게 꾸며져 있었다. 두 개의 침상이 서로 마주 보고 있었으며 이불도 깨끗했다. 육 장주는 차를 가지고 와서 말했다.

"필요한 게 있으시면 침상 옆의 종을 잡아당기십시오. 그리고 저녁에는 절대 밖으로 나가지 마십시오."

말을 마치고는 가볍게 문을 닫고 나갔다. 황용은 낮은 소리로 소곤거렸다.

"뭔가 수상하지 않아요? 왜 저녁에는 절대로 나가지 말라고 하는 걸까요?"

"이곳이 넓으니까 장원 안을 돌아다니다가 길을 잃을까 봐 그러는 것 아닐까?"

황용은 웃으며 대답했다.

"이 장원은 기괴하게 만들어진 것 같아요. 육 장주는 도대체 어떤 사람일까요?"

"은퇴한 대관大官이 아닐까?"

황용은 고개를 내저었다.

"분명히 무공을 익힌 사람이에요. 게다가 고수일 거예요. 서재에 있던 철팔괘를 봤어요?"

곽정은 어리둥절해서 물었다.

"철팔괘? 그게 뭔데?"

"벽공장壁空掌을 연마할 때 사용하는 거예요. 아버지도 그 장법을 가르쳐주셨는데 너무 지루해서 조금도 익히진 못했어요."

"육 장주는 우리에게 나쁜 마음이 전혀 없는 것 같으니, 본인이 굳이 말하지 않으면 모른 척하고 있는 게 좋겠어."

황용이 고개를 끄덕이며 한 번 웃고는 촛대를 향해 장풍을 날리니 쉭, 하는 소리와 함께 촛불이 꺼졌다. 곽정은 낮은 소리로 말했다.

"훌륭한 장법인걸! 그게 바로 벽공장인가?"

"난 이 정도밖에 못 배웠어요. 그냥 장난치는 정도고 대결할 때는 전혀 쓰지 못해요."

둘은 잠자리에 들었다.

한창 잠에 빠져 있는데 갑자기 멀리서 웅웅, 하는 소리가 들렸다. 곽정과 황용은 놀라 화들짝 잠에서 깼다. 가만히 귀를 기울여보니 누군가 소라 나팔을 불고 있는 듯했다. 잠시 뒤 소리가 다시 들려왔다. 여기저기서 화답하는 소리가 들리는 걸 보니 한 사람이 아닌 듯했고, 소라를 부는 사람들이 멀리 떨어져서 서로 응답을 하는 듯했다. 황용이 목소리를 낮추어 말했다.

"이럴 게 아니라 우리, 밖으로 나가봐요."

"괜히 나서서 화근을 만들지 말자고."

"누가 화근을 만들자고 그랬어요? 그냥 나가보자 그랬죠."

두 사람은 살짝 창문을 열고 밖을 내다보았다. 장원은 등을 들고 있는 사람, 분주하게 왔다 갔다 하는 사람들로 꽉 차 있었다. 고개를 들고 지붕을 보니 서너 명의 검은 그림자가 쪼그리고 앉아 있었다. 등불이 움직이면서 이들을 비추자 손에 들고 있는 병기가 번쩍이는 빛을 발했다.

잠시 뒤, 한 무리가 장원 밖으로 나갔다. 황용은 호기심이 일어 곽정을 끌고 서쪽 창문가로 가서 창밖에 아무도 없는 것을 확인하고는 가볍게 뛰어넘었다. 지붕 위의 그림자는 전혀 눈치채지 못했다.

황용은 뒤로 걸으면서 곽정에게 어서 오라고 손짓했다. 장원의 길은 구불구불했고, 기이하게도 돌아가는 모퉁이마다 똑같은 모양의 난간 정사亭舍가 세워져 있어 한 바퀴 돌고 나니 어디가 동쪽이고 어디가 서쪽인지 전혀 구별이 가지 않았다. 그러나 황용은 전혀 개의치 않고 자기 집처럼 한 치의 망설임 없이 나아갔다. 분명히 길이 없는데도 언덕으로 올라갔다가 꽃밭으로 돌았다가 하더니, 처음 장원에 왔을 때 지나간 회랑으로 들어섰다.

막다른 길에 왔나 싶으면 신기하게도 병풍 뒤나 나무 뒤에서 길이 다시 튀어나오곤 했다. 두 사람은 길 중간에 활짝 열린 월동문月洞門 앞까지 다다랐다. 그러나 황용은 문으로 가지 않고 담장으로 다가가더니 전혀 흔적도 없는, 보이지 않는 문을 양손으로 벌려 열었다. 곽정은 가면 갈수록 기이했다.

"용아, 이 장원의 길은 정말 이상하구나. 한데 너는 어떻게 이 장원의 길을 그렇게 잘 알지?"

"쉿!"

황용은 조용히 하라고 손짓을 하고 일고여덟 개의 모퉁이를 돌아서

후원 담장으로 갔다. 그러고는 지세를 살펴보더니 손가락을 꼽아가며 몇 번 계산을 했다. 그러고 나서 숫자를 세며 조심스럽게 몇 걸음을 옮겼다.

"1, 3, 5, 7……."

곽정은 무슨 의미인지 전혀 몰라 멍해졌다. 수를 세며 걷던 황용이 숫자 1에서 걸음을 멈추더니 말했다.

"여기로만 나갈 수 있어요. 다른 곳은 모두 함정이 있거든요."

황용이 담으로 뛰어 올라서니 곽정도 따라 올라갔다. 황용은 득의 양양하게 말했다.

"이 장원은 복희伏羲 64괘 방위로 만들었어요. 기문奇門의 팔괘법에 대해서는 저희 아버지가 가장 정통하시지요. 이걸로 다른 사람은 몰라도 나를 곤경에 빠뜨리지는 못할걸요."

언제나 그렇듯 주눅이 들어 있는 곽정에 비해 황용은 자신만만했다.

두 사람은 작은 언덕에 올라서서 동쪽을 바라보았다. 어떤 사람이 등을 높이 들고 호수 쪽으로 걸어가는 것이 보였다. 황용은 곽정의 소매를 잡고 경공법으로 따라갔다. 가까이 다가가 바위 뒤에 숨어서 보니 호숫가에 어선들이 정박해 있고 사람들이 끊임없이 배에 오르고 있었다. 배에 오른 뒤에는 일제히 등불을 껐다.

두 사람은 마지막 사람이 배에 오른 뒤 온 언덕이 깜깜해지자 몰래 나와서 가장 큰 배의 고물에 올라탔다. 삿대를 높이 들고 배를 출발시키는 소리에 맞춰 그들은 대나무 거적 위로 올라앉았다. 대나무 거적 틈새로 보니 선창에 한 사람이 앉아 있는 것이 보였다. 바로 소장주 육관영이었다. 몇 리를 가자 소라 나팔 소리가 다시 호숫가에 울려 퍼졌다. 큰 배 위의 한 사람이 뱃머리에 올라서서 역시 소라 나팔로 화답을 했다.

다시 몇 리를 더 갔다. 기이한 광경이었다. 개미 떼처럼 셀 수 없이 많은 작은 배가 호수를 메우고 있었다. 마치 커다란 녹색 종이에 수없이 많은 까만 점을 찍어놓은 듯했다. 뱃머리에 서 있던 사람은 다시 소라를 세 번 불고는 닻을 내려 호수 중간에 배를 정박시켰다. 10여 척의 작은 배가 호수를 미끄러지듯 빠른 속도로 사방에서 모여들었다. 곽정과 황용은 혹시 한바탕 피비린내 나는 혈전이 벌어지는 게 아닌가 긴장하며 육관영을 보았다. 그러나 그는 오히려 아주 침착한 것이 전혀 임전의 태세가 아니었다.

잠시 뒤, 배들이 점점 가까이 다가오더니 각 배에서 한두 사람, 혹은 서너 사람이 건너왔다. 모두 선창으로 들어와서 육관영에게 공손히 예를 올린 후 착석했다. 먼저 온 사람이 뒷자리에 앉기도 하고 뒤에 온 사람이 앞자리에 앉기도 하는 것으로 보아 자리 배치는 이미 정해져 있는 듯했다. 순식간에 모두 좌정했다.

이들은 비록 어부 복장을 하고 있지만 호걸 같은 풍모에 행동도 민첩하고 상당한 무공을 지닌 무림인임에 틀림없었다. 육관영이 손을 들고 말했다.

"장 대형, 정탐한 결과가 어떻소?"

그중 마르고 몸집이 작은 남자가 일어나더니 대답했다.

"소장주께 고합니다. 금나라 사신은 오늘 저녁 호수를 건너기로 되어 있고, 단段 지휘사는 한 시진 뒤에 도착할 예정입니다. 하나 금나라 사신을 영접한다는 명목으로 여기저기서 재물을 수탈하느라 아마 늦게 도착할지도 모릅니다."

육관영이 말했다.

"얼마나 많은 재물을 수탈했소?"

"각 현들이 모두 공물을 바치고 그의 수하들도 약탈을 하고 있습니다. 배가 정박할 때 보니 20개 넘는 상자를 지고 가던데, 상자마다 상당히 무거워 보였습니다."

"병마는 얼마나 되오?"

"마군馬軍은 2천 명이나 호수를 건널 때는 보병만 배에 탔습니다. 게다가 배가 작아서 1천여 명 정도만 승선했습니다."

육관영은 무리에게 물었다.

"여러분 의견은 어떠하오?"

무리는 일제히 대답한다.

"소장주, 분부만 내리십시오."

육관영은 두 손으로 팔짱을 긴 채 잠시 생각하더니 입을 열었다.

"농민의 고혈을 빨아 모은 부정한 재물이 태호로 온다니, 이를 취하지 않음은 천도에 어긋나는 일이오. 우리가 빼앗은 다음 절반은 가난한 백성에게 나눠주고, 나머지 절반은 각자 나누어 갖기로 합시다."

"와아!"

모두들 함성을 질렀다. 곽정과 황용은 이들이 태호 도적의 수장이며 육관영이 총두령임을 알게 되었다. 육관영이 다시 말했다.

"시간을 지체하면 일을 그르치는 법! 장 대형께서 소선 다섯 척을 이끌고 다시 염탐을 하시오."

마른 사내는 명을 받고 선창을 떠났다. 육관영은 누가 선봉을 맡고 누가 응전을 하며, 잠수해서 배 밑을 뚫는 일은 누가 맡을 것인지, 또한 재물을 빼앗고 군관을 생포하는 일은 누가 할 것인지를 일사불란하게 지시했다.

곽정과 황용은 그 모습을 보고 경탄을 금치 못했다. 일전에 함께 동석할 때는 행동거지며 말투가 예의 바르고 학식이 넉넉해 보여 고향에 은거하며 나라를 걱정하는 우국지사인 줄로만 알았는데, 그가 바로 도적의 총두령이라니 놀라지 않을 수 없었다.

육관영이 지시를 마치자 모두 다시 각자의 배로 흩어졌다. 한데 한 사람이 일어서더니 차갑게 말했다.

"우리는 그냥 부잣집 재물이나 털면 족하오. 섣불리 관병을 건드렸다가 어찌 이곳에서 계속 도적질을 할 수 있겠소? 게다가 대금국의 사신을 건드리면 큰일을 당할 수도 있는데……."

곽정과 황용은 그 목소리가 귀에 익어 자세히 보니 바로 사통천의 제자인 황하사귀 중 탈백편 마청웅이었다. 그가 어떻게 여기까지 흘러들었는지 알 수 없는 노릇이었다. 육관영은 낯빛이 변해 묵묵히 있는데, 무리 중 서너 명이 일제히 그를 질책했다. 그러자 육관영이 심각하게 말했다.

"마 대형은 처음이라 이곳의 규칙을 잘 모르는 듯하오. 모두가 힘을 합쳐 일을 도모하기로 결정했으면 전군을 몰살시켜 후환을 없애는 것이 이곳의 규칙이오."

"좋소, 그럼 당신들은 당신들 볼일을 보시오. 난 이번 일에서 빠질 테니……."

마청웅은 몸을 돌려 선창을 나가려 했다. 두 명의 사내가 그의 앞을 막고 소리쳤다.

"마 대형, 우린 닭 머리를 베어 그 피를 나눠 마시며 생과 사를 같이 하기로 맹세하지 않았소?"

"꺼져!"

마청웅이 욕을 하며 양손으로 떠미니 두 사람이 동시에 나가떨어졌다. 그가 다시 선창을 나가려는 순간 등 뒤에서 장풍이 날아왔다. 그는 순식간에 몸을 피하면서 왼손으로 비수를 꺼내 뒤로 날렸다. 육관영은 왼손을 질풍같이 뻗어 그의 왼팔을 문에 끼우고 장풍을 날렸다. 마청웅은 오른손으로 장풍을 막으며 왼손으로 다시 비수를 던졌다. 두 사람은 좁은 선창 안에서 박투를 벌였다.

곽정은 예전 몽고 토산에서 마청웅과 싸운 적이 있는 터라 육관영의 무공을 보고 쉽게 이기지는 못할 거라 예상했다. 그러나 그의 예상은 빗나갔다. 몇 초식 만에 육관영이 큰 우세를 차지했다.

'어떻게 저 마가 놈이 맥을 못 추지? 맞아. 예전에는 황하사귀 네 놈이 동시에 나 한 사람에게 덤벼들었지만 지금은 혼자서 저 많은 무리를 감당해야 하니 겁도 나겠지.'

그러나 곽정이 마청웅의 무공이 약하다고 생각한 진짜 원인은 그게 아니었다. 곽정은 근 2개월 동안 홍칠공에게 무예 지도를 받으면서 천하 무학의 정수인 항룡십팔장 중 열다섯 장을 전수받았다. 게다가 홍칠공이 가끔 직접 시범을 보여준 것도 있는데, 그의 동작을 보는 것만으로도 은연중에 최고의 무공을 전수받은 셈이었다. 이는 강남칠괴가 평생 동안 수련을 해도 얻지 못할 경지였다.

비록 그중에 곽정이 진정으로 터득한 것은 열에 두셋 정도밖에 안 되지만 어느덧 무공은 눈부시게 발전해 여섯 사부 못지않은 수준으로 올라선 것이다. 그러니 마청웅의 무공이 곽정의 눈에 찰 리 없었다. 두 사람은 다시 몇 초식을 더 겨루었다.

픽! 육관영이 마청웅의 가슴에 강력한 장권을 날리자 마청웅은 뒤로 고꾸라졌다. 순식간에 뒤에서 두 사람의 장정이 덮쳐 그를 요절냈다. 육관영이 목에 힘을 주어 외쳤다.

"여러분, 각자 용맹을 떨칠 때가 왔소!"

무리들은 일제히 대답을 하고 각자 배로 돌아갔다. 삽시간에 모든 배가 삿대를 저으며 동쪽으로 향했다. 육관영이 탄 대선大船은 후미에서 대열을 따랐다. 한참을 가니 저 멀리서 수십 척의 대선에서 나오는 불빛이 서쪽으로 미끄러져왔다. 황용이 곽정에게 귓속말로 속삭였다.

"이 불빛들은 필시 단 지휘사의 관선官船일 거예요."

두 사람은 조용히 돛대로 기어 올라가 돛으로 몸을 가렸다. 소선에서 누군가 소라 나팔을 불어대자 양쪽의 배들이 점점 가까워졌다. 잠시 뒤 욕하는 소리, 비명 소리, 칼날이 서로 부딪치는 소리, 첨벙하며 호수로 사람이 떨어지는 소리 등이 멀리서 들려왔다. 곧이어 관선에 불이 붙더니 삽시간에 화염이 하늘을 뒤덮고 호수를 붉게 물들였다. 곽정과 황용은 육관영 측이 대승했을 거라고 짐작했다. 과연 몇 척의 소선이 급히 다가오더니 소리쳤다.

"관병은 전부 몰살시켰고, 지휘사도 사로잡았습니다."

육관영은 크게 기뻐하며 뱃머리로 다가갔다.

"수고했다. 모든 채주에게 금국의 사신도 생포하라 일러라!"

명령을 받은 도적은 기쁘게 대답하며 바람같이 빠르게 움직였다.

곽정은 황용에게 눈빛으로 말했다.

'금국의 사신이라 함은 필시 완안강일 텐데, 그가 어떻게 대응할지 모르겠군.'

황용도 같은 생각이라는 듯 고개를 끄덕였다.

여기저기 나팔 소리가 울려 퍼지더니 모든 선박이 뱃머리를 돌리고 돛을 달았다. 마침 무더운 여름이라 동풍이 거세게 불고 있었다. 바람을 타고 돛이 한껏 부풀어 오르니 선박들은 마치 시위에서 벗어난 화살처럼 빠르게 질주해갔다. 육관영이 탄 대선은 원래 후미에 있었는데 방향을 바꾸어 선두에 서게 되었다.

곽정과 황용은 돛대 위에 앉아서 시원한 바람을 등으로 맞으며 먼 곳을 응시했다. 하늘에는 수없이 많은 별이 반짝이고 희뿌연 안개가 호수를 감싸니 기분이 더없이 상쾌해 노래라도 한 곡조 뽑고 싶은 심정이었다.

그때 뒤에서 쾌선快船이 대선을 앞지르며 달려나갔다. 배를 달린 지 한 시진이 지나 하늘이 점점 밝아올 무렵, 두 척의 쾌선이 다시 날듯이 빠르게 다가왔다. 뱃머리에서 한 사람이 청색 기를 펼치며 소리 질렀다.

"금의 배를 보았습니다! 하賀 채주가 선봉에서 공격하고 있습니다!"

육관영은 뱃머리에 서서 대답했다.

"좋다!"

잠시 뒤 또 한 척의 소선이 돌아오더니 보고했다.

"금의 사신 놈이 무공이 대단해 하 채주가 부상을 입고 팽彭 채주와 동董 채주께서 협공을 하고 있습니다."

또 얼마 뒤 두 명의 수하가 기절한 하 채주를 부축하고 대선으로 올라왔다. 육관영이 하 채주의 상처를 살피고 있는데 팽 채주와 동 채주도 부상을 당해 배에 실려 돌아왔다. 게다가 표묘봉縹緲峰의 곽 두령도 창에 찔려 호수에 빠져 죽었다는 소식이 전해졌다.

육관영은 대로했다.

"금나라 오랑캐가 겁도 없이 제멋대로 날뛰는군! 내 직접 가서 끝장을 봐야겠다."

곽정과 황용은 완안강이 동포들을 살상하는 것이 못마땅했으나 금군은 도적들을 상대하기에는 중과부적이라 만일 완안강이 태호 도적들 손에 죽는다면 목염자는 평생을 생과부로 지내게 될지도 몰랐다. 그런 목염자를 생각하니 한편으로 걱정이 되었다. 육관영은 몸을 훌쩍 날려 작은 배에 옮겨 타며 명령했다.

"가자!"

그것을 보고 있던 황용이 곽정에게 속삭이듯 말했다.

"가서 완안강을 구해줘야 하지 않을까요?"

"음……."

곽정은 심각한 표정으로 잠시 생각하더니 결정을 내렸다.

"목숨은 구해주되 잘못을 뉘우치도록 만들어야지."

황용은 그의 의견에 동의하며 고개를 끄덕였다.

"작은 배를 뺏어 타야겠어요."

두 사람이 옆에 있던 소선에 몸을 싣는 순간, 앞에 있던 도적들이 일제히 환호성을 질렀다. 살펴보니 금나라 사신이 타고 있다는 배가 천천히 가라앉고 있었다. 육관영 수하 중에 잠수에 능한 물개들이 적선 밑창에 구멍을 뚫은 게 분명했다. 그것도 작전의 일부였던 것이다. 곧

이어 청색 깃발이 바람에 펄럭이면서 두 척의 쾌선이 다가와 보고했다.

"금구金狗가 물에 빠져 이미 사로잡았습니다."

육관영은 크게 기뻐하며 도로 대선으로 돌아갔다. 잠시 뒤, 소라 나팔 소리가 일제히 울려 퍼지면서 금나라 사신과 호위병, 수하들이 대선으로 압송되어왔다. 곽정과 황용은 완안강이 손발이 묶인 채로 잡혀 온 것을 확인할 수 있었다. 완안강은 두 눈을 꼭 감고 있었는데, 물을 너무 많이 먹었는지 연신 가쁜 숨을 몰아쉬었다. 다행히 목숨은 붙어 있었다.

이 무렵, 날은 이미 훤하게 밝았다. 동녘에서 햇빛이 비추니 황금빛 뱀이 춤을 추는 듯 물결이 눈부시게 일렁였다.

육관영이 명령을 내렸다.

"각 채주들은 귀운장歸雲莊으로 돌아가서 축하연에 참석하고, 두령들은 부하를 이끌고 각 채寨로 돌아가라. 곧 논공행상이 있을 것이다!"

도적들은 우레 같은 환호성을 질렀다. 크고 작은 배들이 사방으로 흩어지더니 이내 물안개 속으로 사라졌다. 호수에는 갈매기 떼가 한가로이 이리저리 날아다니고 멀리 하얀 돛들이 흰 점을 뿌려놓은 것처럼 어른거렸다. 우뚝 솟은 푸른 봉우리는 기상을 자랑하듯 의연히 그 자리에 서 있고, 푸른 물결이 조용히 출렁이니 호수는 원래의 고요를 되찾았다.

나를 알아주는 사람 이 세상에 없으니

사랑을 위한 맹세

선대가 장원으로 돌아오자 곽정과 황용은 육관영과 그 무리들이 배에서 내리기를 기다렸다가 몰래 육지에 올랐다. 도적들은 승리의 기쁨에 들떠 아무도 두 사람이 줄곧 돛대 위에 숨어서 지켜보고 있었다는 사실을 눈치채지 못했다. 황용은 곽정을 데리고 장원 뒤쪽 담을 넘어 들어가 침소로 돌아왔다.

장원의 하인이 여러 차례 객방 앞을 다녀갔지만 아무 인기척이 없자 손님들이 여정이 고단해 늦잠을 자려니 생각했다. 곽정이 방문을 여니 두 명의 하인이 문안 인사를 하고 조반을 들여왔다.

"장주께서 서재에서 기다리고 계십니다. 조찬을 드시고 들러주십시오."

두 사람은 간단히 조반을 먹고 하인을 따라 서재로 갔다. 육 장주가 만면에 웃음을 띤 채 그들을 기다리고 있었다.

"호수의 바람이 강해 어젯밤 파도가 거세게 일던데, 두 분의 잠을 방해한 것은 아닌지요?"

거짓말을 못 하는 곽정이 그의 질문에 순간 난처해하자 황용이 얼른 받아넘겼다.

"어젯밤 우우우…… 하는 법라 소리를 들었는데, 스님이나 도사가 사자死者의 명복을 빌며 독경하는 소리가 아닌가 생각했습니다."

육 장주는 일소하며 화제를 돌렸다.

"저에게 서화가 있는데 두 아우분께서 한번 봐주십시오."

"기쁜 마음으로 보겠습니다. 장주께서 소장하신 서화라면 최고품일 테지요."

육 장주의 명에 따라 서동書童이 서화를 내왔다. 황용은 한 점 한 점 천천히 감상했다. 그때 갑자기 밖에서 고함 소리와 여러 사람의 발걸음 소리가 들렸다. 짐작건대 누군가가 도망치고 뒤에서 잡으려고 쫓아가는 것 같았다.

누군가 소리쳤다.

"귀운장에 들어온 이상 도망갈 생각은 꿈도 꾸지 말거라!"

육 장주는 마치 아무 소리도 듣지 못했다는 듯이 시치미를 떼고 말했다.

"송대의 4대 서예가인 소동파蘇東波, 황정黃庭, 미비米芾, 채경蔡京 중에 황 아우는 누구를 좋아하시오?"

황용이 대답하려는데 갑자기 밖에서 퍽, 하는 소리가 들리며 온몸이 흠뻑 젖은 사람이 뛰어 들어왔다. 바로 완안강이었다. 황용은 곽정의 소매를 잡아끌며 소리를 낮추어 말했다.

"그를 보지 말고 서화만 보세요."

두 사람은 등을 돌리고 고개를 숙인 채 서화에서 눈을 떼지 않았다.

그날 새벽, 수영을 못하는 완안강은 배가 가라앉으면서 물을 많이 먹고 기절해버렸다. 깨어났을 때는 손발이 모두 포박당한 상태였다. 장원에 도착한 후, 육관영은 심문을 하기 위해 그를 데려오라고 명했다. 그러나 완안강은 목뒤에 씌운 칼이 풀리자 내공을 운행해 몸을 포박하고 있던 밧줄을 손으로 잡더니 구음백골조를 써서 순식간에 끊어버렸다.

놀란 하인들이 다시 포박하려 하자 그는 장권을 날려 모두 고꾸라뜨렸다. 완안강은 급히 도망을 쳤다. 하지만 귀운장의 길은 기문의 팔괘로 만들어진 것이라 장주가 직접 안내하거나 정통기문精通奇門의 상생상극相生相克 변화에 통달하지 않는 한 결코 빠져나갈 수가 없었다. 완안강은 이리저리 헤매다가 결국 육 장주의 서재에까지 들어온 터였다. 육관영은 그가 결박을 풀었지만 결코 빠져나갈 수 없다는 것을 알고 전혀 개의치 않고 여유 있게 뒤를 쫓았다.

그러나 그가 서재로 들어가자 부친이 다칠까 봐 급히 육 장주의 앞을 가로막고 섰다. 뒤에는 각 채의 채주들이 뒤따라와서 서방 입구를 막았다. 완안강은 막다른 길에 들어섰음을 깨닫고 육관영을 가리키며 욕을 했다.

"이 비겁한 도둑놈! 간사한 꾀로 배에 구멍을 뚫다니…… 강호의 웃음거리가 되고 싶으냐?"

육관영은 하하, 웃으며 그의 말을 받았다.

"네놈은 금의 왕자인데, 어디 감히 우리 녹림綠林 호걸 앞에서 강호라는 말을 꺼내느냐?"

"내가 연경에 있을 때 강남 호걸들이 모두 정정당당한 대장부라고 들었는데…… 흥! 오늘 보니…… 모두 헛소리였구나!"

"뭐라고?"

"수로 밀어붙여 이기는 소인배들이 아니고 무엇이냐?"

육관영이 냉소를 머금고 말했다.

"만일 일대일로 싸워서 네가 지면 죽어도 후회가 없겠느냐?"

완안강은 이 말이 듣고 싶어서 계략을 내어 유인한 것인데, 육관영이 순순히 그의 꾀에 걸려들고 말았다.

"귀운장에서 무공으로 나를 이기는 자가 있으면 두말하지 않고 목을 내놓겠다. 그럼 어느 분께서 한 수 지도해주실 건지……?"

주위 사람들을 훑어보며 팔짱을 끼고 차갑게 웃는 완안강의 모습은 오만하기 이를 데 없었다. 말이 끝나자, 태호 막리봉莫釐峰의 금두오金頭鰲 석石 채주가 으르렁거리며 나섰다.

"이 몸이 본때를 보여주마!"

종고제명鐘鼓齊鳴! 그는 서재로 들어서기 무섭게 완안강의 태양심을 향해 장권을 날렸다. 그러자 완안강은 몸을 옆으로 살짝 비켜서며 가볍게 오른손으로 그의 목덜미를 움켜잡더니 내공을 전개했다. 그건 엄청난 위력이었다.

"으악!"

석 채주의 피둥피둥한 몸뚱이가 비명과 함께 밖으로 나가떨어졌다. 육관영은 그의 예사롭지 않은 무공에 흠칫 놀라며 가히 상대가 될 채주가 없다고 판단했다.

"과연 훌륭한 무공이군. 그럼 밖으로 나가서 몇 초식 겨뤄볼까?"

육관영은 상대가 고수인지라 서재에서 큰 싸움이 벌어지면 무공을 전혀 모르는 부친과 손님들이 다칠지도 모른다고 생각했다.

그러나 완안강은 그 말에 동의하지 않았다.

"무공을 겨루는데 어느 곳인들 어떠리? 그냥 이곳에서 겨뤄보지. 자, 서슴지 말고 먼저 공격을 하시지!"

이 말에는 두세 초식이면 너를 쓰러뜨릴 텐데 구태여 번거롭게 자리를 옮길 필요가 있냐는 뜻이 담겨 있었다. 자존심이 상한 육관영은 치밀어 오르는 분노를 참고 말했다.

"좋다. 네가 손님이니 먼저 공격해라!"

완안강은 왼손바닥을 쭉 뻗고 오른손으로 갈퀴손을 만들어 육관영의 가슴을 노리면서 구음백골조로 살초殺招를 전개했다. 육관영은 이를 갈며 속으로 중얼거렸다.

'이 무례한 놈, 소장주가 본때를 보여주마!'

육관영은 가슴을 약간 움츠릴 뿐 전혀 피하지 않고 오른쪽 주먹을 상대의 팔과 팔꿈치에 날리는 동시에 왼손 손가락 두 개를 뻗어 곧장 상대의 눈을 찔렀다. 완안강은 그의 무지막하면서도 날랜 공격을 받자 뜻밖이라는 듯 멈칫거렸다.

'한낱 이름 없는 초개인 줄 알았는데 제법 대단한걸.'

그는 급히 측면으로 반보 물러서서 손목을 빠르게 회전시키며 금나 수법으로 바꾸어 상대의 팔을 낚아챘다. 그에 맞서 육관영은 허리를 틀어 왼쪽으로 회전하고 적을 정면에서 바라보며 두 손을 안듯이 벌리니, 이것이 바로 회중포월懷中抱月의 자세였다. 완안강은 그의 초식을 보고 무시하는 마음이 싹 사라졌다. 다시 정신을 가다듬고 이번엔 구처기에게 전수받은 전진교의 권법을 전개했다.

육관영은 임안부 운서사雲棲寺 고목대사枯木大師의 수제자로서 선하문仙霞門의 외가권법外家拳法에 정통했다. 이는 하남 숭산 소림사 계열의 문파 중 하나로 무학의 정종正宗이었다. 육관영은 상대가 강적이니만큼 각별히 신중을 기해 한 초식 한 초식을 겨루어나갔다.

그는 완안강이 손가락으로 구사하는 무공이 특기라는 것을 눈치채고, 그의 손톱에 몸이 닿지 않게 조심하면서 두 손으로 철저히 방어했다. 그리고 허점만 보이면 즉시 치고 들어갔다. 외가外家 무공을 연마하는 사람들 사이에선 이런 말이 있다.

주먹이 3할이며 발은 7할이다.
두 손은 방어, 공격은 발이다!

육관영이 전수받은 것은 모두 외가의 무공이라 다리 공력이 특히 대단했다. 두 사람의 결투가 절정에 달하자 서재 안에서 지켜보는 사람들 눈에는 두 개의 그림자가 마치 춤을 추는 듯 어지러웠다. 주먹과 발의 움직임이 점점 빨라졌다.

곽정과 황용은 완안강에게 들키지 않으려 조심하면서 책장 한편으로 비켜서서 싸움을 지켜보았다. 완안강은 대결이 쉽게 끝나지 않자 다급해졌다.

'이렇게 오래 끌면 내가 이긴다 하더라도 다른 사람이 다시 결투를 신청할 경우 힘이 딸려서 상대하지 못할 게 아닌가?'

그의 무공은 원래 육관영보다 훨씬 높지만 호수에 빠지면서 물을 많이 먹어 기력이 약해졌고, 난생처음 적에게 포위된 위험한 상황에

놓이니 두려움이 생겨 실력을 십분 발휘하지 못했다. 완안강은 다시 정신을 바짝 차리고 맹렬한 공격을 퍼붓기 시작했다.

픽! 그의 장권이 육관영의 어깨에 명중했다. 육관영은 휘청하면서 뒤로 물러났다. 완안강은 이 틈을 노려 다시 공격해 들어왔다. 그러자 육관영은 갑자기 왼발을 날려 상대방의 가슴을 걷어찼다. 그 동작이 전광석화처럼 빨랐다.

회심퇴懷心腿! 바로 육관영 비장의 무기였다.

완안강은 패색이 짙던 적이 갑자기 이런 비장의 초식을 전개할 줄은 꿈에도 생각지 못했다. 손으로 막아보려 했으나 가슴을 걷어차이고 말았다.

회심퇴는 육관영이 어릴 때부터 연마해온 비장의 무공이었다. 먼저 밧줄로 발을 묶고 그 밧줄을 처마에 매단 후 차츰 줄을 짧게 해서 거꾸로 매달려 있다가 적이 가까이 접근해오면 바람같이 발을 날려 정수리를 차는 기술로 거의 매일 연마해온 것이다.

회심퇴법을 적이 방어하기란 실로 쉽지 않았다.

완안강은 가슴에 통증을 느꼈지만 즉시 왼손을 회전시키고 다섯 손가락을 갈퀴 모양으로 만들어 육관영의 종아리에 냅다 꽂았다.

"으랏싸!"

완안강은 기합을 토하며 육관영의 가랑이 사이로 다시 오른손을 쭉 뻗었다. 육관영은 한 발로 서 있다가 갑작스러운 맹공에 몸이 허공으로 붕 떠오르며 의자에 앉아 있던 육 장주 쪽으로 나가떨어졌다.

주위에서 일제히 놀란 외침이 터져 나왔다. 그러나 더 놀라운 일이 벌어진 건 바로 그때였다. 다리를 제대로 쓰지 못해 힘없이 의자에 앉아 있던 육 장주가 손을 뻗어 가볍게 아들을 받아내며 살짝 땅에 내려놓은 것이다. 육관영의 종아리는 선혈이 낭자하고 원래 서 있던 곳부터 넘어진 곳까지 피가 뚝뚝 떨어져 있었다. 육 장주의 얼굴은 놀라움과 노여움으로 일그러졌다. 그는 맹수가 포효하듯 완안강에게 다그쳤다.

"흑풍쌍살과는 무슨 관계냐?"

그의 출수出手도 놀랍거니와 이 난데없는 질문에 모두들 어리둥절해졌다. 완안강과 뭇 채주들뿐 아니라 그의 친아들인 육관영마저도 장주가 무공을 지니고 있다는 사실을 전혀 모르고 있었다. 육관영은 아버지가 두 다리를 전혀 못 쓰기 때문에 당연히 무공을 못할 거라고 생각했다. 게다가 육 장주는 그가 어릴 때부터 금琴과 책에 빠져 있었고, 자신의 무공에 대해서는 전혀 묻지도 않았다. 그런데 자신을 구해낸 예사롭지 않은 손놀림과 완안강을 다그치는 말을 듣고 심히 놀라고 말았다. 황용이 어제 처마 위의 철팔괘를 보고 곽정에게 말한 바가 있기 때문에 두 사람만이 이를 당연하게 여겼다.

완안강은 육 장주가 흑풍쌍살에 대해 묻자 어안이 벙벙해 반문했다.

"흑풍쌍살이 무엇이오?"

사실 매초풍은 그에게 무예를 전수해주었지만 자신의 내력과 이름에 대해서는 일언반구도 하지 않았다. 따라서 그는 흑풍쌍살에 대해 전혀 아는 게 없었다. 육 장주의 눈은 분노로 이글거렸다.

"시치미를 떼다니…… 그럼 그 음험한 구음백골조는 누가 전수해준 것이란 말이냐?"

"당신의 헛소리를 들을 시간이 없소. 그럼 먼저 실례하겠소이다."

완안강은 몸을 돌려 문 쪽으로 걸어갔다. 각 채주들은 모두 분노하여 병기를 집어 들고 그를 막아섰다. 그러자 완안강은 연신 냉소를 흘리며 육관영을 쳐다봤다.

"약조를 했는데 어길 셈인가?"

육관영은 얼굴이 파리해지면서 아랫입술을 깨물더니 손을 한 번 내저었다.

"태호의 영웅들은 한번 내뱉은 말은 꼭 지킨다. 그를 보내줘라! 장 대형이 안내하시오."

각 채주들은 내키지 않았지만 소장주의 명이라 거역할 수도 없었다. 장 채주가 완안강을 노려보며 말을 내뱉었다.

"나를 따라와라! 하나 나가는 길을 못 찾는 건 내 책임이 아니다."

완안강은 다시 기가 살아났다.

"내 호위병들과 하인들은 어쩔 셈이지?"

그가 육관영을 쳐다보며 물었다.

"함께 데려가라!"

완안강은 회심의 미소를 지으며 육관영에게 엄지손가락을 치켜세웠다.

"과연 남아일언중천금이군. 채주 여러분, 다음을 기약합시다."

완안강은 빙 둘러가며 읍을 했지만 그 태도가 무례하고 거만하기 그지없었다. 그가 서재를 막 나가려고 하는데 뒤에서 육 장주의 일갈이 들려왔다.

"잠깐! 이 늙은이에게도 구음백골조를 한 수 보여줘야겠다!"

완안강은 걸음을 멈추고 여유 있게 웃음을 흘렸다.

"좋소이다!"

육관영은 황급히 부친을 말렸다.

"아버님, 저놈과 상대하지 마십시오."

"걱정하지 마라. 그의 구음백골조는 아직 미숙하다."

육 장주는 두 눈을 부릅뜨고 그를 응시하며 천천히 말했다.

"다리가 불구라 걷지 못하니 네가 이리 건너오너라."

그러나 완안강은 한 번 픽 웃을 뿐 걸음을 옮길 생각을 하지 않았다. 육관영은 상처에 극심한 통증을 느꼈지만 부친이 대적하는 것을 좌시하고만 있을 수 없어서 몸을 일으켰다. 그리고 완안강에게 소리쳤다.

"부친을 대신해 다시 한번 겨루자!"

완안강은 웃으며 응수했다.

"좋지. 다시 한번 해보자고!"

육 장주의 호통이 터진 건 바로 이때였다.

"영아, 비켜서거라!"

육 장주는 그렇게 소리치더니 오른손으로 의자 팔걸이를 탁 치며 그 반동을 이용해 몸을 공중에 띄우면서 다짜고짜 왼손으로 완안강의 정수리를 향해 장권을 날렸다. 모두의 입에서 탄성이 터졌다.

"와……!"

완안강은 양손을 들어 막았으나 팔목이 조이는 느낌이 들었다. 오른 팔목이 이미 상대방 손에 잡혀 있었다. 완안강이 정신을 차릴 새도 없이 장영掌影이 어지럽게 번뜩이는가 싶더니 상대방의 오른손이 어깨죽지를 강타했다. 완안강은 그의 금나법이 이처럼 빠를 줄은 꿈에도 생각지 못했다. 왼손으로 급히 막고 오른손을 빼보려고 힘을 주었으나 그의 금나수에서 도저히 벗어날 수 없었다.

육 장주는 발을 땅에 대지 않고 온몸의 무게를 완안강의 오른쪽 손목에 실은 채 공중으로 떠올랐다. 그리고 다시 오른쪽 장권을 번개같이 날려 순식간에 대여섯 가지 살수를 전개했다. 완안강은 젖 먹던 힘까지 다 써서 뿌리치려 했으나 그의 손아귀를 벗어날 수 없었다. 발을 날려 차보았으나 전혀 미치지 않았다.

귀운장의 사람들은 모두들 놀라고 기쁜 마음으로 두 사람의 대결을 지켜보았다. 육 장주가 다시 장권으로 내리찍으려 하자 완안강은 다섯 손가락을 송곳처럼 펴서 그의 손바닥을 찍으려 했다. 그러나 육 장주는 팔꿈치를 잽싸게 아래로 떨어뜨리며 완안강의 견정혈을 강타했다. 완안강은 신음을 토했다.

"으윽!"

그는 상반신이 마비되면서 왼쪽 손목마저 상대방에게 잡혔다.

우두둑! 완안강은 자신의 양쪽 손목 관절이 부러지는 소리를 들었다. 육 장주의 손놀림은 그야말로 전광석화같이 빨랐다. 왼손으로 완안강의 허리를 찌르는 동시에 오른손으로 그의 어깨를 탁 내리치면서 그 반동력을 이용해 원래 앉아 있던 의자로 몸을 날렸다. 그리고 사뿐히 내려앉았다. 그 일련의 동작이 한순간에 이루어졌다.

한편, 완안강은 양쪽 다리에 힘이 풀려 일어서지 못하고 그대로 주저앉고 말았다. 뭇 채주들은 눈이 휘둥그레져 넋을 잃은 채 이 광경을 지켜보다 잠시 뒤에야 우레 같은 환호성을 질렀다.

육관영은 성큼 의자로 건너가서 물었다.

"아버님, 괜찮으십니까?"

육 장주는 웃으며 고개를 흔들다 이내 표정이 심각하게 굳어졌다.

"저놈의 사문 내력을 정확히 알아내야겠다."

장 채주가 말했다.

"성이 단段이라고 하는 병마 지휘사의 보따리에서 예리한 쇠고랑과 족쇄가 나왔는데, 저 녀석에게 채우겠습니다. 끊을 수 있나 없나 한번 봅시다."

완안강이 앞서 포승줄을 스스로 끊었기 때문에 하는 말이었다. 모두 그 말에 동의했다. 그중 한 사람이 성큼 나오더니 잽싸게 완안강의 양손에 쇠고랑을 채웠다. 완안강은 손목에 극심한 고통을 느꼈다. 그의 이마에서는 구슬땀이 뚝뚝 떨어졌다. 그러나 이를 악물고 참으며 신음 소리 하나 내지 않았다.

"그를 가까이 끌고 와라."

육 장주의 명령에 완안강의 팔을 잡고 있던 부하 두 명이 개 끌듯 그를 의자 앞으로 끌고 왔다. 육 장주는 그의 팔목 관절을 맞추어준 후 미척골尾脊骨과 왼쪽 가슴의 혈도를 찍었다. 완안강은 통증이 서서히 가라앉는 것을 느꼈다. 분하기도 하고 놀라기도 한 마음에 입을 열지 못하고 있는데, 육관영이 그를 감옥에 가둘 것을 명했다. 잠시 뒤 채주들이 모두 물러갔다.

육 장주는 황용과 곽정에게 웃으며 말했다.

"젊은이들은 싸우기를 좋아하지요. 두 분께서 이해해주십시오."

황용은 그의 장법과 점혈수법이 자기 가문의 것과 같은 것을 보고 의구심이 더욱 짙어졌다. 하지만 짐짓 모르는 척하며 다른 질문을 했다.

"무슨 일입니까? 혹시 이곳의 보물을 훔쳐서 장주님께 죄를 지은 것

사랑을 위한 맹세

입니까?"

육 장주는 하하, 웃으며 얼버무렸다.

"맞습니다. 저들이 우리의 보물을 많이 훔쳤지요. 자, 자, 자! 다시 서화를 봅시다. 저 도적놈들이 우리의 흥을 깨버렸군요."

육관영이 서방을 나가고 세 사람은 다시 서화를 감상했다. 육 장주와 황용은 산수의 배치와 인물의 자태부터 새의 깃털, 풀, 곤충, 꽃잎, 열매의 표현 방법까지 하나하나 이야기했다. 그러나 곽정은 전혀 알지 못했다.

점심 식사가 끝나자 육 장주는 하인에게 황용과 곽정을 장공張公과 선권善卷 두 동굴로 모시고 가서 유람시켜드리라고 명했다. 동굴은 역시 소문에 듣던 대로 천하 절경이었다. 동굴 안의 기기묘묘한 형상들은 유람객의 탄성을 자아내기에 충분했다. 두 사람은 어두워질 때까지 구경하다가 돌아왔다. 잠자리에 들려고 하는데 곽정은 완안강이 걱정됐다.

"용아, 사람들이 그를 죽였을까?"

"우리, 여기서 며칠 더 묵어요. 아직도 육 장주가 어떤 사람인지 감이 안 와요."

"그의 무공은 도화도의 무학과 비슷한 것 같아."

"그게 이상하단 말예요. 아니면 어떻게 매초풍을 알겠어요?"

두 사람은 아무리 생각해도 감이 잡히지 않았으나 누가 들을까 봐더 이상 말하지 못하고 잠자리에 들었다.

그들이 단잠에 빠진 한밤중, 갑자기 지붕에서 인기척이 나더니 척, 하는 소리가 땅에서 났다. 두 사람은 나란히 붙어 자다가 이상한 소리를 듣고 동시에 잠에서 깨어 일어났다. 가만히 창문을 열고 밖을 보니 검은 그림자 하나가 장미 더미에 숨어 있었다. 그림자는 사방을 둘러보고는 살금살금 동쪽으로 걸어갔다. 사방을 경계하며 조심스럽게 움직이는 것을 보니 몰래 들어온 사람인 것 같았다. 귀운장이 태호 대부호의 저택인 줄로만 알았던 황용은 육 장주의 무공을 본 뒤 필시 어떤 비밀이 있을 거라 생각하고 내력을 밝히려 마음먹고 있었다.

황용은 곽정에게 따라오라고 손짓하며 창문을 뛰어넘어 몰래 그림자의 뒤를 밟았다. 몇십 보를 가자 별빛 아래 여인의 모습이 드러났다. 무공은 그리 높지 않은 것 같았다. 황용이 발걸음을 빨리하며 더욱 바짝 따라갔을 때 여인이 얼굴을 옆으로 살짝 돌렸다. 그 여인은 다름 아닌 목염자였다.

황용은 속으로 웃으며 생각했다.

'좋아, 애인을 구하러 왔구나. 어떻게 구출해내는지 구경이나 한번 해볼까?'

그러나 목염자는 이리저리 돌더니 결국은 길을 잃고 말았다. 황용은 이 장원이 방위에 따라 지어진 것을 알고 있기 때문에 죄수를 가두는 곳은 필시 이상진하離上震下의 서합噬嗑 방위에 있을 것이라 확신했다.

《역경易經》에 "서합은 감옥으로 쓰인다噬嗑亨利用獄", "상象 왈, 번갯불과 서합, 선왕께서 명백한 벌로써 법을 다스리신다象曰 雷電噬嗑先王以明罰勅法"라는 말이 있기 때문이다.

황용의 부친 황약사는 《역경》에 정통해 한가할 때면 황용에게 그 심후한 의미를 풀어 가르쳐주곤 했다. 장원의 구조가 기이하기는 하나 《역경》에 통달한 사람이 보면 한눈에 파악할 정도니 도화도의 음양 변화, 건곤 도치 등의 오묘함과는 비교가 되지 않았다. 도화도에서는 죄수를 가두는 곳이 반대로 건상태하乾上兌下의 이위履位에 있었다. '길이 평탄하고 은사의 지조가 곧다履道壇壇 幽人貞吉'라는 의미에서 취한 것이니 주인의 기백을 엿볼 수 있다.

황용은 속으로 생각했다.

'그런 식으로 가다간 100년이 지나도 못 찾을 거다.'

그녀는 몸을 굽혀 흙을 한 움큼 집더니 목염자가 다른 길로 가려고 하자 왼쪽으로 던지며 목소리를 낮게 깔고 말했다.

"이쪽으로 가라."

그러고는 급히 꽃밭으로 몸을 숨겼다. 목염자는 대경실색하며 고개를 돌려 살펴보았으나 사람 그림자도 찾아볼 수 없었다.

'그가 좋은 사람인지 나쁜 사람인지 알 수 없지만 어쨌든 길을 찾을 수 없으니 그의 말대로 한번 가보자.'

이렇게 생각하고 왼쪽으로 들어섰다. 막다른 길에 들어설 때마다 그 흙 귀신이 방향을 가르쳐주었다. 이리저리 한참을 도는데 갑자기 획, 하는 소리가 나더니 흙더미가 앞쪽 작은 집의 창문으로 정확히 날아갔다. 그 순간, 목염자의 눈앞에 두 개의 검은 그림자가 번쩍하더니 곧 사라졌다.

목염자는 깜짝 놀라 그들이 사라진 곳으로 다가가보았다. 그곳에는 두 명의 장정이 땅에 누워 두 눈을 똑바로 뜬 채 자기를 바라보고 있었다. 손에 병기를 들고 있으나 꼼짝도 하지 못하는 것이 혈도를 찍힌 것 같았다. 목염자는 고수가 자신을 도와주고 있다고 생각하며 가볍게 문을 열고 안으로 들어갔다. 귀를 대고 가만히 들어보니 과연 누군가의 숨소리가 들렸다. 그녀는 낮은 소리로 불렀다.

"완안강, 당신이에요?"

완안강은 옥지기들이 쓰러지는 소리를 듣고 놀라 정신을 차렸는데, 뜻밖에도 목염자의 목소리가 들려 놀랍기도 하고 반가운 마음에 얼른 대답했다.

"맞소, 나요."

목염자는 크게 기뻐하며 소리가 들리는 쪽으로 어둠 속을 더듬어 찾아갔다.

"천지신명이여, 감사합니다. 여기 계셨군요. 같이 나가요."

"혹시 보도寶刀나 보검을 가지고 왔소?"

"네?"

완안강은 설명 대신 몸을 약간 움직였다 그러자 손과 발에 찬 쇠고 랑과 족쇄들이 부딪치며 쨍강쨍강, 소리가 났다. 목염자는 다가가서 족쇄를 만져보고는 완안강이 보도를 찾는 이유를 깨닫고 내심 후회 했다.

"그 비수를 황용에게 주는 게 아닌데……."

황용과 곽정은 밖에서 두 사람이 하는 말을 몰래 엿듣고 있었다. 황용은 속으로 웃으며 생각했다.

'잠시만 그렇게 애를 태워보라고…… 조금 있다가 비수를 줄 테니까.'

목염자는 정말 애가 탔다.

"제가 쇠고랑을 풀 수 있는 열쇠를 훔쳐올게요."

"가지 마시오. 장원의 적은 아주 대단한 놈이오. 가면 분명 잡히게 될 텐데…… 그럼 모든 게 수포로 돌아갈 게 아니겠소?"

"그럼 당신을 업고 나갈게요."

"그들이 쇠사슬을 기둥에 묶어서 움직일 수가 없소."

목염자는 어찌할 바를 몰라 눈물이 주르륵 흘러내렸다. 그녀는 오열하며 소리쳤다.

"그럼 어떡해요?"

완안강이 웃으며 말했다.

"나를 한번 안아주시구려."

목염자는 발을 동동 굴렀다.

"죽을지도 모르는데 지금 농담이 나와요?"

"누가 농담을 하오? 이거야말로 중요한 일이지."

목염자는 들은 체도 하지 않고 탈출할 방법을 궁리했다.

"내가 여기 있는 줄 어찌 알았소?"

"계속 당신을 따라왔어요."

완안강은 또 한 번 감동했다.

"내 몸에 기대요. 당신과 이야기를 나누고 싶소."

목염자는 바닥에 깔린 자리에 앉아서 그의 품에 기대었다.

"나는 대금국의 사신이니 감히 나를 어찌하지는 못할 것이오. 다만 계속 여기에 붙잡혀 있으면 부친께서 명하신 대사大事를 그르치게 될 텐데 어찌하면 좋겠소? 아 참, 당신이 나를 좀 도와주시오."

"어떻게……?"

"내 목에 걸려 있는 금도장을 풀어보시오."

목염자가 그의 목을 더듬어 도장을 묶은 줄을 풀었다.

"이것은 대금국 사신의 도장이오. 이것을 가지고 속히 임안부로 가서 송국의 사미원史彌遠 사 승상史丞相을 만나주시오."

"사 승상이라고요? 전 일개 천민인데 지체 높은 사 승상이 만나줄까요?"

완안강이 웃으며 말했다.

"이 금인金印을 보이면 당신을 영접해줄 거요. 그를 만나서 내가 태호의 도적들에게 잡혀 있어 친히 만나지는 못한다고 하시오. 그리고 이 말을 확실히 전해주시오. 몽고의 사신이 임안으로 올 텐데 절대 만나선 안 되고, 사람을 시켜 보는 즉시 참수하라고 하시오. 이는 대금국 성상聖上의 밀지니 반드시 따라야 한다고 해요."

"이유가 뭔데요?"

"국가의 대사라 말해도 당신은 모를 거요. 단지 내가 말한 대로만 승상에게 전해주면 그게 바로 날 도와주는 거요. 만약 몽고의 사신이 먼저 임안으로 와서 송국의 군신과 만나게 되면 우리 대금국에 큰 해가될 것이오."

"우리 대금국이라뇨? 저는 송국의 백성이에요. 분명히 말하지 않으면 결코 도와드릴 수 없어요."

완안강의 입가에 의미심장한 미소가 피어올랐다.

"당신도 결국 대금국의 왕비가 될 것 아니겠소?"

목염자는 벌떡 몸을 일으켰다.

"제 의부는 당신의 친부이시고, 또한 나라를 걱정하는 훌륭한 한인이었어요. 설마 정말 금국의 왕야가 되려는 것은 아니시지요? 전 단지…… 당신이 그냥……."

"뭐요?"

"전 당신이 용맹하고 지혜로운 대장부라고 생각했어요. 거짓으로 금국의 소왕야 자리에 있다가 기회를 기다려 송국을 위해 의로운 일을 하실 것이라 생각했고요. 그런데 정말로 오랑캐를 아버지로 여기고 계신 건가요?"

말투가 크게 격앙되며 목이 메이는 것으로 보아 목염자는 굉장히 화가 난 것 같았다. 완안강은 묵묵히 듣기만 할 뿐 아무 말도 하지 않았다.

"대송은 금수강산 절반 이상을 금인金人에게 짓밟혔어요. 금인은 우리 한족을 약탈하고 죽이고 억압하고 있는데도 당신은 아무렇지 않단 말인가요? 당신은…… 당신은……."

목염자는 더 이상 말을 잇지 못하고 금인을 땅에 던져버리고는 얼굴을 가리며 돌아섰다. 완안강은 떨리는 목소리로 말했다.

"내가 잘못했소. 돌아오시오."

목염자는 걸음을 멈추고 고개를 돌렸다.

"뭐라고요?"

"이곳을 벗어나면 다시는 금국의 사신 노릇을 하지 않겠소. 금국으로 돌아가지도 않을 것이오. 당신과 함께 시골로 들어가 농사를 지으며 살 거요. 예전의 호화롭던 생활들이 부끄러울 따름이오."

목염자는 깊은 한숨을 쉬며 뭐라고 말을 하지 못했다. 그녀는 완안강과 대련을 하고부터 한눈에 그에게 반해 사랑에 빠져버렸다. 줄곧 그가 대단한 영웅호걸이라 생각했다. 그리고 완안강이 친부를 인정하지 않는 것도 필시 다른 깊은 뜻이 있기 때문이리라 짐작했다. 이번에 그가 금국의 사신으로 나선 것도 송국을 위해 뭔가 대단한 일을 하기 위해서일 거라 여기고 있었다. 그런데 모든 것이 여인의 맹목적 사랑에서 비롯된 헛된 망상이 되고 말았다. 그는 영웅호걸이 아니라 단지 부귀영화를 꿈꾸는 속물에 불과했던 것이다. 이런 생각을 하자 모든 사랑이 순식간에 식어버리는 듯했다.

완안강은 그녀의 눈치를 살피며 은근한 소리로 불렀다.

"누이, 왜 그러오?"

목염자가 침묵을 지키자 완안강이 다시 입을 열었다.

"어머니는 의부가 내 친아버지라고 했소. 확실히 물어보기도 전에 두 분이 모두 돌아가셨으니 확인할 수도 없고…… 나는 계속 의심스러운 마음이오. 이런 중대사를 명백히 밝히지도 않고 결론지을 수는 없는 노릇 아니오?"

이 말을 듣자 목염자는 다소 위안이 되었다.

'자신의 신분에 대해 의심하고 있었다면 그를 탓할 수는 없는 거야.'

"금인을 가지고 사 승상을 만나는 일은 다시는 꺼내지 마세요. 전 황용을 찾아 비수를 가지고 와서 구해드릴게요."

황용은 비수를 돌려줄 생각이었으나 완안강의 말을 듣고 그가 금나라를 위해 일한다는 생각에 화가 치밀었다.

'아버지는 금인을 제일 증오해. 저 녀석을 여기 며칠 더 가둔 다음 생각해봐야겠군.'

완안강이 다시 말했다.

"이곳의 길은 매우 복잡하게 얽혀 있는데, 제대로 찾을 수 있겠소?"

"다행히 두 고수가 길을 가르쳐줬는데 누군지는 모르겠어요. 상대방이 얼굴을 보인 적이 없거든요."

완안강은 잠시 신음 소리를 내더니 말했다.

"혹시 다시 이곳으로 오다가 장원의 고수에게 발각될지도 모르니 나를 구하고 싶거든 사람 하나를 찾아주시오."

"그 승상이란 사람은 절대 찾아가지 않을 거예요."

"승상이 아니라 내 사부를 찾아달라는 거요."

목염자는 고개를 끄덕여 알았다는 뜻을 보였다.

"내 허리띠를 풀어서 가지고 가시오. 허리띠 금장식의 한 부분에다 칼로 '완안강이 위험에 처해 태호변 귀운장에 있습니다'라고 새겨 소주에서 북쪽으로 30리 떨어진 황산荒山으로 가시오. 거기서 아홉 개의 해골이 쌓여 있는 곳을 찾으시오. 해골은 아래에 다섯 개, 중간에 세 개, 위에 한 개의 모양으로 쌓여 있을 것이오. 이 허리띠를 제일 위의 해골 위에 놓으시오."

목염자는 들을수록 기이하게 여겨져 물었다.

"왜 그렇게 해야 하죠?"

"사부는 두 눈이 안 보이시니 허리띠의 글자를 손으로 더듬어야 나를 구하러 올 것이오. 그러니 글자를 깊게 파야 하오."

"당신의 사부는 장춘 진인 구 도장이 아닌가요? 그분이 눈이 멀었나요?"

"구 도장 말고도 다른 사부가 계시오. 허리띠를 놓은 다음에는 절대 거기 머무르지 말고 즉시 떠나시오. 사부는 성격이 괴팍해서 해골 옆에 다른 사람이 있다는 걸 알면 해치려 들지도 모르오. 사부는 무공이 높아 반드시 나를 구해줄 것이니 당신은 소주 현묘관에서 나를 기다리면 되오."

"그럼 맹세를 하세요. 절대 다시는 그 금국 오랑캐를 부친으로 여기지 않을 것이며, 나라와 백성에게 해로운 행동은 하지 않겠다고 말이에요."

완안강은 불쾌한 기색을 역력히 드러내며 말했다.

"모든 일이 밝혀진 후에 자연히 양심에 따라 행동할 것이오. 이렇게 억지로 맹세를 하는 것이 무슨 소용이오? 나를 구해주고 싶지 않으면 마음대로 하시오."

목염자는 그의 말이 일리가 있다고 생각했다.

"좋아요! 제가 편지 전할게요."

그러고는 그의 허리에서 허리띠를 풀었다.

"그냥 가는 거요? 이리 와서 입맞춤 한 번 해주오."

"안 돼요!"

목염자는 차갑게 소리치며 일어서서 밖으로 나가버렸다. 완안강은 그녀를 그냥 보내고 싶지 않았다.

"만약 사부가 구하러 오기 전에 그들이 나를 죽여버리면 영원히 보지 못할 거 아니오?"

목염자는 마음이 약해져 긴 한숨을 쉬고는 되돌아가 그의 품에 기댔다. 완안강이 목염자의 얼굴에 입맞춤을 했다. 목염자는 가만히 있다가 갑자기 단호하게 말했다.

"앞으로 당신이 좋은 사람이 되지 않는다면 저도 어쩔 수 없어요. 그냥 제 기구한 운명을 탓하고 당신 앞에서 죽어버리겠어요."

완안강은 그녀를 따뜻하게 대하고 달콤한 말들로 속삭이면 필시 마음을 돌려 금인을 가지고 사 승상을 찾아갈 것이라 확신하고 있었다.

게다가 방금 전까지도 자신의 품에서 몸을 떨며 가쁜 숨을 몰아쉬지 않았던가. 분명 마음이 흔들린 것 같았는데 갑자기 단호하게 이런 말들을 하다니 완안강은 어안이 벙벙해졌다. 목염자는 그런 완안강을 내버려두고 밖으로 나갔다. 장원을 나갈 때도 황용이 몰래 길을 알려주어 목염자는 무사히 장원의 외곽 담벼락까지 올 수 있었다.

"선배님이 얼굴을 드러내지 않으시니 소녀, 그냥 여기서 하늘을 보며 감사의 절을 올립니다."

목염자는 말을 마치고 땅에 엎드려 세 번 절했다. 그때 애교 섞인 웃음소리와 함께 청아한 목소리가 들렸다.

"아이, 과분합니다."

깜짝 놀라 고개를 들어보니 하늘엔 별만 총총 빛나고 사람의 그림자는 찾아볼 수 없었다. 목소리는 분명히 황용인데 그녀가 여기 있을 리 없고, 설령 있다 해도 그녀가 장원의 기괴한 길을 어찌 알겠는가. 목염자는 아무리 생각해봐도 풀리지 않는 의혹만을 안은 채 장원을 빠져나갔다.

10여 리 정도 간 다음 큰 나무 아래서 잠깐 휴식을 취하고, 날이 밝자 배를 타고 태호를 건너 소주로 갔다.

소주는 동남쪽의 번화한 도시이다. 항주와는 비교할 수 없지만 비단과 꽃 향기가 물씬 풍기는 아름답고 유서 깊은 고장이다. 남송의 군주인 구안苟安은 강남으로 피신해 북방 백성들이 금인의 창칼 앞에 얼마나 고통스러워하는지 이미 잊고 있었다. 소주와 항주는 풍요로운 고장으로 예부터 "하늘에는 천당이 있고, 땅에는 소주와 항주가 있다上有天堂 下有蘇杭"라는 말이 있을 정도였다.

사실 회하淮河 이남의 모든 재원이 소주와 항주에 집중되어 있었다. 경치와 산수가 빼어날 뿐 아니라 인재들 또한 많이 배출해 중국의 여러 성시城市 중에서 황제가 있는 경성과 견줄 만한 곳이기도 했다.

그러나 이렇게 번화한 경치도 목염자의 눈에는 전혀 들어오지 않았다. 목염자는 으슥한 곳을 찾아 완안강이 부탁한 대로 허리띠에 글자를 새겨 넣었다. 그리고 그가 무사하기만을 바라면서 허리띠를 자신의 몸에 둘렀다.

'이 허리띠를 차는 것은 그가 팔로 나를 껴안는 것과 같아.'

이런 생각이 들자 순식간에 얼굴이 발갛게 달아올랐다. 목염자는 간단하게 국수로 끼니를 때우고 해가 서쪽으로 기울자 완안강이 일러준 대로 북쪽 외곽을 향해 그 '괴팍한 사부'를 찾으러 갔다.

길은 점점 황량해졌다. 해가 서산 너머로 기울고, 멀리서 새들의 울음소리가 들려오자 자신도 모르게 기분이 으스스해졌다. 목염자는 큰길을 벗어나 산속 깊은 계곡으로 들어가 이리저리 길을 헤맸다. 어느새 주위가 컴컴한 암흑으로 변했다. 그러나 완안강이 말한 해골 더미는 어디에도 보이지 않았다.

'부근에 인가를 찾아서 하룻밤 신세를 지고 내일 아침에 다시 찾아보자.'

목염자는 사방을 둘러보았다. 저 멀리 서쪽 산 근처에 집 한 채가 보였다. 그녀는 안도의 한숨을 쉬며 발걸음을 재촉했다. 가까이 가보니 그곳은 폐허가 된 사당이었다. 문 앞에는 토지묘土地廟라고 쓰여 있는 현판이 부서진 채 걸려 있었다. 살짝 문을 밀자 퍽, 하는 소리와 함께 문이 쓰러지며 먼지가 풀썩 일었다.

사당은 오랫동안 사람이 살고 있지 않은 듯했다. 사당 안에는 토지대장군과 토지여장군이 거미줄과 먼지로 뒤덮여 있었다. 그녀는 제사용 긴 상을 잡고 힘껏 상다리를 쪼갰다. 탁자는 그런대로 쓸 만해 풀로 깨끗이 닦고 싸온 음식을 그 위에 풀었다. 그리고 보따리를 베개 삼아 탁자 위에 누워 잠을 청했다.

마음이 평안해지니 다시 완안강이 생각났다. 그의 사람됨을 떠올리면 너무나 마음이 아프고 부끄러웠지만, 그의 부드러운 행동을 생각하면 자신도 모르게 다시 마음이 녹아내렸다. 그녀는 이런저런 생각을 하며 뒤척이다 2경이 되어서야 잠이 들었다.

깊은 잠에 취해 있는데 밖에서 이상한 소리가 들렸다. 얼른 문 쪽으로 달려가 밖을 살펴보았다. 하얀 달 아래 수천 마리의 청사가 꿈틀거렸고, 비릿한 냄새가 문틈으로 스며 들어와 구역질이 났다. 어찌할 바를 모르고 있는데 청사의 수가 점점 줄어들더니 갑자기 발소리가 들렸다. 세 명의 흰옷을 입은 남자가 손에 긴 막대기를 들고 뱀 무리 끝에 서 있었다. 그녀는 얼른 문 뒤로 숨고는 들킬까 봐 감히 내다보지 못하고 숨을 죽였다. 발소리가 차츰 멀어졌다. 조심스레 다시 내다보니 뱀의 무리는 이미 사라지고 다시 황량한 산야에 고요함이 찾아왔다. 한바탕 꿈을 꾼 듯 방금 두 눈으로 목격한 것이 꿈인지 현실인지 분간할 수가 없었다.

천천히 문을 열고 사방을 두리번거리며 방금 뱀이 지나간 길로 몇 걸음 가보았다. 그러나 흰옷의 남자들은 어디에도 보이지 않았다. 그제야 안도하며 돌아서려는데 멀리 바위 위에서 흰색의 무언가가 달빛에 어른거렸다. 이상한 생각이 들어 살금살금 가까이 다가갔다.

"앗!"

하얀 물체를 확인하는 순간 목염자는 짤막한 비명을 내질렀다. 해골이 가지런히 쌓여 있었던 것이다. 아래 다섯 개, 중간에 세 개, 위에 한 개, 정확히 아홉 개였다. 바로 이 장소에서 하루 종일 해골을 찾아 헤맸는데 그때는 보이지 않더니 깊은 밤이 되어서야 나타난 것이다. 그 모양이 실로 괴이했다. 완안강의 허리띠를 해골의 맨 꼭대기에 올려놓으려는데 손이 부들부들 떨려 움직이질 않았다. 용기를 내어 해골을 더듬는데, 하필 다섯 손가락이 해골 머리에 뚫린 다섯 개 구멍에 끼고 말았다. 마치 해골이 입을 벌리고 다섯 손가락을 물어버린 것 같았다. 너무 놀라 손을 황급히 뿌리쳤으나 좀체 떨어지지 않았다.

"으악!"

그녀는 비명을 지르며 도망갔다. 세 걸음이나 뗐을까, 갑자기 지레 겁먹고 도망가는 자신이 우스워졌다. 다시 허리띠를 세 개의 해골 위에 놓고 해골 하나를 그 위에 올려놓았다.

'그의 사부는 참 이상한 분이군. 어떤 분인지는 모르겠지만 분명 무시무시하게 생겼을 거야.'

그녀는 마음속으로 기도를 했다.

'완안강의 사부님, 부디 허리띠를 보시고 속히 그를 구해주세요. 그가 개과천선해 좋은 사람이 되도록 타일러주세요.'

온몸이 철사에 감긴 채 쇠고랑과 족쇄를 차고 있는 모습과 평소의 늠름한 모습이 겹쳐 떠올랐다. 심금을 울리는 그의 다정한 목소리를 생각하고 있는데, 갑자기 뒤에서 누군가가 어깨를 툭 쳤다.

"헉!"

대경실색한 그녀는 감히 고개를 돌리지 못하고 오른발을 굴러 몸을 솟구쳤다. 그러나 몸을 돌리자마자 다시 뒤에서 누군가가 어깨를 툭툭 쳤다. 그녀는 연달아 대여섯 번 몸을 돌렸으나 등 뒤에 있는 사람을 확인할 수 없었다. 사람인지 귀신인지 알 수 없었다.

"누구세요?"

목염자가 말뚝처럼 굳어 있는데 등 뒤에 있는 사람이 바싹 다가오더니 그녀의 목에 코를 대고 냄새를 맡았다.

"좋은 향기군. 내가 누군지 맞혀봐라."

목염자가 급히 몸을 돌려보니 유생 복장을 하고 손에 부채를 든 사나이가 서 있었다. 바로 연경에서 자신의 의부를 죽음으로 몰아넣은 원수, 구양극이었다. 그녀는 분노가 치밀었으나 자신이 적수가 안 된다는 것을 알고 바로 달아났다. 그러나 분명히 뒤에 있던 구양극이 어느새 앞을 가로막고 서서 두 팔을 벌린 채 웃으며 기다리고 있었다. 몇 걸음 더 내달리면 바로 그의 품에 안길 판국이었다. 목염자는 급히 왼쪽으로 방향을 바꿔 죽을힘을 다해 달렸으나 여전히 그에게서 벗어나지 못했다.

구양극은 아연실색하는 그녀를 보고 재미있는지 더욱 득의양양했다. 고양이가 쥐를 잡았다 풀어주었다 하며 장난을 치듯 실컷 이 상황을 즐기려는 듯했다. 목염자는 허리에서 유엽도柳葉刀를 꺼내 그의 머리를 겨냥하며 달려들었다. 구양극이 웃으며 말했다.

"이런, 무력을 사용하시겠다?"

그는 웃으며 몸을 옆으로 살짝 틀더니 오른손으로 그녀의 팔을 잡아 밖으로 꺾고 왼손으로 허리를 안았다. 목염자는 발버둥 쳤으나 벗어날 수가 없었다.

구양극은 경박하게 웃으며 말했다.

"나를 사부로 섬기면 풀어주고, 무공도 전수해주마. 나랑 지내다 보면 아마 나중엔 네가 날 껴안고 놓아주지 않으려 할 거다."

구양극은 목염자를 한 팔로 꼼짝 못 하게 꼭 껴안고는 오른손으로 목염자의 얼굴이며 목덜미를 부드럽게 쓰다듬었다. 목염자는 소름이 끼쳐 어찌할 바를 모르다 그만 기절해버리고 말았다. 잠시 뒤, 차츰 정신이 돌아왔다. 온몸에 뻐근한 통증이 느껴졌고, 누군가 자신을 안고 있는 것 같았다. 무의식중에 다시 완안강의 품에 돌아간 것 같아 기쁜 마음을 감출 수가 없었다. 천천히 눈을 떴지만, 자신을 안고 있는 사람은 완안강이 아니라 구양극이었다. 수치심과 분노를 느낀 목염자는 있는 힘껏 몸부림을 치며 일어나려 했으나 꼼짝도 하지 못했다. 입에는 이미 재갈이 물려 있어 소리를 지를 수도 없었다.

퉁소 부는 남자

정좌를 한 구양극은 매우 긴장하고 초조한 안색이었다. 그의 좌우로는 흰옷을 입은 여덟 명의 여자들이 손에 무기를 들고 앉아서 비장한 표정으로 흰 해골 무덤을 응시하고 있었다. 그들이 귀신을 쫓는 것인가 하고 기이하게 여기며 고개를 돌리는 찰나, 목염자는 놀라서 혼이 달아나는 줄 알았다. 구양극의 몸 뒤에 헤아릴 수 없이 많은 청사가 혀를 날름거리며 달라붙어 있었던 것이다. 달빛 아래 수백 개의 붉은 혀가 날름거리며 요동치니 기절초풍할 일이었다. 뱀 무리 가운데에는 좀 전에 보았던 세 명의 흰옷을 입은 남자가 서 있었다. 손에는 긴 막대를 들고 뭔가를 기다리는 듯했다. 목염자는 소름이 끼쳐 고개를 돌려 해골 더미와 달빛에 빛나는 허리띠를 보았다. 순간 뭔가 알 듯 싶었다.

'아, 완안강의 사부를 기다리고 있구나. 표정을 보아하니 진을 치고 복수를 하려는 거야. 완안강의 사부가 혼자 오면 중과부적이라 힘드실 텐데…… 게다가 독사까지 이렇게 많으니…….'

착잡한 심정을 가눌 길이 없었다. 완안강의 사부가 안 왔으면 싶다가도 사부가 출중한 무공을 발휘해 저 나쁜 놈을 처치하고 자신을 구해줬으면 하는 바람도 들었다. 반 시진 정도 지났을까, 달이 점점 높이 떠올랐다. 때때로 고개를 들어 달을 쳐다보는 구양극을 보면서 목염자는 생각했다.

'달이 중천에 떴을 때 오려나보구나.'

달이 소나무 꼭대기에 걸리자 천지가 달빛을 받아 하얗게 물들기 시작했다. 온 산이 풀벌레 소리로 뒤덮고 간간이 멀리서 부엉이 울음소리가 들릴 뿐 고요한 정적이 흘렀다. 구양극은 달을 쳐다보다 목염자를 옆에 있던 여인의 품으로 옮겨놓았다. 그러고는 오른손으로 부채를 꺼내어 들고는 산모퉁이 쪽으로 시선을 고정했다.

'기다리는 사람이 곧 나타날 모양이군.'

그때, 멀리서 날카롭고 소름 끼치는 휘파람 소리가 적막을 깼다. 휘파람 소리가 점점 가까워지더니 사람 그림자가 어른어른 나타나기 시작했다. 머리를 길게 늘어뜨린 여인이었다. 그녀는 절벽을 돌자마자 갑자기 발걸음을 늦췄다. 왼편에 사람이 있다는 것을 눈치챈 것이다.

바로 철시 매초풍이었다. 매초풍은 곽정에게 내공의 비결을 몇 마디 전해 들은 뒤, 밤낮을 가리지 않고 전력으로 내공 연마에 정진했다. 그 결과 한 달 만에 두 다리로 걸을 수 있게 됐으니, 상당한 진전을 본 것이다. 매초풍은 강남육괴가 몽고에서 돌아온 것을 알고 복수를 위해 칼을 갈았다. 그래서 소왕야가 사신으로 나가자 복수하기 위해 그를 따라 강남으로 온 것이다.

그녀는 매일 밤 자정을 기해 비공秘功을 수련해야 하므로 완안강과 함께 배를 타고 있으면 여러모로 불편한 점이 많았다. 그래서 배에서 내려 혼자 육로를 통해 가기로 하고 나중에 소주에서 완안강과 다시 만나기로 약속을 했다. 그러니 완안강이 태호에 잡혀 있다는 것을 알 턱이 없었다. 게다가 구양극이 일전에 옷이 찢긴 치욕을 앙갚음하고 〈구음진경〉을 빼앗기 위해 이곳에서 진을 치고 기다리고 있다는 것은 더더욱 알 턱이 없었다.

절벽을 돌아 나오다 갑자기 사람의 숨소리가 들리자 매초풍은 즉시 발걸음을 멈추고 귀를 기울였다. 그 소리 뒤에 무수히 많은 이상한 소리가 들리기 시작했다.

'귀신 같은 할망구 같으니라고……'

구양극은 부채를 가볍게 흔들며 일어나서 발끝에 내공을 집중시켜 불의의 기습을 하려 했다. 순간, 또 하나의 그림자가 절벽을 돌아 나왔다. 구양극은 즉시 공격 자세를 멈추고 그를 지켜보았다. 크고 마른 체구에 청색 옷을 입고 머리에는 방건(문인이 쓰던 두건)을 쓴 것이 문인의 분위기가 물씬 풍겼다. 그러나 얼굴은 자세히 보이지 않았다. 기이하게도 남자의 발걸음 소리가 전혀 들리지 않았다. 매초풍 같은 고수도 작은 발소리는 숨길 수 없는데, 그 남자는 전혀 발소리를 내지 않던 것이다. 그는 귀신이 걸어오는 듯, 구름이 둥둥 떠가는 듯 소리 없이 구양극을 향해 천천히 다가왔다.

그 남자는 구양극을 한 번 훑어보고 표표히 몸을 옮겨 매초풍 뒤쪽에 섰다. 구양극은 그의 얼굴을 자세히 살펴보고는 소름이 오싹 돋았다. 두 눈동자는 전혀 미동이 없었으며, 얼굴은 사자死者처럼 딱딱하게 굳어 있었다. 얼굴이 흉악하게 생긴 건 아니지만 한 번 보면 오싹 몸서

리쳐지는 그런 얼굴이었다.

구양극은 정신을 바짝 차렸다. 그때, 매초풍이 한 발짝 다가오면서 출수出手하려고 했다. 매초풍이 일단 공격을 하면 치명적 살수가 될 것이 분명하므로 선제공격으로 제압하지 않으면 안 되었다. 구양극이 서둘러 왼손으로 손짓하자 흰옷을 입은 남자 셋이 휘파람을 불며 뱀 떼를 움직였다.

흰옷 입은 여덟 여자는 미동도 하지 않은 채 앉아 있었다. 뱀이 꺼리는 무슨 약을 몸에 발랐는지 청사 떼는 그녀들을 피해 앞으로 기어갔다.

'엄청난 뱀 떼가 몰려오는군. 낭패인걸.'

매초풍은 급히 뒤로 물러났다. 뱀을 부리는 남자들이 긴 막대를 연신 흔들자, 수천 마리의 청사가 천천히 산을 뒤덮으며 몰려들었다. 목염자가 바라보니 매초풍의 얼굴에 당황하는 빛이 역력했다.

'설마…… 저 괴상한 여자가 완안강의 사부란 말인가?'

매초풍은 갑자기 허리에서 긴 철 채찍 같은 것을 뽑아 들고 사방을 후려치기 시작했다. 다행히 이것으로 뱀의 공격을 막을 수는 있었으나 임시방편일 뿐 곧 전후좌우 온통 뱀의 무리에 둘러싸이고 말았다. 휘파람 소리에 따라 뱀 떼는 물밀듯이 더욱 맹렬히 달려들다가 채찍 바람에 사방으로 튕겨 나갔다.

"이 요부야! 나도 네 목숨은 필요 없다. 〈구음진경〉만 내놓으면 이 공자님이 순순히 보내주시겠다."

구양극은 조왕부에서 〈구음진경〉이 매초풍의 손에 있다는 얘길 듣고 탐이 났다. 누가 뭐래도 반드시 〈구음진경〉을 손에 넣어서 중원에

온 목적을 달성해야겠다고 생각했다. 숙부가 아무리 애를 써도 얻지 못한 〈구음진경〉을 자신이 찾아 바친다면 얼마나 기뻐할까 생각하니 더욱 욕심이 났다. 매초풍은 그의 말은 아랑곳하지 않고 더욱 맹렬하게 철 채찍을 휘둘렀다. 은은한 달빛 아래로 은빛 줄기가 사방을 갈랐다.

"언제까지 휘두를 수 있나 보자. 날이 밝을 때까지 기다릴 테니 그때도 버티나 두고 보겠다."

매초풍은 점점 초조해졌다. 이곳에서 빠져나갈 방법을 궁리하며 사방에 귀를 기울여보니 온통 쉭쉭, 뱀 소리밖에 들리지 않았다. 혹시 발을 잘못 디뎠다가 뱀에게 물릴까 두려워 꼼짝할 수가 없었다. 이렇게 가다가는 무공 한번 써보지도 못하고 온몸의 힘이 빠질 것만 같았다. 구양극은 자리에 앉아 잠시 기다린 뒤 의기양양하게 말했다.

"매초풍, 그 비급도 원래는 훔친 것 아니냐! 20년 동안 가지고 있었으면 충분히 우려먹었을 텐데…… 죽어서 그 책을 짊어지고 갈 거냐? 주기 싫다면 나한테 좀 빌려줘도 좋다. 지난날의 불쾌했던 일들은 깨끗이 잊고 서로 친구로 지내자. 그 얼마나 좋은 일이냐?"

"그럼 먼저 뱀을 치워라."

"당신이 비급을 먼저 내놓아야지!"

〈구음진경〉은 죽은 남편의 뱃가죽에 새겨져 있었다. 매초풍은 그것을 자기 생명보다 더 소중히 간직하고 있으니 쉽게 내놓을 리 없었다.

"뱀에게 물린다면 그 즉시 비급을 조각조각 찢어버리겠다."

'나무 위로 올라가면 뱀이 물지 못할 거예요.'

목염자는 이렇게 외치고 싶었지만 입에 재갈이 물린 터라 소리가 나오지 않았다. 게다가 매초풍이 왼쪽에 높은 소나무가 있다는 것을 알 리 없었다.

이대로 가다간 내공이 바닥날 거라고 생각한 매초풍은 손을 품 안에 넣었다 빼면서 외쳤다.

"좋다. 어쩔 수 없군. 와서 가져가거라!"

"이쪽으로 던져라."

"받아랏!"

매초풍은 외치면서 오른손을 휙 내둘렀다.

휙휙휙! 날카로운 소리와 함께 흰옷의 여인 두 명이 쓰러졌다. 매초풍이 던진 건 비급이 아니라 독이 묻은 암기였던 것이다. 구양극은 급히 땅을 구르며 암기를 피했다. 순식간에 온몸에 식은땀이 흘렀다. 놀라 몇 걸음 뒤로 물러나며 화난 목소리로 소리쳤다.

"이 요괴! 절대 너를 살려두지 않겠다."

매초풍이 다시 무형정無形釘 세 개를 번개같이 날렸다. 구양극은 가까스로 피하긴 했지만 매초풍이 암기를 날리는 솜씨에 혀를 내두르며 더욱 마음이 급해졌다. 구양극은 매초풍의 두 손을 노려보다가 채찍을 휘두르는 힘이 약해진 듯하자 바로 뱀을 앞으로 몰았다. 매초풍 둘레에는 죽은 뱀 수백 마리가 쌓여갔지만 셀 수 없이 많은 뱀의 포위를 뚫기란 역부족으로 보였다. 구양극은 그녀의 철 채찍과 암기가 무서워 감히 가까이 다가가지 못했다. 그렇게 반 시진이 흘렀을까, 달이 서쪽으로 기울기 시작했다. 매초풍은 호흡이 거칠어졌다. 채찍을 휘두르는 힘도 처음 같지 않고 채찍이 그리는 원도 점점 좁아졌다.

구양극은 이 틈을 놓치지 않고 뱀을 계속 앞으로 몰아가는 한편 매초풍이 죽기 전에 비급을 찢어버릴까 봐 온 정신을 집중해 지켜보았다. 그녀가 비급을 찢는다면 바로 낚아챌 참이었다. 뱀 떼의 포위가 점점 좁혀오자 매초풍은 품속에 있는 비급을 만졌다. 그녀의 안색은 점점 창백해졌다.

'원수를 갚기도 전에 저 썩어빠진 뱀 떼에 목숨을 잃게 되다니…….'

매초풍이 삶을 포기하려는 절망의 순간, 돌연 허공에서 옥을 굴리는 듯한, 혹은 금쟁을 뜯는 듯한 소리가 들리더니 부드럽고 맑은 퉁소 소리가 길게 울려 퍼졌다. 피비린내가 물씬 풍기는 살겁 현장과는 전혀 어울리지 않는 소리였다. 구양극이 고개를 들어보니 푸른 옷을 입은 그 괴인이 어느새 고송 위에 앉아 퉁소를 불고 있었다. 그것을 확인한 구양극은 놀란 마음을 감출 수가 없었다.

'달이 환하게 비치는 밤에 저 괴인이 나무에 올라간 것을 나처럼 눈 밝은 사람도 알아채지 못하다니……. 게다가 나뭇가지가 바람에 마구 흔들리는데도 마치 평지에 앉아 있는 것처럼 좌정하고 있다니…….'

어릴 때부터 숙부 밑에서 엄격히 수련한 구양극조차 그 경지에 오르려면 20년이 걸려도 이루지 못할 것이다. 그는 인간이 아니라 귀신 같았다.

더욱 놀라운 일은 바로 그다음에 벌어졌다. 끊임없이 울려 퍼지는 퉁소 소리에 구양극은 괜스레 마음이 설레면서 자신도 모르게 얼굴에 미소가 피어올랐다. 그뿐이 아니었다. 온몸에 피가 끓어올라 손발을 휘적거리며 둥실둥실 춤을 추고 싶은 충동이 일었다. 그래야만 뭔가 속이 확 풀릴 것 같았다. 그 충동이 자신의 의지와 상관없이 행동으로 옮겨져 막 팔다리를 움직이려는 순간, 구양극은 자신의 처지를 깨닫고 깜짝 놀라 정신을 가다듬었다.

이때 뱀 떼가 앞다퉈 소나무 아래로 몰려들더니 대가리를 치켜들고 퉁소 소리에 맞춰 몸뚱이를 흐느적흐느적 흔들며 춤을 추었다. 실로 가관이었다. 더욱 볼썽사나운 건 흰옷을 입은 세 남자와 여섯 여자가 모두 나무 아래로 달려가 미친 듯이 춤을 추어대는 모습이었다. 서로 뒤엉켜 춤을 추다가 제각기 자신의 옷을 마구 찢고 손톱으로 얼굴을 할퀴더니 피투성이가 된 얼굴로 헤벌쭉 웃기까지 했다. 영락없는 미치광이들이었다. 통증 같은 건 아예 느끼지 않는 듯했다. 구양극은 대경실색해 그 광경을 바라보았다.

'오늘 고수를 만났구나.'

그는 주머니에서 독을 묻힌 암기 여섯 개를 꺼내 괴인의 머리, 가슴, 배를 향해 있는 힘껏 날렸다. 그러나 그 괴인이 퉁소 끝으로 가볍게 툭 치니 암기가 하나하나 힘없이 떨어지고 말았다. 암기를 피하면서도 퉁소를 부는 입술에는 한 치의 흔들림이 없어 퉁소 소리가 여전히 유유히 울려 퍼졌다. 구양극도 결국은 충동을 참지 못해 부채를 펴고는 덩실 춤을 추려 했다. 다행히 그는 공력이 심후해 결정적인 순간에 동작을 멈췄다.

구양극은 자신의 공력이 아무리 뛰어나다 해도 일단 춤추기 시작하면 상대방이 퉁소를 멈추지 않는 한 죽을 때까지 춤을 추게 된다는 사실을 알고 있었다. 그나마 다행히 한 가닥 정신력이 남아 있어 부채를 편 손을 억지로 움츠렸다. 그는 자신에게 타일렀다.

'빨리 옷을 찢어서 귀를 막자. 퉁소 소리를 듣지 말아야 해.'

그러나 퉁소 소리는 실로 아름답기 그지없어 옷을 찢긴 했지만 차마 귀를 막을 수가 없었다. 놀랍고도 두려워 온몸에 식은땀이 났다. 이 때 좌정을 하고 있는 매초풍이 눈에 들어왔다. 고개를 숙이고 기를 운행하고 있는 것으로 보아 전력을 다해 퉁소 소리의 유혹에서 벗어나려는 것 같았다.

구양극의 첩 가운데 무공이 약한 세 명은 이미 땅에 쓰러져 있었다. 옷을 온통 발기발기 찢어 알몸으로 쓰러져 있으면서도 여전히 퉁소소리에 맞춰 어깨며 엉덩이를 들썩들썩 움직였다.

한편, 목염자는 혈도가 막혀 움직이지는 못했으나 역시 마음이 흔들리며 끓어오르는 욕정을 억제하기 힘들었다. 다행히 손발을 움직일 수 없는 상태라 꼼짝 못 하고 땅에 누워 있었지만 마음은 산란하기 그지없었다.

구양극은 뺨이 붉어지고 가슴이 쿵쿵거리며 입술과 혀가 바짝바짝 말랐다. 〈구음진경〉을 얻기는커녕 목숨을 보존하기도 어렵겠다 생각하니 독한 마음이 생겼다. 혀를 꽉 깨물어 그 통증으로 정신을 바짝 차리자 퉁소 소리의 유혹에서 조금 벗어날 수 있었다. 그 틈을 타 무작정발을 떼어 치달렸다. 단숨에 몇 리쯤 달렸을까, 퉁소 소리가 들리지 않았다. 그제야 마음이 놓였다. 그러나 이미 기진맥진, 마치 중병이라도걸린 것처럼 온몸이 나른했다.

'그 괴인은 누구일까? 도대체 누구란 말인가?'

그의 머릿속엔 오로지 그 생각뿐이었다.

황용과 곽정은 목염자를 보내고 다시 침소로 들어와 잠자리에 들었다. 다음 날 낮에는 태호로 나가 산수를 즐기다가 저녁에 돌아와 장주와 함께 시화를 보며 담소를 나누었다.

목염자가 간 이상 며칠 내로 매초풍이 들이닥칠 것이다. 매초풍의 악랄한 무공에는 귀운장의 어느 누구도 적수가 되지 못할 것이므로 무수히 많은 사람이 다치고 죽을 게 뻔했다. 곽정은 그런 생각으로 마음이 불안해져 황용과 상의했다.

"매초풍이 온다는 사실을 육 장주에게 알려서 완안강을 놓아주라고 하는 게 어떨까? 그러지 않으면 많은 사람이 희생당할 거야."

"안 돼요. 완안강같이 못된 놈은 며칠 더 고생을 해야 해요. 그렇게 쉽게 놓아주면 잘못을 뉘우치지 않을 거라고요."

사실 완안강이 뉘우치든 말든 황용은 전혀 상관없었다. 그가 구처기와 매초풍, 두 악인의 제자인 이상 좋은 사람이 되긴 애초부터 틀린 일이었다. 황용은 다만 그와 계속 싸우는 것에 재미를 느끼고 있었다. 그러면서도 그가 좋은 사람이 되지 않으면 절대 혼인하지 않겠다는 목염자의 말이 내내 마음에 걸렸다. 목염자가 혼인을 하지 않아 다른 사람들이 또 쓸데없이 나서서 곽정한테 떠밀기라도 하면 어쩌나 내심 걱정이 앞섰던 것이다. 이런 생각을 하니 완안강이 뉘우치고 좋은 사람이 되는 게 더 낫겠다는 생각이 들었다.

"매초풍이 오면 어떻게 하지?"

"칠공에게 배운 무공을 한번 시험해봐요."

황용이 고집을 피우면 어느 누구도 꺾을 수 없다는 것을 아는 곽정은 그냥 웃고 받아들이기로 했다. 그리고 속으로 다짐했다.

'육 장주가 우리에게 이토록 잘해주셨으니 위험한 일이 닥치면 온 힘을 다해 보호해드려야겠다.'

이틀이 지났지만 두 사람은 장원을 떠나지 않았다. 육 장주의 예우는 더욱 극진해졌고, 그는 두 사람이 하루라도 더 머물기를 바랐다. 3일째 되는 날 아침, 육 장주와 두 사람이 서재에서 담론을 나누고 있는데 육관영이 황급히 들어왔다. 그의 표정이 심상치 않았다. 뒤에는 장정 한 명이 뒤따르고 있었는데, 그가 들고 있는 나무 상자 안에는 푸른색 보자기에 싸인 물건이 들어 있었다.

"아버님, 방금 어떤 사람이 이 물건을 가지고 왔습니다."

보자기를 푸니 다섯 개의 구멍이 나 있는 하얀 해골 하나가 나왔다. 바로 매초풍의 표식이었다.

곽정과 황용은 매초풍이 언젠가는 찾아오리라 짐작하고 있었던 터라 별로 놀라지 않았다. 그러나 육 장주는 낯빛이 크게 변하더니 떨리는 목소리로 말했다.

"이, 이건…… 누가 가져온 것이냐?"

육관영도 괴이하게 생각하긴 했지만 무공이 높고 대담한 성격에 태호 협객의 우두머리로서 위엄이 대단했던지라 그 일을 전혀 마음에 담아두지 않은 터였다. 그런데 부친이 이처럼 안색이 창백해질 정도로 대경실색하는 것을 보고 뜻밖이라는 듯 대답했다.

"방금 어떤 사람이 상자 안에 담아서 가지고 왔는데, 하인은 그저 보통 선물이라 생각하고 돈을 조금 주어 돌려보내고 자세히 묻지는 않았답니다. 제가 방에 들어가 상자를 열어보니 이 물건이 들어 있어 급히 가지고 온 사람을 찾았으나 이미 보이지 않았습니다. 아버님, 도대체 무슨 일입니까?"

육 장주는 대답을 하지 않고 해골 위에 난 다섯 구멍에 손가락을 넣어보았다. 손가락은 구멍에 딱 맞았다.

"이 다섯 개의 구멍은 손으로 뚫은 것 같은데…… 손가락 힘이 이렇게 강하단 말입니까?"

육관영이 놀라 묻자, 육 장주는 고개를 끄덕이더니 깊은 한숨을 내쉬었다.

"귀중품을 챙기라 이르고, 서둘러 네 어머니를 무석성無錫城의 북쪽 장원에 모셔라. 각 채주에게 명해 3일 동안 누구도 각 채에서 한 발짝도 떠나지 못하게 해라. 귀운장에 무슨 일이 생겨도, 설사 불이 나거나 포위된다 하더라도 구하러 와서는 안 된다고 명하라."

아버지의 분부에 육관영은 더욱 의아했다.

"도대체 무슨 일입니까?"

육 장주는 처연하게 웃고는 곽정과 황용에게 말했다.

"두 분과 우연히 만났으나 오랜 친구처럼 뜻이 통해 더 오래 머물게 하고 싶었습니다. 그러나 예전에 사악한 두 사람과 원수진 일이 있어 그들이 곧 원수를 갚으러 올 것 같습니다. 두 분은 여기 더 머무르시면 위험합니다. 그뿐만 아니라 귀운장에도 큰 화가 미칠 것 같습니다. 다행히 목숨을 구하게 된다면 훗날 다시 만날 날이 있겠지요. 그러나…… 그건 덧없는 바람일 겁니다."

그는 쓴웃음을 지으며 고개를 내젓더니 서동에게 일렀다.

"황금 40냥을 가져오너라."

서동은 황금을 가지러 가고, 육관영은 더 이상 묻지 않고 밖으로 나가 부친의 명대로 지시를 했다. 잠시 뒤, 서동이 황금을 가지고 오자 육 장주는 그것을 받아 두 손으로 곽정에게 건넸다.

"저 황 낭자는 재색을 겸비한 보기 드문 처자인데, 곽 형께서는 천하 제일의 배필을 얻으셨구려. 이건 나의 작은 성의요. 훗날 두 분이 혼례를 치를 때 드릴 선물을 미리 주는 겁니다."

황용의 뺨이 붉어졌다.

'역시 예리한 눈을 가졌군. 진작부터 내가 여자라는 걸 알고 있었어. 근데 나와 곽정 오빠가 아직 혼례를 올리지 않았다는 건 어떻게 알았을까?'

인사치레에 서투른 곽정은 그저 고맙다는 말만 하고 선물을 받았다. 육 장주는 탁자 옆의 자기로 된 병을 거꾸로 들어 붉은 환약 수십 알을 꺼내더니 비단 종이로 쌌다.

"난 다른 재주는 없고 단지 지난날 사부님에게 약재 만드는 법을 배운 적이 있소. 이 환약을 복용하면 무예가 증진될 뿐 아니라 수명도 길어질 거요. 이렇게 서로 알게 된 데 대한 나의 작은 성의라 생각하고 받아주십시오."

환약을 꺼낼 때 코끝에 풍겨오는 상쾌한 향기를 맡고 황용은 그게 바로 구화옥로환九花玉露丸이라는 것을 알 수 있었다. 황용은 예전에 부친을 도와 아홉 종류의 꽃잎에서 맑은 새벽 이슬을 모은 적이 있었다. 이 환약을 제조하려면 천시天時와 절기를 맞추어야 하고, 엄청난 노력과 시간이 필요했다. 이처럼 수십 알의 구화옥로환을 만들려면 얼마나 많은 노력이 필요한지 황용은 너무나 잘 알고 있었다.

"구화옥로환은 제조하기가 매우 까다롭다고 알고 있습니다. 저희 두 사람은 두 알만 받아도 충분합니다."

육 장주의 얼굴에 놀라운 기색이 어렸다.

"낭자는 어찌 이 약의 이름을 알고 있소?"

"어릴 때 병약했는데 한 고승이 저에게 세 알을 주어 먹고 나았습니다. 그런 연유로 알게 되었습니다."

육 장주는 처연히 미소를 지었다.

"두 분은 사양하지 마시오. 어차피 남겨두어봤자 소용없을 것이니……."

그는 이미 죽을 결심을 하고 있었던 것이다. 황용은 더 이상 말하지 않고 공손히 받았다.

"배를 준비해두었으니 속히 호수를 건너시오. 도중에 혹시 어떤 괴인을 만나거든 알은체하지 마시오. 어서 서두르세요."

곽정은 남아서 돕겠다는 말을 하고 싶었으나 황용이 연신 눈짓을 보내는 바람에 어쩔 수 없어 고개를 끄덕였다. 황용은 육 장주의 표정을 살피며 입을 열었다.

"소녀, 무지몽매해 여쭙고 싶은 말이 있습니다."

"말씀하시지요."

"무서운 적이 복수를 위해 온다는 것을 아시고도 어찌 피하지 않으십니까? 옛말에 군자는 눈앞의 손해를 그대로 당하지 않는다는 말도 있지 않습니까?"

"후!"

육 장주는 한숨을 내쉬더니 말을 이었다.

"그 두 사람 때문에 얼마나 고통스러웠는지 모릅니다. 반신불수가 된 것도 그놈들 때문이지요. 20년 동안 몸이 불편해 복수를 하러 찾아다니지 못했는데, 오늘 이렇게 제 발로 찾아온다니 죽기 살기로 결판을 낼 겁니다. 게다가 그놈들은 우리 사부를 욕되게 했으니 나보다 사부의 원수를 갚는 것이 더 우선이죠. 사문의 원수를 그대로 둘 수는 없습니다. 그들을 이기는 건 바라지도 않습니다. 단지 싸우다가 함께 동귀어진할 수만 있다면 사부님의 은혜에 보답하는 것이겠지요.”

'왜 두 사람이라고 하는 거지? 아, 동시 진현풍이 아직 살아 있는 줄 아는 모양이구나. 그런데 어쩌다 그 두 사람과 원수가 된 거지? 그야 육 장주의 일이니 자세히 알 필요 없고, 다른 게 궁금한걸.'

황용은 생각을 굴리며 다시 물었다.

“육 장주, 제가 남장한 걸 알아본 것은 그럴 수 있다고 치고⋯⋯. 저희 두 사람이 혼례를 올리지 않은 건 어떻게 아셨나요? 전 오빠와 늘 한방에 동침하지 않았습니까?”

황용의 이 질문에 육 장주는 당혹스러웠다.

'아직 처녀라는 걸 설마 내가 못 알아볼까 봐⋯⋯. 근데 이걸 어떻게 설명하지? 이 낭자는 시서와 그림, 여러 방면에 정통했으면서도 이 방면에 대해선 완전히 백치구먼.'

어떻게 대답할지를 고민하고 있는데 육관영이 방으로 들어와 소리를 낮추어 말했다.

“분부하신 대로 전했습니다. 그러나 장, 고, 왕, 담 네 명의 채주는 무슨 일이 있어도 가지 않겠다고 버티고 있습니다. 자신들의 머리를 벤다고 해도 끝까지 남아서 귀운장을 지키겠다고 합니다.”

육 장주는 탄식했다.

“정말 보기 드물게 의리 있는 자들이군! 좋아, 그럼 우선 이 두 분을 전송해드려라.”

황용과 곽정은 육 장주에게 예를 갖추어 작별 인사를 하고, 육관영의 안내를 받아 장원을 떠났다. 하인이 홍마와 나귀를 이미 배에 매어놓았다. 곽정은 황용의 귀에 대고 소곤거렸다.

"배를 탈 거야?"

황용이 소곤소곤 대답했다.

"한 바퀴 돌았다가 다시 와요."

그러나 육관영의 머릿속에는 서둘러 손님을 보내고 적의 공격에 대비해야겠다는 생각뿐이라 두 사람이 소곤거리는 말은 전혀 귀에 들어오지 않았다. 곽정이 배에 막 오르려는데, 저 멀리서 어떤 사람이 빠른 걸음으로 걸어오는 것이 보였다. 머리에 큰 독을 이고 있는 모양이 실로 괴이하기 짝이 없었다.

그 괴인은 걸음을 멈추지 않고 계속 걸어왔다. 그는 백발노인으로 황색 단삼을 입고 오른손에는 큰 부채를 들었는데, 한줄기 바람인 양 표연히 빠른 걸음으로 다가왔다. 그가 이고 있는 독은 쇠로 만든 철 독인데, 족히 수백 근은 됨 직했다. 괴인이 세 사람을 완전히 무시하고 육관영 옆을 지나다가 몸이 약간 기우뚱하는 바람에 머리에 인 독에서 물이 조금 쏟아졌다. 독 안에는 물이 가득 차 있었던 것이다. 물의무게만도 족히 100~200근은 돼 보였다. 그런 무게를 머리에 짊어지고도 전혀 아무렇지 않게 걷고 있으니, 무공이 실로 대단한 자임에 틀림없었다.

육관영은 가슴이 서늘해졌다.

'설마 저 노인이 아버지의 원수란 말인가?'

그는 급히 노인의 뒤를 따라갔다. 곽정과 황용도 서로 눈빛을 주고

받더니 그의 뒤를 따랐다. 곽정은 여섯 사부가 가흥 취선루에서 구처기와 무예를 겨룰 때, 구처기가 동銅으로 만든 독을 들고 왔다고 말한 기억이 떠올랐다. 당시 사부들이 묘사한 구처기의 독은 지금 괴노인이 이고 온 철 독보다 작았다. 곽정은 내심 놀랐다.

'그럼 이 노인의 무공이 장춘자 구처기보다 위란 말인가!'

노인은 계속 걸어갔다. 약 1리 정도 걸어간 그는 강변에서 걸음을 멈췄다. 사방은 온통 무덤뿐이었다.

'이곳엔 다리가 없으니 강줄기를 따라 동쪽으로 가든지, 아니면 서쪽으로 가겠군.'

육관영의 이런 생각을 비웃기라도 하듯 노인은 곧장 강물 속으로 걸어 들어갔다. 강물은 꽤 깊었다. 한데 노인은 한 치의 기울어짐도 없이 종아리까지만 물에 잠긴 상태에서 미끄러지듯 가볍게 강을 건너 맞은편 둑으로 올라갔다. 노인은 철 독을 강변 너머 풀밭에 내려놓았다. 그러더니 이번엔 몸을 날려 물 위에 사뿐히 내려서곤 마치 평지에서 걷듯 수면을 한 발 한 발 딛고 다시 이쪽으로 걸어왔다.

황용과 곽정은 윗사람들에게 각 문파의 무공에 대해 수없이 많이 들어보았지만 철 독을 머리에 이고 물을 건너는 무공에 대해선 들어본 적이 없었다. 물 위를 걷는다는 수상비水上飛 같은 경공술은 그저 과장된 이야기인 줄로만 알았다. 그런데 지금 직접 눈으로 봤으니 믿지 않을 수 없었다. 노인의 무공에 탄복할 따름이었다.

노인은 백발을 쓸어넘기고는 호탕하게 웃어젖히더니 육관영을 보며 말했다.

"자네가 태호 영웅들의 수장인 육 소장주인가?"

육관영은 고개를 숙여 대답했다.

"과찬이십니다. 한데 태공太公의 존함은 어떻게 되십니까?"

노인은 대답하지 않고 황용과 곽정을 가리켰다.

"자네들도 이리 오게."

얼른 고개를 돌린 육관영은 그제야 곽정과 황용이 뒤따라온 것을 알고 흠칫 놀랐다. 육관영은 경공술이 뛰어난 곽정과 황용이 전혀 소리를 내지 않은 데다 기괴한 노인에게 온통 정신이 팔린 나머지 두 사람이 따라오는 것을 전혀 눈치채지 못한 것이다. 곽정과 황용은 예를 갖추어 절을 한 뒤 동시에 말했다.

"후배가 태공께 인사 올립니다."

노인은 허허 웃었다.

"그만, 인사는 무슨……."

그러면서 육관영을 보며 말했다.

"여긴 얘길 나눌 만한 데가 못 되니 어디 앉을 곳을 찾아볼까?"

노인이 신분을 밝히지 않자 육관영은 불안했다.

'이자가 아버지의 원수인지 아닌지 알 수가 없군.'

육관영은 망설이다 단도직입적으로 물었다.

"태공께서는 제 가친을 아십니까?"

"육 장주 말인가? 직접 본 적은 없네."

육관영은 그가 거짓말하는 것은 아니라 생각하며 다시 물었다.

"가친이 오늘 이상한 선물을 받았습니다. 태공께서는 그 일을 아시는지요?"

"이상한 선물이라니?"

"다섯 개의 구멍이 뚫려 있는 죽은 자의 해골입니다."

"기이한 일이군. 누가 영존令尊에게 장난을 친 게 아닌가?"

'이 사람의 무공은 예측하지 못할 정도로 심오해. 이런 사람이 아버지에게 복수를 하려 한다면 분명 정정당당하게 찾아올 것이다. 구태여 거짓말을 할 이유가 없지. 그렇다면 장원으로 초대를 해야겠군. 그가 도와준다면 아무리 무서운 적이 와도 두렵지 않을 거야.'

여기에 생각이 미치자 자신도 모르게 만면에 희색이 돌았다.

"태공께서 개의치 않으신다면 저희 장원으로 모시고자 합니다."

노인은 잠시 생각하더니 대답했다.

"그것도 괜찮겠구먼."

육관영은 크게 기뻐하며 공손하게 노인을 모셨다. 노인은 곽정과 황용을 가리키며 말했다.

"저들도 일행인가?"

"저 두 분은 가친의 친구이십니다."

노인은 더 이상 알은체하지 않고 의젓하게 걸음을 옮겼고, 황용과 곽정도 뒤를 따랐다. 귀운장에 도착하자 육관영은 노인을 전청前廳에 모시고 급히 부친에게 고하러 들어갔다. 잠시 뒤 대나무 의자에 앉아 있는 육 장주를 하인 둘이 짊어지고 왔다. 육 장주는 노인에게 읍을 하고 말했다.

"귀한 손님이 오신 줄 모르고 마중하지 못했습니다. 실례를 용서하십시오."

노인은 몸을 약간 굽히기만 할 뿐 맞절은 하지 않고 냉랭하게 말했다.

"육 장주, 괜찮소이다."

"태공의 존함을 여쭈어도 되겠습니까?"

"성은 구裘이고, 이름은 천인千仞이라 하오."

육 장주는 크게 놀라 물었다.

"그럼 바로 그 강호에서 철장수상표鐵掌水上漂라 불리는 구 선배님이십니까?"

구천인이 미소를 짓고는 대답했다.

"기억력이 좋으시구려. 내 별호까지 알고 계시다니. 이미 20여 년 동안 강호에 나타나지 않아 모두 나를 잊어버린 줄 알고 있었소."

철장수상표는 20년 전만 해도 강호를 떨게 만든 이름이었다. 육 장주가 알기로 구천인은 남철장방南鐵掌幫의 방주로서 호북, 호남, 광동, 광서 지역을 장악했다. 그런데 후에 어떤 연유에서인지는 몰라도 돌연 자취를 감추어 오늘날까지 나타나지 않았으니, 강호의 젊은 후배들은 그의 이름을 알지 못했다. 그런 그가 갑자기 나타났으니 놀랄 수밖에 없었다.

"구 선배님이 이곳까지 왕림해주시다니…… 무슨 연유이신지요? 제 처소가 필요하시다면 얼마든지 쓰십시오."

구천인은 수염을 어루만지며 웃었다.

"그리 대단한 일은 아니오. 그저 이 노인네가 마음이 약해서…… 풍진 세상에 아직 미련을 버리지 못한 모양이오. 음, 우선 조용한 곳에서 연공을 좀 해야겠소. 자세한 이야기는 저녁에 천천히 합시다."

구천인은 전혀 악의가 없어 보였지만, 육 장주는 여전히 마음을 놓지 못했다.

"혹시 길에서 흑풍쌍살을 만나셨는지요?"

"흑풍쌍살? 그 악귀들이 아직도 살아 있단 말이오?"

육 장주는 이 말을 듣자 크게 안심이 되었다.

"영아, 선배님을 어서 서재로 모시고 가거라."

구천인은 일일이 고개를 숙여 인사를 하고 육관영을 따라 나갔다. 육 장주는 구천인의 무공은 본 적이 없지만 그 명성은 익히 들어 알고 있었다. 예전에 동사, 서독, 남제, 북개, 중신통 다섯 사람이 화산에서 무공을 겨룰 때 그를 초대했으나 급한 일이 생겨 약속을 지키지 못했다. 그러나 초대를 받았다는 것만으로도 그의 무공이 비범하다는 사실을 알 수 있었다. 설령 그 다섯 사람을 뛰어넘지는 못한다 해도 거의 그들과 맞먹는 무공을 지니고 있을 것이다. 그런 그가 여기에 왔으니 흑풍쌍살이 더 이상 두렵지 않았다. 육 장주는 곽정과 황용에게 말했다.

"두 분, 아직 가시지 않았으니 다행이오. 구 선배님은 범인이 따라갈 수 없는 실로 대단한 무공을 지니신 분이오. 그런 분이 오늘 오셨으니 어떤 강적인들 두렵겠소? 두 분은 침소에 가셔서 쉬시오. 나오지만 않으면 아무 일 없을 거요."

"전 구경하고 싶어요. 안 될까요?"

황용의 말에 육 장주는 잠시 생각에 잠겼다.

"적의 수가 많으면 두 분이 다칠지도 모르오. 좋소, 그럼 내 뒤에 꼭 붙어 있도록 하시오. 구 선배님이 계시니 오합지졸이 와도 상대가 안 될 것이오."

황용은 손뼉을 치며 신나 했다.

"전 싸움 구경하는 게 제일 좋아요. 일전 금의 소왕야를 혼내줄 때도 정말 재미있었어요."

"이번에 오는 자는 바로 소왕야의 사부이니 무공이 훨씬 높을 거요. 그래서 걱정을 하는 거요."

"어, 어떻게 아세요?"

"황 낭자, 무공에 관한 것이라 아마 잘 모를 것이오. 금의 소왕야가 손가락으로 내 아들의 종아리를 찔렀잖소? 그것은 손가락으로 해골에 다섯 개의 구멍을 뚫은 것과 같은 무공이오."

"아, 이제 알겠어요. 왕헌지王獻之의 글자는 왕희지王羲之가 전수한 것이고, 왕희지는 위 부인衛夫人에게 전수받았지요. 또 위 부인은 종요種繇를 사부로 두었고요. 전문가들은 어느 일파의 서화인지 척 보면 알 수가 있지요. 이것과 같은 이치군요."

"낭자는 참으로 영특하군요. 하나를 말하면 열을 아니……."

황용은 곽정의 손을 잡아끌며 말했다.

"우리, 흰 수염 노인이 어떤 무공을 연마하는지 보러 가요."

육 장주는 놀라 만류했다.

"아니 되오. 그분을 방해하지 마시오."

"괜찮아요."

황용은 웃으며 밖으로 나갔다. 육 장주는 몸이 불편해 의자에 앉아 있을 수밖에 없었으나 심기가 불편했다.

'저 낭자는 장난이 지나치군. 무공을 몰래 훔쳐봐서는 안 되는 것인데…….'

그는 하인에게 의자를 들라고 명했다. 그리고 황용을 말리기 위해 서재로 향했다. 그러나 두 사람은 벌써 허리를 굽히고 창호지 문틈 사이로 방안을 들여다보고 있었다. 황용은 하인의 발걸음 소리를 듣고 급히 몸을 돌려 소리를 내지 말라는 듯 손을 입에 갖다 대고는 육 장주에게 오라는 손짓을 했다.

육 장주는 내키지 않았으나 황용이 행여 소리를 내서 구천인에게 들킬까 봐 하인에게 조용히 하라 이르고 부축을 받으며 가까이 갔다. 황용이 손가락으로 뚫어놓은 창호지 틈새로 들여다보니, 구천인은 정좌를 하고 두 눈을 꼭 감은 채 입에서 흰 연기를 계속 뿜어내고 있었다. 기이한 일이 아닐 수 없었다.

육 장주는 무학명가武學名家의 제자로서 일찍이 사부를 따라 무공을 익힐 때 각 문파의 무학에 대해 들은 적이 있었다. 그러나 입에서 연기를 뿜는 무공에 대해서는 들어본 적이 없었다. 육 장주는 감히 계속 보지 못하고 곽정의 소매를 끌며 엿보지 말라고 손짓했다. 곽정은 육 장주의 뜻에 따랐다. 다른 사람의 비밀을 몰래 훔쳐보는 것이 마음에 걸렸던 터라 즉시 몸을 일으켜 황용의 손을 잡아끌어 안채로 돌아왔다.

황용이 웃으며 말했다.

"그 노인은 참 재미있네요. 배 속에다가 불을 때다니……."

"낭자가 몰라서 하는 말이오. 그것이야말로 아주 대단한 내공이오."

"그럼 입에서 불을 뿜어 사람을 태워 죽일 수도 있단 말인가요?"

황용은 일부러 무공에 문외한인 것처럼 보이려고 말했다. 그러나 내심으로는 구천인의 대단한 내공에 경탄하고 있었다.

"불을 뿜지는 못하지만 실로 대단한 내공임에는 틀림이 없소. 아무렇게나 꽃잎을 뜯어 던져도 사람을 살상할 수 있을 거요."

"아, 꽃을 뜯어 사람을 때린다碎拚花打人는 뜻인가요?"

황용이 웃으며 말하자 육 장주는 미소를 띠었다.

"실로 재치가 넘치시오."

당나라 때 어느 이름 모를 사람이 지은 〈보살만菩薩蠻〉이란 사에 이런 구절이 있다.

진주를 머금은 목단이 피어 있는데 미인이 뜰 앞을 지나가네.

웃음을 머금고 단랑에게 묻네.

"꽃이 예쁜가요, 소첩이 예쁜가요?"

단랑은 일부러 약 올려주려고 대답하네.

"꽃이 더 좋소."

미인은 교태를 부리며 꽃을 뜯어 사람을 때리니…….

牡丹含露眞珠顆 美人折向庭前過

含笑問檀郎 花强妾貌强

檀郎故相惱 須道 花枝好

一向發嬌嗔 碎拚花打人

이 사는 당시 유행해 널리 퍼졌다. 뒷날 한 요부가 남편의 두 다리를 분질러버린 사건이 일어났는데, 당 선종宣宗이 이를 듣고 재상에게 웃으며 이렇게 말했다고 한다.

"이것이 꽃을 뜯어 사람을 때리는 것 아닌가?"

황용은 바로 이 전고典故를 인용한 것이다.

육 장주는 구천인의 무공을 보고 마음이 놓였다. 육관영에게 호수와 각처에 사람을 보내 지키다가 수상한 자를 보면 즉시 예를 갖추어 모시라 했다. 또한 장원의 대문을 활짝 열어놓고 손님을 맞이하라 명했다. 저녁 무렵이 되었다. 귀운장에는 수십 개의 촛불이 낮처럼 장원을 밝히는 가운데 연회 자리가 마련되었다.

육관영은 직접 구천인을 모셔 상석에 앉혔다. 곽정과 황용은 그다음 자리에 앉고, 육 장주와 육관영은 제일 아랫자리에 앉아 손님을 접대했다. 육 장주는 구천인에게 술을 따르며 그의 내력에 대해서는 감히 더 묻지 못하고 중원의 풍토며 세상사 등을 이야기했다. 술자리가 얼큰하게 달아오르자 구천인이 말했다.

"육 아우, 귀운장은 태호 영웅의 핵심이고 아우의 무공 또한 범상하지 않다고 들었네. 여기서 한 수 보여주시게."

"어찌 감히 선배님 앞에서 보잘것없는 무공을 보이겠습니까? 게다가 이미 불구가 된 지 오래라 사부님께 전수받은 약간의 무공마저 손 놓은 지 꽤 됩니다."

"사부님이 누구신가? 혹시 내가 알지도 모르겠네."

육 장주는 긴 한숨을 내쉬더니 안색이 창백해졌다. 잠시 후 말을 이었다.

"이 어리석은 후배는 사부님의 뜻을 받들지 못해 사문에 들지 못했습니다. 말하자면 부끄럽기 짝이 없고, 사부님의 고귀한 이름에 누가 될까 두려우니 이해해주십시오."

육관영은 그제야 아버지의 무공 내력을 알게 되었다.

'아버지는 사문에서 축출당하셨구나. 그래서 무공을 한 번도 보이지 않으셨던 거야. 나조차도 아버지가 무학의 고수라는 것을 몰랐으니……. 만약 그날 금나라 개가 나를 다치게 하지 않았더라면 아버지는 평생 출수하지 않으셨을 거야. 일평생 커다란 한을 안고 사셨겠지…….'

그렇게 생각하니 육관영은 마음이 너무 아팠다. 구천인이 말했다.

"아우는 중후한 나이에 태호 영웅의 수장이니 기회를 봐서 이름을 한번 크게 떨쳐보는 게 어떠한가? 예전에 무슨 일이 있었는지 몰라도 그 오명을 벗고 자네를 축출한 사문의 선배들을 후회막급하게 만들어보게나."

"전 몸이 불구인 데다 덕도, 능력도 없습니다. 선배님의 가르침은 귀히 받겠으나, 실로 제 능력 밖의 일입니다."

"아우는 너무 겸손하시군. 나에게 좋은 생각이 있는데, 아우의 의견은 어떠한지 모르겠네."

"선배님께서 깨우쳐주십시오."

구천인은 웃음을 짓더니 음식만 먹을 뿐 더 이상 입을 열지 않았다. 육 장주는 20년 동안이나 종적을 감췄던 그가 지금 갑자기 나타난 데는 필시 이유가 있을 거라 짐작하고 있었다. 그러나 어려운 손님이라 감히 캐묻지는 못하고 그가 스스로 말할 때까지 기다릴 수밖에 없었다.

"아우가 사문을 밝히지 않겠다면 굳이 강요하지 않겠네. 귀운장이 확고한 명성을 얻은 것을 보면 필시 명문의 제자일 거라고 짐작하네."

"귀운장의 일은 제 아들인 관영이 맡고 있습니다. 제 자식 놈은 임안부 운서사의 고목대사 문하에 있습니다."

"아, 고목은 선하파의 고수이지. 무공으로 논한다면 소림파의 방계

로서 외문 무공은 그럭저럭 쓸 만하지. 그럼 소장주가 이 늙은이에게 무공을 보여주겠나?"

육 장주가 얼른 그의 말을 받았다.

"선배님께서 한 수 가르침을 주신다면 아들 녀석으로선 그야말로 더없는 영광일 것입니다."

육관영도 구천인이 한 수 가르쳐주길 바랐다.

'이런 고수를 만난 건 천재일우의 기회다. 그가 초식 하나만 가르쳐 줘도 평생 동안 유익하게 써먹을 수 있을 거야.'

육관영은 그의 가르침을 받기를 기대하며 중앙으로 나아갔다.

"태공의 가르침을 부탁드립니다."

그는 가장 자신 있는 나한복호권羅漢伏虎拳을 선보였다. 주먹은 호랑이가 포효하는 듯하고 발놀림은 가볍기 그지없으니 과연 명문의 제자다웠다. 초식이 거듭될수록 천지에 호랑이가 포효하는 듯한 굉음이 들리면서 바람이 일어 촛불이 사방으로 흔들렸다. 이 광경을 지켜보던 하인들은 놀라 몸을 덜덜 떨었다.

"얏!"

기합 소리와 함께 주먹을 날리니 그 위력 또한 대단했다. 곧이어 몸을 공중에 날리며 불장佛掌의 형태로 왼손바닥을 세웠다. 이 권법은 맹호나한쌍형猛虎羅漢雙形으로 무서운 호랑이가 달려드는 형태와 나한이 이를 막는 형태가 한 권법에 모두 나타났다.

잠시 뒤, 호랑이가 울부짖는 소리는 점차 약해진 반면 나한권법의 위력은 점점 더 강해졌다.

픽! 마지막 일격을 땅에 날리니 주먹이 닿은 곳에서 쩍, 하고 두꺼운 벽돌이 갈라졌다. 육관영은 이어 땅을 짚고 공중으로 날아올라 왼손을 하늘로 향하고, 오른발을 차면서 한 발로 섰다. 마치 나한 불상과 같은 모습으로 한 치의 흔들림도 없었다. 곽정과 황용은 연달아 환호성을 질렀다.

"굉장한 장법이다!"

초식을 거둔 육관영은 구천인에게 고개를 숙이고 자리로 돌아갔다. 구천인은 아무 말도 하지 않고 그저 미소만 지을 뿐이었다.

"제 자식의 권법이 어떠합니까?"

"그럭저럭 괜찮은 편이네."

"미흡한 점을 지적해주십시오."

"소장주의 권법은 신체를 단련시킬 때는 더없이 좋으나, 적과 싸울 때는 무용지물이네."

"선배님께서 무지몽매한 저희를 깨우쳐주십시오."

곽정 역시 이해할 수가 없었다.

'소장주의 무공이 비록 그리 높진 않지만 어찌 무용지물이라고까지 말하는 걸까?'

구천인은 몸을 일으켜 뜰로 나아가더니 양손에 큼지막한 벽돌을 하나씩 들고 자리로 돌아왔다. 손에 별 힘을 주지도 않았는데 벽돌이 으스러져 조각이 되었다. 다시 한번 움켜쥐니 돌 조각은 흙이 되어 손에서 흘러내렸다. 모두들 대경실색해 바라보았다. 구천인은 탁자 위의 흙을 옷깃에 담아 뜰로 나가서 털어내고는 미소를 지으며 자리로 돌아왔다.

"소장주, 일 권一拳으로 돌을 깨는 것도 대단한 일임에는 틀림이 없네. 그러나 적은 돌이 아닌데 죽은 것처럼 가만히 있을 리가 있겠나? 자네가 주먹을 뻗고 칠 때까지 기다리지 않는단 말이네. 게다가 적의 내공이 자네보다 강하다면 주먹이 오히려 튕겨나가 반대로 자신이 중상을 입을 수도 있지.”

육관영은 말없이 고개를 끄덕였다. 구천인은 한탄하며 말했다.

“오늘날 무학을 하는 사람은 많으나 진정으로 고수라 할 만한 이는 몇 되지 않으니……”

황용이 그의 말에 끼어들었다.

“그 몇 명이 누구예요?”

“무림에서 말하는 동사, 서독, 남제, 북개, 중신통 다섯 사람이 천하제일이지. 공력으로 말하자면 중신통 왕중양을 제일로 치고, 다른 네 사람도 각자 자신만의 뛰어난 분야가 있다네. 그러나 장점이 있으면 단점도 있는 법. 각자의 단점을 알아내어 취약한 부분을 공격하면 그들을 모두 제압하는 것이 그리 어려운 일은 아니지.”

이 말을 듣고 육 장주, 황용, 곽정 세 사람은 모두 크게 놀랐다. 육관영은 그 다섯 사람의 이름을 모르는 터라 오히려 이상하게 여기지 않았다. 황용은 구천인이 머리에 철 독을 이고 걸어서 강을 건너고, 입에서 연기를 뿜고, 손으로 돌을 쥐어 흙으로 만드는 것을 보고 존경하는 마음이 일었으나 자신의 아버지를 경시하는 말을 들으니 은근히 부아가 치밀었다. 황용은 웃음을 머금고 말했다.

“그럼 다섯 사람을 모두 쓰러뜨린 다음 천하제일의 명성을 얻으면 되지 않습니까?”

“왕중양은 이미 세상을 떠났어. 예전 화산에서 논검대회를 할 때 난

급한 일이 생겨 참석하지 못하는 바람에 천하제일의 자리를 그 노도사가 차지해버리고 말았지. 당시 다섯 사람이 〈구음진경〉을 놓고 다투면서 무공이 제일 높은 자가 차지하기로 약조하고 7일 밤낮으로 겨루었는데…… 동사, 서독, 남제, 북개 등은 모두 패배하고 말았다네. 후에 왕중양이 세상을 뜨면서 다시 한번 풍파가 일었어. 왕중양은 죽으면서 〈구음진경〉의 비급을 자신의 사제인 주백통에게 주었지. 그 소식을 들은 동사 황약사가 급히 달려갔고, 주백통은 그의 상대가 되지 못해 반 권을 뺏기고 말았어. 그 후에 어떻게 되었는지는 나도 자세히 알지 못하네.”

황용과 곽정은 동시에 고개를 끄덕였다.

‘중간에 그렇게 많은 우여곡절이 있었구나. 그 반 권의 비급을 후에 흑풍쌍살이 훔쳐간 것이로군.’

황용이 말했다.

“무공이 천하제일이라면 〈구음진경〉은 선배님의 차지가 되어야겠군요?”

“나는 이제 싸우는 게 지겹다네. 동사, 서독, 남제, 북개 네 사람은 원래 실력이 비슷하고 모두 연마를 게을리하지 않았을 터이니 천하제일이라는 이름을 갖고 싶을 테지. 두 번째 화산논검대회가 열리면 그땐 더욱 볼만할 거야.”

황용이 물었다.

“두 번째 화산논검대회도 있나요?”

“25년마다 한 번씩 하기로 되어 있다네. 늙은이들은 갈수록 더 늙어가니 젊은 영웅들이 많이 나와야지. 계산해보니 1년 뒤면 화산논검대회가 다시 열리는구먼. 그런데 근래 중원에는 이렇다 할 젊은 영웅이 없단 말이야. 또 우리 늙은이 몇 명만 싸우게 생겼어. 아, 뒤를 이을 영웅이 나오지 않으니 무학이 날로 쇠락해지는 느낌이야. 애석한 일이지……."

구천인은 연신 고개를 저으며 탄식을 금치 못했다. 황용이 말했다.

"그럼 내년에는 화산에 올라가겠네요? 저희들도 데리고 가서 구경시켜주세요. 전 싸움 구경을 제일 좋아해요."

"이런, 철없는 소리! 어찌 싸움이라 하는가? 그리고 난 갈 생각이 없어. 언제 죽을지 모르는 늙은 목숨, 그런 허명虛名을 다툰들 무슨 소용이 있겠나? 그러나 이번에는 천하 창생의 운명이 달린 대사가 있으니 내가 만일 개인의 안일을 추구했다면 어디 숨어서 편히 노후를 보내지, 아예 중원에는 나오지도 않았을 거네. 그러나 그렇게 하면 백성이 화를 입고 도탄에 빠지는 큰 재앙이 닥칠 거야."

그의 의미심장한 말에 네 사람이 모두 그 연유를 묻자, 그가 작은 소리로 말했다.

"이는 중대한 기밀이야. 곽정, 황용 두 사람은 강호의 사람이 아니니 안 듣는 것이 좋겠는데……."

황용이 웃으며 말했다.

"육 장주는 제 친구이니 장주께 말하면 당연히 저도 알게 될 겁니다."

육 장주는 황용의 장난기 섞인 말에 내심 당황했으나 앞에서는 내색을 할 수가 없었다. 구천인은 잠시 머뭇거리더니 뭔가 마음을 굳힌 듯 고개를 끄덕였다.

"정 그렇다면 내 모든 걸 말하지. 그러나 일이 성사되기 전에 절대 새어나가서는 안 되네."

곽정은 생각했다.

'우리는 그와 아무 상관이 없는 사람이고, 또한 중대한 기밀이라 하는데 굳이 들을 필요가 없지.'

그는 바로 몸을 일으켰다.

"저희 두 사람은 물러가겠습니다."

말을 내뱉자마자 황용의 손을 끌고 자리를 떠나려 하는데 구천인이 만류했다.

"두 사람은 육 장주의 친구라니 그냥 앉아 있어도 상관없네."

이렇게 말하며 곽정의 어깨에 손을 얹어 다시 앉혔다. 그 힘이 그리 세지는 않아 뿌리치면 그만이었으나 곽정은 연장자의 명이라 거역하지 못하고 그대로 자리에 앉았다. 구천인은 모두에게 술을 한 잔씩 따랐다.

"반년도 지나지 않아 대송국에 큰 재앙이 닥칠 거네. 여러분은 그 사실을 알고 있나?"

이 놀라운 말을 듣고 모두 아연실색했다. 그리고 아무도 입을 열지 못했다. 육관영은 하인들을 모두 문밖으로 물리고 술시중을 드는 아이도 가까이 오지 못하게 했다. 구천인이 말을 이어갔다.

"내가 들은 소식에 따르면, 6개월 안에 금병이 대거 남쪽으로 쳐들어올 거라고 하네. 대군을 총동원한다 하니 송국은 강산을 보존하기 힘들 거야. 아, 이것이 어쩌면 송의 운명인가 본데 하늘의 뜻이라면 순응할 수밖에……."

곽정이 놀라 말했다.

"그럼 속히 조정에 이 사실을 알려야 하지 않습니까? 미리 방비를 하고 적을 맞아야지요."

구천인은 그를 흘낏 쳐다보았다.

"젊은이가 뭘 안다고 나서는가? 송의 조정에서 미리 방비를 한다면 더 많은 백성과 병사가 죽게 될 거야."

육 장주 등은 알 수 없다는 표정으로 그를 쳐다보았다. 구천인이 다시 말했다.

"내가 고심해보았는데, 백성들이 평안히 생업에 종사하고 금수강산이 잿더미로 변하지 않으려면 한 가지 길밖에 없어. 이 늙은이가 천 리 길을 마다하지 않고 강남까지 온 것도 바로 이것 때문이지. 귀운장에 금의 소왕야와 병마지휘사 단 대인이 잡혀 있다고 들었네. 그들을 불러 같이 이야기를 나누어봄이 어떻겠나?"

그가 어떻게 그 사실을 알았는지는 모르겠으나 육 장주는 서둘러 사람을 시켜 그들을 끌고 오라고 했다. 손과 발의 쇠고랑을 풀어주고 두 사람을 하석에 앉도록 배려했으나 술잔이나 수저는 주지 않았다. 완안강은 수일 동안 갇혀 있으면서 매우 초췌해졌다. 그리고 지휘사라는 단 대인은 나이가 50세 안팎으로 수염이 텁수룩한 얼굴이었는데, 눈에는 두려움이 역력했다.

구천인이 완안강에게 말했다.

"소왕야께서 놀랐겠소이다."

완안강은 그의 말에 그저 고개만 끄덕였다. 그리고 속으로 의아해했다.

'곽정과 황용이 어찌 여기에 있단 말인가?'

육 장주의 서재에서 싸우던 날 경황이 없던 완안강은 서가 한쪽에 숨어 있는 그들을 보지 못한 것이다. 세 사람은 서로를 바라보았으나 괜히 알은체는 하지 않았다. 구천인이 이번엔 고개를 돌려 육 장주에게 말했다.

"귀운장은 눈앞에 천하의 부귀를 두고도 어찌 취할 생각을 하지 않는가?"

육 장주는 어리둥절했다.

"소인, 무지해 어떤 부귀를 말씀하는지 모르겠습니다."

"금병이 남하해 대전이 일어나면 필시 많은 인명이 죽게 되네. 아우님께서 강남의 호걸들을 모아 함께 일어나 이 전쟁을 막는 것이 어떻겠나?"

'금군이 남하하는 게 사실이라면…… 그것이야말로 대사大事로군.'

마음이 급해진 육 장주는 얼른 입을 열었다.

"나라를 위해 힘이 되고 백성을 병란에서 구할 수만 있다면 어떤 일이라도 마땅히 하겠습니다. 저는 충의로 가득한데 조정은 간사한 무리들이 전횡을 일삼고 있으니 답답한 노릇입니다. 구 선배님께서 길을 일러주십시오. 그리고 어떤 부귀인지는 모르나, 저는 탐할 생각이 추호도 없습니다."

구천인은 수염을 연신 쓸어내리며 크게 웃었다. 막 말을 하려고 하는데 하인 하나가 뛰어 들어왔다.

"장 채주가 호숫가에서 수상한 여섯 사람을 만나 이리로 데려오고 있다 합니다."

육 장주는 얼굴색이 변했다.

"어서 모시고 오라."

그리고 속으로 중얼거렸다.

'어찌 여섯 명이나 되지? 흑풍쌍살이 패거리를 데리고 왔나?'

철장수상표 구천인의 거짓말

　남자 다섯과 여자 한 명이 귀운장에 들어섰다. 바로 강남육괴였다. 강남육괴는 북에서 남으로 내려오면서 도중에 태호를 지나게 되었는데, 갑자기 강호인들의 초대를 받아 귀운장으로 들어온 것이다. 육괴는 고향을 떠난 지 오래되어 강남 무림의 정황을 모르는 터라 일단 신분을 밝히지 않기로 했다. 주총이 나서서 강남 사투리로 강호인들과 몇 마디 나누었다. 강남육괴를 배로 맞이한 사람은 바로 귀운장 수하장 채주였다. 그는 육관영의 명을 받고 육 장주의 강적을 맞으러 태호로 나와 있었다.

　정탐을 나간 졸개가 강남육괴의 기괴한 모습과 손에 든 무기를 보고 즉시 보고를 올렸다. 이를 보고받은 장 채주는 필시 육 장주가 기다리는 사람이라 여기고 적의를 숨긴 채 장원으로 그들을 안내한 것이다. 곽정은 여섯 사부를 보고 기쁜 마음을 주체하지 못하고 황급히 달려가 연거푸 절을 했다.

　"첫째 사부님, 둘째 사부님, 셋째 사부님, 넷째 사부님, 여섯째 사부님, 일곱째 사부님! 모두들 오셨군요. 정말 잘되었습니다."

여섯 사부를 하나하나 부르는 그의 말투에 다시 만난 기쁨과 그들에 대한 존경이 담뿍 담겨 있었다. 육괴는 곽정이 황용을 따라가자 괘씸한 생각이 들어 심히 노한 상태였지만 지금 극진한 인사를 받고 보니 그를 아끼는 마음이 되살아나 노여움이 눈 녹듯이 사라졌다.

한보구가 짐짓 노한 소리로 말했다.

"이 녀석아! 네 요정 아가씨는 어디 있느냐?"

눈이 날카로운 한소영이 남장한 황용을 단번에 알아보고는 한보구의 옷깃을 잡아당기며 속삭였다.

"그 일은 나중에 얘기해요."

육 장주는 드디어 적이 왔다고 생각해 잔뜩 경계하고 있었다. 그러나 생면부지의 사람인 데다 곽정이 사부라 부르는 것을 보고는 적이 안심하며 공수의 예로 맞이했다.

"다리가 불편해 일어서지 못하니 결례를 용서하십시오."

황급히 손님들을 위해 술자리를 더 마련하라 명했다. 곽정이 여섯 사부를 소개하자 육 장주는 크게 반겼다.

"오래전부터 여섯 의협의 명성을 흠모해왔는데, 오늘 이렇게 만나니 얼마나 기쁜지 모르겠습니다."

그 행동이며 말투가 공손하고 진지하기 이를 데 없었다. 그러나 구천인은 상석에 꼿꼿이 앉아서는 육괴의 이름을 듣고도 그저 약간 미소만 지을 뿐 계속 술과 음식을 먹고 있었다.

한보구는 화가 치밀었다.

"저분은 누구시오?"

"이분은 당대 무림의 태산북두太山北斗요, 대선배님이십니다."

육 장주의 말에 육괴는 깜짝 놀랐다. 한소영이 물었다.

"그럼 도화도 황약사이신가요?"

한보구도 끼어들었다.

"구지신개는 아니시겠지요?"

"아닙니다. 이분은 철장수상표 구 선배님이십니다."

가진악이 깜짝 놀라 되물었다.

"구천인 선배님이라고요?"

"헛헛헛……!"

구천인은 거만하기 이를 데 없는 모습으로 앙천대소했다. 육 장주
가 웃으며 말을 이었다.

"곽 아우는 전혀 무공을 못 한다고 들었는데, 명문의 제자이셨구려?
무공을 감추고 계신 줄 몰랐다니, 내가 눈이 삐었나 보오."

곽정은 황망히 몸을 일으키며 공손히 사죄했다.

"사부님의 가르침으로 약간의 무공은 익혔으나 드러내고 자랑할 정
도는 못 됩니다. 장주께서 양해해주십시오."

가진악 등은 두 사람의 대화를 듣고 곽정의 겸손함에 내심 흐뭇해
졌다. 잠자코 있던 구천인이 갑자기 다른 이야기를 꺼냈다.

"육협도 강남 무림의 유명 인사라 할 수 있으니, 이번 거사를 도와주
시면 좋겠구려."

밑도 끝도 없는 그의 말에 육 장주가 몇 마디 거들었다.

"육협께서 오시기 전, 구 선배님께서 이야기를 하시던 중이었습니
다. 선배님, 가르침을 주십시오."

구천인은 아까 하던 이야기를 다시 이어갔다.

"우리 무림인들은 협俠과 의儀를 가슴에 품고 백성을 질곡에서 구하는 것을 제일로 삼아왔소. 지금 금의 대군이 남하하고 있는데, 송조가 사리를 분별하지 못한 채 항복하지 않고 군대를 일으킨다면 얼마나 많은 백성이 목숨을 잃겠소이까? 옛말에도 '하늘을 따르는 자는 흥하고, 하늘을 거스르는 자는 망한다' 했소. 내 차제에 강남 호걸들과 힘을 모아 금병을 맞아들이기 위해 강남으로 온 것이오. 안팎으로 협공을 당하면 무능한 송조는 싸워보지도 못하고 항복할 것이오. 이번 거사만 성사되면 부귀공명은 물론이거니와 천하의 백성들도 감읍할 것이오. 이는 우리 무림 고수들의 명예에도 누가 되지 않을 뿐 아니라 의협에도 전혀 어긋남이 없지 않겠소?"

이 말을 듣고 강남육괴는 안색이 싹 변했다. 한보구와 한소영이 즉시 발끈하고 나서려는데, 이들 사이에 앉은 전금발이 두 사람의 옷깃을 잡고 만류하며 육 장주에게 말하라는 눈짓을 했다.

육 장주는 원래 구천인을 흠모해 극진히 예우했는데, 이 말을 듣자 아연실색할 수밖에 없었다. 그러나 여전히 미소를 잃지 않은 얼굴로 말했다.

"소인, 초개의 몸으로 무지하기 이를 데 없지만 충의만은 잊지 않았습니다. 금병이 남하해 우리 금수강산을 약탈하고 백성을 유린하려 한다면 저는 응당 강남 호걸들을 따라 필사의 각오로 응전할 것입니다. 선배님의 말씀은 혹시 저의 속마음을 떠보려고 하신 것이 아닌지요?"

구천인은 혀를 끌끌 찼다.

"아우는 어찌 식견이 그리 짧은가? 조정을 도와 금군을 물리친들 무슨 호강을 하겠는가? 잘해봤자 악무목처럼 풍파정(악비가 죽은 곳)에서 처참하게 죽기밖에 더하겠는가?"

육 장주는 놀라움과 분노가 동시에 치밀었다. 함께 흑풍쌍살에 대적하자고 부탁하려 했는데 무예만 대단할 뿐 이렇듯 썩어빠진 속물이었다니 그는 분연히 소매를 떨치고 엄숙히 말했다.

"오늘 저의 원수가 복수를 하러 올 것입니다. 원래는 선배님의 무공을 빌리려 했으나 서로 다른 길을 도모하는 처지이니, 여기서 피를 뿌리고 죽을지언정 선배님께 누를 끼치지는 않겠습니다."

그는 두 손을 공손히 모아 읍을 했다. 즉시 나가달라는 뜻이었다. 육괴와 곽정, 황용은 육 장주의 말을 듣고 속으로 탄복해 마지않았다. 구천인은 미소만 지을 뿐 화답하지 않더니 왼손으로 잔을 잡은 채 오른손 두 손가락으로 잔의 윗부분을 쥐고 빙빙 돌렸다. 그러다 갑자기 오른손을 바깥쪽으로 평평하게 휙 날리면서 손날로 잔 주둥이를 쳤다.

팍, 하는 소리와 함께 잔이 공중으로 휙 날아서 탁자 위로 떨어졌다. 왼손으로 술잔을 탁자 중간에 놓으니 잔 주둥이가 정확히 반으로 쩍 갈라졌다. 내공으로 술잔을 절반으로 자른 것이다. 술잔을 깨뜨리는 것은 어렵지 않으나 이렇게 장력을 이용해 정확히 두 동강을 내는 것은 실로 심오한 내공이라 하지 않을 수 없었다.

육 장주는 무공으로 자신을 위협하려는 것으로 알고 어떻게 대처할까 고심하고 있는데, 화가 잔뜩 난 마왕신 한보구가 벌떡 일어나 소리쳤다.

"이 파렴치한 늙은이! 누가 고수인지 한번 겨뤄보자!"

"강남칠괴의 명성을 오래전부터 들어왔는데 오늘 그 명성이 진짜인지 한번 알아보겠소. 여섯 분, 어디 한꺼번에 덤벼보시오."

육 장주는 한보구가 그의 상대가 되지 않는다는 것을 알고 있는 터라 걱정했는데, 한꺼번에 덤비라는 말에 안심이 되어 응수했다.

"강남칠협은 항상 함께 공격하고 함께 물러났습니다. 적이 한 명일 때도 일곱 명이 함께 공격했고 천 명, 만 명일 때도 일곱 명이 함께 했습니다."

주총은 그의 말뜻을 알아차리고 말했다.

"좋소, 우리 여섯 형제가 그 유명한 무림의 고수와 함께 겨뤄보겠소"

구천인은 몸을 일으키면서 앉아 있던 의자를 들고 천천히 중앙으로 들어서더니 의자를 바닥에 놓고 그 위에 앉았다. 왼쪽 다리를 오른쪽 다리 위에 걸치고 다리를 떨며 전혀 동요하지 않은 채 침착한 기색으로 말했다.

"여기 앉아서 한번 놀아볼까?"

가진악은 간담이 서늘해졌다. 무림 절정의 고수가 아니라면 이런 여유 있는 행동을 할 수 없을 것이다. 곽정은 구천인의 기괴한 무공을 직접 목격했기 때문에 사부들이 적수가 안 된다는 것을 알고 있었다. 사부들의 은혜를 받은 자신도 그들의 대결에 끼어들지 않을 수 없었다. 자신이 상대하면 죽거나 중상을 입겠지만 이렇게 된 이상 어쩔 수 없었다. 몸을 돌보지 않고 육괴 앞을 막아서며 포권의 예를 갖추었다.

"제가 먼저 선배님의 가르침을 받겠습니다."

뜻밖에 곽정이 나서자 구천인은 잠시 할 말을 잊었다가 크게 웃어 젖혔다.

"푸하하핫……! 부모님이 너를 힘들게 키우셨건만 왜 목숨을 쉽게 버리려 하는가?"

가진악 등 사부들이 모두 소리쳤다.

"정아, 비켜서라!"

곽정은 사부들의 저지에도 불구하고 대꾸 없이 왼쪽 다리를 약간 굽히면서 오른손으로 원을 그리며 일장을 날렸다. 바로 항룡십팔장 중 항룡유회였다. 곽정은 부단히 이 초식을 연마한 끝에 홍칠공에게 처음 전수받았을 때보다 그 위력이 훨씬 강해졌다.

구천인은 한보구가 날아오르는 모습을 보면서 무공이 그리 높지 않음을 눈치챘다. 따라서 그의 제자인 곽정은 더욱 평범한 수준이겠거니 짐작했다. 그런데 뜻밖에도 이렇게 위력 있는 초식을 구사하자 흠칫 놀라 두 발을 딛고 허공으로 날아올라 피했다. 곽정의 일장에 박달나무 의자가 부서졌다. 구천인이 땅으로 내려섰을 때는 낭패의 기색이 역력했다.

"어린놈이 무례하구나!"

곽정은 두려운 마음에 감히 계속 공격하지 못하고 말했다.

"선배님께서 가르침을 주십시오."

황용은 구천인의 마음을 교란시킬 생각으로 소리쳤다.

"곽정 오빠, 저 망할 노인네한테 그렇게 예의 갖출 필요 없어요!"

구천인은 강호에 이름을 떨친 이래 자신 앞에서 감히 망할 노인네라고 부르는 것을 들어본 적이 없었다. 대로해 장력으로 황용을 공격할까 하다가 체면과 지위가 있는지라 냉소를 짓고는 여유 있게 초식을 전개했다. 먼저 오른손으로 허虛를 치며 빠졌다가 즉시 왼손으로 마미장摩眉掌을 날렸다. 그리고 곽정이 옆으로 비키는 것을 보고 다시 왼손을 갈고리 모양으로 거두었다가 바로 마미장으로 치고 들어갔다. 또 몸을 옆으로 돌려 책상다리로 앉았더니 오른손으로 탑장塌掌 초식을 변화시켜 전광석화처럼 내뻗었다.

황용이 지켜보고 있다가 소리쳤다.

"그게 뭐가 대단해요? 통비육합장通臂六合掌 중 고안출군孤雁出群이잖아요?"

구천인의 이 장법은 통비육합장으로서 통비오행권通臂五行拳을 변화시켜 나온 초식이다. 초식은 별로 대단할 것이 없으나 이 장법을 뛰어난 경지로 끌어올리기 위해 실로 수십 해의 노력을 기울였다.

통비通臂란 실제로 왼팔과 오른팔을 연결한다는 의미가 아니라, 양팔에 같은 힘을 전달한다는 의미이다. 오른손이 나오면서 왼손의 힘을 오른손으로 전달하고, 뒤이어 왼손이 나오면서 오른손이 들어갈 때 그 힘을 왼손에 전달해 왼손의 힘을 더욱 배가하는 것이다. 이렇듯 양손이 오묘하게 서로 힘을 주고받으며 배가하는 장법이 통비이다. 곽정은 그의 기묘한 초식에 놀라기도 했고, 직접 적과 대적한 경험도 적은 터라 겁을 집어먹고 감히 맞서지 못한 채 뒷걸음질만 쳤다.

구천인은 조금 안심했다.

'이 애송이가 일장에 의자를 격파한 것은 그냥 원래 힘이 강해서 그랬던 거군. 무공은 별거 아니잖아?'

구천인은 천장벽섬벽穿掌壁閃壁, 요음장撩陰掌, 과호등산跨虎蹬山의 초식을 연달아 전개했다.

황용은 곽정이 질 것 같아 마음이 다급해 위험에 빠지면 즉시 나서서 도와줄 수 있도록 그의 곁으로 다가섰다. 날렵하게 적을 피해 옆으로 살짝 비켜서던 곽정은 낯빛이 파리해진 황용을 보고 걱정이 되어 마음의 방비가 순간 허술해졌다. 그 틈을 타서 구천인은 백사토신白蛇吐信을 전개했다.

펙! 일장이 곽정의 가슴에 정확하게 맞았다.

황용과 강남육괴, 육 장주 부자 등은 일제히 놀라 비명을 질렀다. 모두들 곽정이 구천인의 심오한 내공에서 비롯된 일장을 가슴에 정면으로 맞았으니 죽지는 않더라도 심한 부상을 입었을 것이라 생각한 것이다. 곽정 자신도 일장을 맞고 크게 놀랐으나 양팔을 한 번 툭툭 터니 가슴에 전혀 통증이 느껴지지 않았다. 이해할 수 없는 노릇이었다. 그는 잠시 어안이 벙벙해졌다. 황용은 그가 갑자기 넋이 나가자 필시 저 망할 노인네의 장력에 정신이 나간 것이라 생각하고 급히 뛰어가 곽정을 부축했다.

"오빠! 왜 그래요?"

안타까운 마음에 그녀의 눈에서 눈물이 줄줄 흘러내렸다.

"괜찮아. 다시 한번 붙어봐야겠어."

곽정은 오히려 태연하게 말하더니 가슴을 젖히고 구천인 앞으로 걸어갔다.

"철장 어르신! 다시 한번 쳐보시오!"

구천인은 대로하며 다시 전력을 다해 일장을 날렸다.

펙! 곽정은 가슴에 다시 일장을 맞았다. 그러나 곽정은 오히려 푸하하, 웃음을 터뜨렸다.

"용아! 이 노인의 무공은 그저 그래. 차라리 공격하지를 말지, 공격을 전개하니까 실력이 오히려 드러나버렸어."

곽정은 말을 마치자마자 왼손을 횡으로 휘저으며 구천인 곁으로 다가갔다.

"선배님도 일장을 받으시오!"

구천인은 곽정의 자세와 말로 공격을 예측했다.

'필시 팔을 뻗으며 권拳을 쓸 테지? 누가 모를 줄 알고?'

즉시 양손을 가슴으로 모으고 그의 왼팔을 받아냈다. 그러나 곽정의 용전어야龍戰於野는 항룡십팔장에서 가장 오묘한 무공으로 왼팔을 휘두르며 허초를 전개하는 동시에 오른손 장掌을 뻗는 무공이었다. 구천인이 그의 왼팔을 막는 순간 오른손 장이 뻗어 나와 오른팔과 가슴을 연달아 공격하니, 몸이 종잇장처럼 문밖으로 나가떨어졌다. 모두들 경탄의 소리를 내질렀다.

"아!"

"아니……."

그때 어디선가 갑자기 한 사람이 나타났다. 그 사람은 대뜸 손으로 구천인의 옷깃을 움켜잡고 큰 걸음으로 성큼 걸어오더니 땅에 풀썩 내려놓고 우뚝 섰다. 그자의 냉랭한 얼굴에서 웃음기라고는 하나도 찾아볼 수 없었다. 긴 머리를 어깨까지 늘어뜨리고 고개를 들어 하늘을 보는데, 바로 철시 매초풍이었다. 그녀의 뒤에는 또 한 사람이 뒤따르고 있었다. 큰 키에 마른 체구, 푸른색 장포를 입었는데 얼굴은 기괴하기 짝이 없었다. 두 눈동자는 미동도 없고 얼굴 근육과 코, 입 모두 목석 같은 것이 마치 죽은 사람의 머리를 산 사람의 몸에 붙여놓은 듯했다.

그를 보자마자 모두들 오싹하는 냉기가 등을 타고 흘러내렸다. 감히 눈을 똑바로 마주치지 못하고 바로 고개를 돌려버렸다. 심장이 쿵쿵 요동쳤다. 육 장주는 천하에 명성이 자자한 구천인이 큰소리를 치다가 이렇게 일격에 쓰러질 줄은 생각지도 못했다. 화도 나고 우습기도 했다.

그때 갑자기 매초풍까지 나타나니 더욱 뭐라고 표현할 수 없을 정도로 착잡해졌다. 한편 완안강은 사부를 보자 크게 기뻐하며 달려 나가 절을 했다. 모두들 두 사람이 사부와 제자로 호칭하는 것을 이상하게 여기고 있는데, 육 장주가 포권의 예로 맞이했다.

"매 사저, 20년 만에 다시 뵙는군요. 진 사형은 평안하십니까?"

육괴와 곽정은 육 장주가 매초풍을 사저로 호칭하자 어안이 벙벙해 서로를 쳐다보았다.

가진악은 가슴이 뜨끔했다.

'아뿔싸! 함정에 빠졌구나. 매초풍 한 사람도 벅찬데 그 사제까지 있다니……'

한편 황용은 가만히 고개를 끄덕였다.

'과연 육 장주의 무공이며 학문, 언행 등은 모두 아버지에게 전수받은 것이로군. 필시 우리 집안과 무슨 관계가 있을 거라고 짐작은 했지.'

매초풍은 냉랭하게 말했다.

"말을 하는 자는 육승풍陸乘風, 육 사제인가?"

"그렇습니다. 사저는 별고 없으십니까?"

"뭐가 별고 없다는 말이냐? 두 눈이 먼 게 안 보이느냐? 게다가 진 사형은 벌써 죽임을 당했다. 이제 속이 시원하냐?"

육승풍은 놀라면서도 한편으로는 안도의 한숨을 쉬었다. 천하를 누비던 흑풍쌍살이 적의 손에 죽임을 당했다니 놀라웠고, 강적이 하나 사라지고 거기다 남은 한 사람마저 눈이 멀었다니 다행이다 싶은 마음이 들었다. 그러다 예전 도화도에서 함께 무예를 연마하던 아련한 추억이 떠오르자 자신도 모르게 한숨이 나왔다.

"진 사형을 죽인 자가 누구입니까? 복수는 하셨습니까?"

"지금 그놈들을 찾고 있는 중이다."

"제가 작은 힘이나마 보태고 싶습니다. 우리 문하의 사람을 죽였으니 먼저 문중의 원수를 갚고 난 다음에 우리 두 사람의 빚을 청산합시다."

매초풍은 콧방귀를 뀌었다. 그때 한보구가 탁자를 탁 치고 일어나더니 크게 소리쳤다.

"매초풍, 너의 원수가 바로 여기 있다!"

말을 마치고 바로 매초풍에게 달려가려 하자 전금발이 황급히 손을 뻗어 만류했다. 매초풍은 소리를 듣고 잠시 멍해 있더니 목소리가 떨리기 시작했다.

"네놈이…… 네놈이……."

구천인은 곽정의 일장에 가슴을 맞고 그 충격에 정신을 못 차리다 이제야 점차 통증이 가라앉아 또박또박 말했다.

"무슨 복수, 무슨 빚을 갚는다는 말이냐? 자기 사부가 죽임을 당했는데도 모르고 있다니? 그러고도 같은 문파의 제자라 할 수 있단 말이냐?"

이 무슨 얼토당토않은 말인지 알 수가 없었다. 매초풍은 손을 뻗어 그의 손목을 으스러져라 꽉 잡고 소리쳤다.

"그게 무슨 말이냐?"

구천인은 매초풍의 손아귀 힘에 뼈가 부서지는 것 같았다.

"손을 놓아라!"

매초풍은 전혀 들은 척도 하지 않고 다시 물었다.

"그게 무슨 말이냐?"

구천인의 대답은 단호했다.

"도화도주 황약사는 이미 살해당했다!"

육승풍이 놀라 소리쳤다.

"그 말이 사실이오?"

"왜 거짓말을 하겠소? 황약사는 왕중양 문하 전진칠자의 협공에 당해 죽었소."

이 말이 끝나자마자 매초풍과 육승풍은 서럽게 통곡하기 시작했다. 청천벽력이 아닐 수 없었다. 황용은 신음 소리를 내며 의자에 쓰러지더니 그대로 기절해버렸다.

절세 무공을 지닌 황약사가 살해되었다니 모두들 반신반의했지만, 전진칠자의 협공으로 당했다는 말에 믿지 않을 수가 없었다. 마옥, 구처기, 왕처일 등이 한꺼번에 덤비면 황약사도 어쩔 도리가 없었을 것이다. 곽정은 황용을 부축하며 연신 소리를 질렀다.

"용아, 정신차려!"

황용은 얼굴이 창백해지더니 숨도 약해졌다. 그런 황용을 보며 곽정은 어쩔 줄 몰라 허둥지둥 사부를 불렀다.

"사부님! 사부님! 빨리 용이를 구해주세요!"

주총이 다가와 황용의 코밑에 손가락을 대보았다.

"놀라지 마라. 너무 비통한 나머지 잠시 기절했을 뿐 죽지는 않는다."

주총이 황용 손바닥의 노궁혈勞宮穴에 몇 번 운력을 가하니 의식이 천천히 돌아왔다. 그녀는 깨어나더니 큰 소리로 울부짖기 시작했다.

"아버지는? 아버지! 아버지를 찾아내!"

육승풍은 황용의 갑작스러운 울부짖음에 의아해하다 곧 깨달았다.

'그래, 사부님의 여식이 아니라면 어찌 구화옥로환을 알겠는가?'

그는 눈물범벅이 되어 통곡을 하며 황용에게 말했다.

"사매, 우리 전진교의 도적놈들에게 가세. 매초풍 사저, 사저는 안 갈 거요? 안 간다면 먼저 나와 끝장을 봅시다! 모두, 모두…… 당신 때문이오. 당신이 사부님을 죽게 만들었소!"

육관영은 아버지가 비통한 나머지 횡설수설하자 황급히 다가가 부친을 부축했다.

"아버지, 그만 슬퍼하세요. 복수하러 가더라도 먼저 계획을 세워야지요."

육승풍은 계속 통곡을 했다.

"매초풍, 이 도둑 노파야! 남정네를 도둑질한 것도 모자라서 사부님의 〈구음진경〉까지 훔쳐 가? 그때 사부님은 크게 노하셔서 우리 제자들 네 명의 다리를 하나하나 분지르시고는 도화도에서 내쫓았어. 난 사부님이 마음을 바꾸셔서 네 두 연놈들 때문에 고생한 나를 불쌍히 여기고 다시 사문에 받아주시기만을 기다리고 있었단 말이다. 그런데 그분이 세상을 떠나셨다니…… 내 평생의 한은 어찌한단 말이냐?"

매초풍의 반응은 냉담했다.

"예전부터 기백이 없더니 지금도 그 모양이구나! 걸핏하면 사람을 보내 우리 부부를 괴롭혀서 갈 곳도 없게 만들더니……. 네놈 때문에 몽고 사막에서 변을 당한 것이다. 지금도 어떻게 사부님의 복수를 갚을까 궁리하지는 않고 질질 짜면서 다 지난 일로 나와 싸울 생각이나 하다니…… 우린 그 일곱 도적놈을 찾아가야 한다. 네가 몸을 못 움직이면 내가 업고라도 갈 것이다."

황용은 여전히 울기만 했다.

"아버지, 아버지! 아버지를 찾아내!"

주총이 말했다.

"우리가 먼저 가서 상황을 알아보겠소."

그러고는 구천인 앞으로 가서 그의 옷에 묻은 흙먼지를 몇 번 털어주었다.

"제자가 무지해 실례를 저질렀으니 선배님이 용서하십시오."

구천인은 오히려 역정을 냈다.

"내가 늙고 눈이 어두워서 실수를 한 것뿐이다. 이번은 그만하면 됐고, 다음에 다시 겨루자."

주총은 그의 어깨를 가볍게 툭 치고 왼손을 한 번 잡았다.

"선배님의 무공은 높고 강하기 이를 데 없습니다. 그러니 다시 겨룰 필요는 없습니다."

그러면서 방긋 웃으며 자리에 앉아 왼손으로 술잔을 꽉 쥔 채 오른손 두 손가락으로 잔 주둥이를 쥐고 잔을 빙빙 돌리더니 갑자기 손날로 잔을 쳤다. 픽, 소리와 함께 술잔이 공중을 날아가다 탁자 위로 떨어졌다. 잔이 정확히 반으로 동강이 나 있었다. 그 수법이 구천인이 했던 것과 완전히 똑같아 모두들 놀라 입이 떡 벌어졌다. 주총이 웃으며 말했다.

"노 선배님의 무공이 너무나 대단해 이 후배가 훔쳤습니다. 용서해 주십시오. 감사하고 또 감사합니다."

구천인은 낯빛이 싹 변했다. 모두들 무슨 곡절이 있을 거라고 생각했지만 도대체 어찌 된 영문인지 알 수가 없었다. 주총이 다시 입을 열었다.

"정아, 이리 오너라. 내가 방법을 알려줄 테니 이 방법으로 사람을 겁주고 속이는 데 사용하면 되겠구나."

곽정이 다가오자 주총은 왼손 중지에서 반지를 꺼내었다.

"이것은 구 선배의 것이다. 방금 내가 잠시 빌려왔지. 한번 껴보거라."

구천인의 얼굴은 놀라움과 노여움으로 일그러졌다. 방금 전까지도 자기 손에 있던 반지가 언제 그의 손으로 넘어갔는지 귀신이 곡할 노릇이었다. 곽정은 사부의 말대로 반지를 왼손 손가락에 꼈다.

"이 반지에는 금강석이 박혀 있다. 금강석은 가장 견고한 돌이지. 힘껏 잔을 움켜쥐고 금강석을 잔과 밀착시킨 다음에 오른손으로 술잔을 돌리거라."

주총이 시키는 대로 곽정이 행동에 옮기니, 모두들 그제야 연유를 알게 되었다. 육관영 등은 실소를 금치 못했다. 곽정이 오른손바닥을 뻗어 잔을 가볍게 치니, 잔 입구가 그대로 툭 떨어졌다. 반지의 금강석이 잔 주둥이에 이미 깊은 금을 파놓았던 것이다. 그러니 무슨 심오한 내공이 필요하겠는가?

황용은 너무 재미있어 자신도 모르게 울음을 멈추고 웃다가 다시 아버지가 생각나 구슬프게 흐느끼기 시작했다. 주총이 그녀를 달랬다.

"그만 울거라. 저 구 선배라는 사람은 사기꾼 같은 자이니, 그의 말은 믿을 게 못 돼."

황용이 이해하지 못하는 듯하자 주총은 웃으며 설명했다.

"영존이신 황약사는 절세의 무공을 지니셨는데 어찌 남의 손에 죽임을 당하겠느냐? 게다가 전진칠자는 모두 도리를 아는 반듯한 인물이고, 영존과 아무 원한도 없으니 협공할 리가 없다."

황용은 고개를 내둘렀다.

"분명히 구처기의 사숙인 주백통 짓일 거예요."

"뭐라고?"

"그런 일이 있어요."

황용은 총명해서 본시 남의 말을 잘 믿지 않으나 자신의 아버지와 관계된 일이고 황약사와 주백통 간의 사연을 알기 때문에 전진칠자가 아버지를 협공했다는 말을 믿지 않을 수 없었다.

주총이 말했다.

"어찌 되었건 저 늙은이의 말은 좀 구린 데가 있어."

"그럼 저 노인네가 개, 개……."

주총이 정색을 하고 말을 받았다.

"그래, 개소리야! 저 노인네의 옷 속에 이상한 물건이 잔뜩 들어 있었다. 무슨 용도에 쓰는지 한번 맞혀보거라."

주총은 품속을 더듬더니 물건들을 하나하나 꺼내어 탁자 위에 올려놓았다. 벽돌 두 개, 꽁꽁 묶은 마른 건초 다발, 불 심지 한 다발, 붓 한 자루와 부싯돌 등이 나왔다. 황용이 벽돌을 들어 꽉 움켜쥐니 그대로 으스러졌다. 다시 힘을 주어 비비니 가루로 변해버렸다. 방금 주총이 한 이야기를 듣고 비통한 심정이 사라진 황용은 미간을 활짝 펴고 까르르 웃으며 말했다.

"이 벽돌은 밀가루로 만든 거예요. 이 벽돌을 한 손으로 으스러뜨리면서 그 대단한 무공을 보여준 거로군요?"

구천인의 쭈글쭈글한 얼굴이 붉으락푸르락해졌다. 구천인은 쥐구멍이라도 찾아 들어가고 싶은 심정이었다. 그는 황약사가 죽었다는 거짓말로 혼란한 틈을 타서 빠져나갈 속셈이었다. 그런데 이렇게 자신의 거짓 수법까지 주총에게 낱낱이 탄로가 나자 바로 소매를 휙 털고 몸을 돌려 떠나려 했다. 그런 그를 매초풍이 손으로 낚아채서 땅에 냅다 꽂았다.

"우리 사부님이 죽었다고 한 말이 참말이냐, 거짓이냐?"

땅에 내동댕이쳐진 구천인은 그 통증으로 끙끙거리며 말을 하지 못했다. 황용은 건초 다발 위쪽에 불탄 흔적이 있는 것을 보고 탄성을 내질렀다.

"둘째 사부, 이 건초 다발에 불을 붙이고 소매 속에 넣어보세요. 그리고 입으로 숨을 뿜었다 들이켰다 해보세요."

강남육괴는 황용을 좋지 않게 생각했는데 이번에 함께 구천인을 상대하면서 적개심이 누그러지고 동지애 같은 것이 생겨났다. 게다가 주총은 원래 황용의 교활하기까지 한 영특함이 자신의 성격과 잘 맞아 은근히 좋아하던 터라 황용이 그를 둘째 사부라고 부르자 더욱 흥이 나얼른 하라는 대로 했다. 엄숙한 표정으로 눈을 지그시 감고 고개를 흔들며 숨을 들이마셨다 내쉬었다. 황용은 손뼉을 치며 웃어댔다.

"곽정 오빠, 저 늙은이가 내공을 연마하던 게 바로 저거잖아요."

황용은 구천인 곁으로 가서 헤헤, 웃으며 빈정거렸다.

"일어나시지요."

그러곤 두 손으로 그를 부축해 일으키더니 갑자기 왼손을 가볍게 흔들며 난화불혈수로 등의 다섯 번째 척추 아래에 있는 신도혈神道穴을 찍고 다그쳤다.

"아버지가 죽었어요, 안 죽었어요? 아버지가 죽었다고 말하면 당신도 죽은 목숨이에요."

황용은 손을 뻗어 번쩍번쩍 빛나는 아미강자를 그의 가슴에 겨누었다. 황용의 말을 듣고 모두 웃음을 참지 못했다. 황약사의 생사를 물으면서 황약사가 죽었다는 대답을 못 하게 하다니. 구천인은 몸이 뻐근하고 가려워 죽을 지경이라 저절로 목소리가 떨렸다.

"죽지 않았기만을 바랄 뿐이나 알 수가 없다."

황용은 얼굴이 활짝 펴졌다.

"말이 그럴듯하니 용서해드리겠어요."

황용은 결분혈缺盆穴을 몇 번 어루만져 혈도를 풀어주었다. 육승풍은 속으로 생각했다.

'황용의 생각은 단지 희망일 뿐, 아직은 진실 여부를 알 수가 없어.'

그는 구천인에게 다그쳤다.

"사부가 전진칠자에게 살해되었다고 했는데, 당신이 직접 본 거요, 아니면 들은 것이오?"

구천인은 마지못해 대답했다.

"나도 들은 얘기네."

"누가 그런 말을 했소?"

구천인은 잠시 신음하더니 대답했다.

"홍칠공이네."

황용이 황급히 물었다.

"언제 들었어요?"

"한 달 전이다."

황용은 그에게 숨 돌릴 기회를 주지 않고 계속 물었다.

"칠공이 어디에서 말했어요?"

"태산 정상에서다. 거기에서 그와 대결했는데, 나에게 패하자 그 일을 얘기해주었다."

황용은 크게 기뻐하며 앞으로 펄쩍 뛰어와 구천인의 가슴을 움켜쥐더니 오른손으로 그의 아래턱 수염을 잡아당기며 히히 웃었다.

"칠공이 당신처럼 명청한 늙은이한테 졌다고? 매 사저! 육 사형! 이 늙은이의 개, 개……."

황용이 욕을 차마 입 밖에 내지 못하자 주총이 얼른 말을 받았다.

"개 같은 소리!"

황용이 다시 말을 했다.

"한 달 전에 홍칠공은 분명 나와 곽정 오빠와 함께 있었어요. 곽정 오빠, 다시 한 방 먹여요!"

"좋아!"

곽정은 몸을 날려 앞으로 갔다. 구천인은 대경실색하며 허둥지둥 도망치다가 문 앞에 매초풍이 지키고 서자 다시 방향을 바꾸어 달아났다. 그런데 마침 육관영이 앞을 막고 있다가 구천인에게 밀려 떼굴떼굴 굴러 넘어졌다. 구천인이 비록 세상을 속여 허명을 얻기는 했지만, 실제로 무공을 지니고 있던 사람이다. 그렇지 않았다면 감히 강남육괴나 곽정에게 대들지 못했을 것이다. 게다가 육관영은 그의 적수가 아니었다. 황용은 구천인 앞으로 다가가 물었다.

"머리에 철 독을 지고 물 위를 걷던데, 그건 무슨 무공인가요?"

"이것은 내 독문의 경공이다. 그래서 내 별호가 철장수상표 아니더냐? 그것이 바로 물 위를 표연히 걸을 수 있는 수상표다."

황용은 웃으며 말했다.

"아이, 아직도 허풍을 치네. 제대로 말할 거예요, 안 할 거예요?"

"이제 늙어서 무공이 예전만 못해졌지만, 경신법輕身法만은 아직 쓸 만하다."

"좋아요. 그럼 바깥뜰에 큰 금붕어 어항이 있던데, 당신의 수상표인지 뭔지를 한번 보여주세요."

그녀는 밖을 가리켰다.

"봤어요, 못 봤어요? 문을 나가서 왼쪽 계수나무 아래에 있잖아요?"

"그깟 어항 물로 어떻게 무공을……."

말이 끝나기도 전에 눈앞이 번쩍하더니 다리 한쪽이 누군가에게 잡히면서 몸이 거꾸로 매달렸다. 매초풍이 소리쳤다.

"죽을 때도 입이 살아 있나 보자!"

매초풍은 독룡은편을 꺼내 그를 허공에 매달고 황용이 말한 방향으로 휙 던졌다. 은편을 가볍게 흔들자 퍽, 하는 소리와 함께 구천인은 큰 어항 속으로 풍덩 빠졌다. 황용은 어항으로 다가가 아미강자를 번쩍이며 말했다.

"말하지 않으면 못 나오게 할 거예요. 물 위로 걷는다는 사기를 치다가 물 밑에서 죽을 줄 알아요!"

구천인은 양발을 버둥거리며 어항 바닥을 딛고 서려다 황용의 아미강자에 어깨를 살짝 찔리고는 다시 고꾸라졌다. 물이 뚝뚝 떨어지는 머리를 밖으로 삐죽이 내밀고는 괴로운 표정으로 겨우 말을 꺼냈다.

"그 독은 얇은 철로 만든 거야. 독 입구를 막고 그 위에 3촌 정도 물을 넣었어. 그 강은 말이야, 먼저 강바닥에 말뚝을 박아놓았는데, 수면에서 5~6촌 정도 잠기도록 했지. 그래서…… 휴, 그래서 볼 수 없었던 거야."

황용은 박장대소하며 다시 돌아와 앉아 다시는 그를 상대하지 않았다. 구천인은 어항에서 나와 고개를 숙이고 황급히 도망가버렸다.

복수는 복수를 낳고

　매초풍과 육승풍은 울다 웃다 한바탕 난리를 겪고 나자 복수를 해야겠다는 마음이 이미 사라져버렸다. 게다가 사부님이 살아 계시다니 그저 기쁘기만 했다. 또 사매인 황용이 연신 웃으며 방금 구천인과의 일에 대해 수다를 떨어대는 통에 험악한 표정을 짓거나 독한 마음을 품을 수가 없었다.

　매초풍은 잠시 생각하다 목소리를 낮게 깔고 속삭였다.

　"육승풍, 내 제자를 보내준다면 사부님의 얼굴을 봐서 옛일은 묻지 않겠다. 우리 부부를 몽고로 내쫓긴 했지만…… 아, 그것도 모두 팔자일 테지."

　육승풍도 한숨을 내쉬며 생각했다.

　'남편도 죽고 앞도 못 보는 과부가 되어 외롭게 이 세상을 살아가야겠군. 난 다리를 못 쓰지만 처자식이 있고 집도, 일도 있는 몸이니 매 사저보다는 백배 나은 편이다. 이제 이 나이가 되어서 옛 원한을 꺼낸들 무슨 소용이 있겠는가?'

"제자를 데리고 가시오. 그리고 매 사저, 내일 도화도로 가서 사부님을 뵈려고 하는데 같이 가시겠소?"

매초풍은 떨리는 목소리로 대답했다.

"내가 어찌 감히 가겠나?"

"사부님의 명을 어기고 도화도로 가는 것은 약조를 어기는 행동이나, 방금 구천인의 거짓말을 듣고 나니 사부님이 걱정되어 마음을 놓을 수가 없소."

황용이 말했다.

"모두 같이 아버지를 뵈러 가요. 사저와 사형을 대신해서 제가 사정을 해볼게요."

잠시 멍하게 서 있던 매초풍의 두 눈에서 눈물이 주르륵 흘러내렸다.

"내가 무슨 낯으로 사부님을 뵐 수 있겠나? 고아가 된 나를 불쌍히 여겨 길러주고 가르쳐주셨는데, 나는 나쁜 마음을 먹고 사문을 배신했으니……. 남편의 원수만 갚으면 스스로 목숨을 끊을 것이다. 강남칠괴, 이 썩을 놈들아! 썩 나오너라. 오늘 이 늙은이와 결판을 내자. 육사제! 사매! 너희들은 옆에서 구경이나 하고 절대 끼어들지 마라. 누가 죽든, 나서서 훼방을 놓으면 안 된다. 알겠느냐?"

그때 가진악이 성큼 걸어 나오면서 쇠지팡이를 돌 위에 내던졌다.

쩽그랑! 하는 소리가 한참 동안 여운을 남기며 이어졌다. 가진악은 쉰 목소리로 말했다.

"매초풍, 네가 나를 용서하지 않듯이 나도 너를 용서치 못하겠다. 그날 밤 야산에서 네 남편이 유명을 달리했듯이, 우리 다섯째 사제도 네놈들 손에 죽었다. 알고 있느냐?"

"오호라, 그럼 육괴만 남았구나!"

"마옥 도장께 더 이상 너를 찾아 복수하지 않겠다고 약조는 했다만, 오늘 네가 우리를 찾아왔구나. 좋다. 이렇게 넓은 세상에서 우리가 계속 마주치는 것을 보니, 아마도 너와 우리 육괴는 같은 하늘을 지고 살지 못할 운명인가 보다."

매초풍은 냉소를 지으며 말했다.

"여섯 놈이 다 같이 덤벼라!"

주총 등은 대형 옆에서 매초풍이 갑자기 독수를 쏠까 봐 엄호하고 있다가 이 말을 듣고 각자 무기를 집어 들었다. 그때 곽정이 갑자기 끼어들었다.

"먼저 이 제자에게 기회를 주십시오."

육승풍은 매초풍과 육괴가 대적하려 하자 이들의 원한을 좋게 해결할 방법을 궁리해보았다. 그러나 이들을 설득할 재간도 없고, 힘으로도 어쩔 수 없어 난처해하던 참이었다. 그런데 곽정의 말을 듣자 갑자기 좋은 수가 떠올랐다.

"여러분! 잠시만 멈추고 제 말을 들어보십시오. 매 사저와 육협은 깊은 원한이 있으나 불행히도 양쪽 모두 한 사람씩 세상을 떠나고 말았습니다. 제 우매한 소견으로는 오늘은 승부만 가리고 인명을 해하지는 맙시다. 여섯 사람이 한 사람을 상대하니 공평하다 할 수는 없습니다. 그러니 매 사저가 곽 아우에게 몇 수 가르쳐주고 그만두는 것이 어떻겠소이까?"

매초풍은 차가운 미소를 띠며 말했다.

"이런 이름 없는 애송이와 어찌 대적할 수 있겠나?"

그녀의 말에 곽정이 응수했다.

"당신 남편은 내가 직접 죽였소. 사부님들과는 아무 상관 없는 일이오."

매초풍은 분노와 비탄이 교차해 소리를 질렀다.

"좋다! 먼저 네놈부터 죽여주마!"

매초풍은 목소리로 위치를 판단해서 왼손을 더듬고는 다섯 손가락을 곽정의 두정골頭井骨에 꽂으려 했다. 곽정은 급히 몸을 피하며 소리쳤다.

"매 선배, 그때는 무지해서 진 선배를 죽게 했습니다. 다 내가 한 일이니 나한테만 죄를 물으시오. 오늘 죽든 다치든 절대 도망가지 않을 테니, 앞으로 다시는 사부님들을 찾지 말아주시오."

그는 오늘 매초풍과 대적하다 분명 그녀의 손톱에 당해 죽게 될 것이라 생각했다.

"정말 도망치지 않을 거냐?"

"그렇소이다."

"좋다. 그럼 강남육괴하고도 빚을 청산한 셈 치지. 자, 이제 나와 붙자!"

그때 황용이 소리쳤다.

"매 사저, 그는 좋은 사람이에요. 그를 죽이면 강호의 영웅들에게 비웃음을 살 거예요."

"뭐라고?"

"그는 강남육협의 제자예요. 육협의 무공은 몇 년 동안 몰라볼 만큼 높아졌어요. 그들이 사저를 죽이는 것은 식은 죽 먹기죠. 그런데 오늘 사저를 용서하고 체면까지 세워줬는데도 그걸 모르고 큰소리를 떵떵 치다니요?"

"흥! 내가 언제 그놈들에게 용서를 구하더냐? 육괴, 네놈들 무공이 세졌다고? 그럼 어디 한번 보자!"

"육협이 왜 직접 나서서 사저와 싸우겠어요? 제자 한 명만 나서도 매 사저가 이긴다고 장담 못 할걸요?"

"세 초식 안에 죽이지 못하면 여기서 바로 머리를 박고 죽겠다."

매초풍은 조왕부에서 곽정의 무공을 대한 적이 있기 때문에 이렇게 호언장담했다. 몇 달 사이에 곽정이 구지신개로부터 절세의 무공을 익혔으리라고는 상상도 못 했다.

"좋아요. 여기 있는 모든 사람이 증인이에요. 세 초식은 너무 적고 열 초식으로 해요."

곽정도 말을 받았다.

"매 선배의 열다섯 초식을 받아내겠소."

곽정은 항룡십팔장 중에서 열다섯 장만 배웠기 때문에 열다섯 장을 모두 전개하면 열다섯 초식 정도는 받아낼 수 있을 것이라 생각했다.

"좋아요. 그럼 육 사형과 매 사저가 데리고 온 손님이 증인이 되는 거예요."

황용의 말에 매초풍은 이상하다는 듯이 말했다.

"누가 나를 따라왔다고 그래? 난 혼자 왔어. 왜 다른 사람을 데리고 다니겠어?"

"그럼 뒤에 있는 분은 누구세요?"

매초풍은 전광석화처럼 손을 뒤로 뻗었다. 그러나 푸른색 장포를 입은 사내가 어찌나 빨리 피하는지 아무도 그 동작을 똑똑히 보지 못했다. 행동이 신출귀몰해 소리조차 나지 않았다. 매초풍은 강남으로 온 이후 줄곧 등 뒤에 누군가가 따라오는 듯한 이상한 느낌을 받았다. 그러나 불러봐도 대답이 없고 손으로 더듬어도 아무것도 잡히지 않으니 자신의 마음이 허한 탓이겠거니 치부하고 말았다.

그러나 그날 저녁, 정체불명의 사람이 통소를 불어 뱀을 쫓아 자신을 구해준 뒤로는 어떤 고수가 옆에 있다는 것을 알게 되었다. 그 당시 하늘에 대고 절을 하며 감사하다고 했지만 아무 대답도 들리지 않았다. 그래서 매초풍은 소나무 밑에서 몇 시진이나 기다렸다. 그래도 아무 소리가 나지 않자 그 고수가 가버린 모양이라고 생각했다. 그런데 황용이 뒤에 누가 있다고 말하니, 놀라지 않을 수 없었다.

매초풍의 목소리가 떨렸다.

"누구십니까? 계속 저를 따라오신 겁니까?"

그 괴인은 대꾸도, 들은 척도 하지 않았다. 매초풍이 그의 앞으로 내달렸다. 괴인은 몸을 움직이지 않는 것처럼 보였지만 매초풍은 허공으로 그냥 나가떨어지고 말았다. 모두 난생처음 보는 무공에 크게 놀랐다.

육승풍이 말했다.

"멀리서 이곳까지 오셨는데 소인이 영접하지 못했습니다. 이리 와서 술 한잔하시지요."

그러나 그 괴인은 몸을 휙 돌리더니 홀연히 나가버렸다. 그러나 매초풍은 여전히 아무런 낌새도 채지 못했다.

"그럼 그날 저녁에 통소를 불었던 고수가 당신이십니까? 저 매초풍,

그 은혜 잊지 않겠습니다."

모두 의아해하는 가운데 매초풍이 귀를 대고 들어보았으나 청력이 아주 예민한 그녀도 나가는 소리를 듣지 못했다. 황용이 나서서 일깨 워주었다.

"매 사저, 그 사람은 이미 갔어요."

매초풍은 깜짝 놀랐다.

"나갔다고? 아, 어째서 아무 소리도 듣지 못했단 말인가……."

"빨리 가서 찾아보세요. 여기서 꾸물대지 말고요."

매초풍은 잠시 생각하더니 다시 무섭고 으스스한 낯빛으로 돌아왔다.

"곽가 이놈! 내 초식을 받아라!"

두 손을 위로 치켜드니 날카로운 손톱이 촛불의 불빛을 받아 푸르 스름한 빛을 발했다.

"나, 여기 있소!"

곽정의 소리가 끝나기도 전에 매초풍의 오른손 손톱이 곽정의 맥 문脈門을 향해 쭉 뻗어갔다. 곽정은 그녀의 기이하고 재빠른 공격에 몸 을 왼쪽으로 살짝 틀고 오른팔을 뻗어 일장을 전개했다. 항룡십팔장의 일 초식이었다.

매초풍은 소리를 듣고 피하려 했으나 이미 늦었다. 항룡십팔장은 초식이 미묘하기 그지없어 그녀는 어깨를 맞고 말았다. 매초풍은 그 위력에 삼 보 뒤로 물러섰다. 그러나 그녀의 무공도 매우 변화무쌍한 지라 뒤로 피하면서 어느 사이에 손톱을 뻗어왔다. 곽정으로선 난생처 음 보는 대단한 초식이었다. 대경실색하는 사이에 왼쪽 손목의 내관內 關, 외관外關, 회종會宗 세 혈도를 동시에 찍히고 말았다.

곽정은 사부님들에게 매초풍의 구음백골조는 상대가 초식을 발하기 전에 먼저 재빨리 공격하기 때문에 방어하기가 제일 어렵다고 들은 적이 있었다. 그래서 매초풍과 싸울 때 이를 각별히 주의하며 방어했다. 그러나 그 초식의 변화가 무궁해서 매초풍이 일장을 맞고서도 바로 반격해 자신의 맥문을 찍을 줄은 생각지도 못했다.

'낭패로군.'

곽정은 온몸이 쑤시고 마비되는 듯했다. 그는 위급한 가운데서도 오른손 식지와 중지를 뻗고 나머지는 구부려서 반은 주먹으로, 반은 손바닥으로 하는 반권반장半拳半掌 수법을 사용해 매초풍의 가슴을 치고 들어갔다. 이는 바로 항룡십팔장의 잠룡물용潛龍勿用 반 초식이었다. 원래는 왼손을 갈퀴로 만들어서 오른손을 뻗는 동시에 왼손으로 낚아채야만 적이 피하기 어렵지만, 왼쪽 손목을 잡힌 상태라 반 초식만 사용한 것이다.

항룡십팔장의 위력은 실로 대단해 반 초식만 사용해도 막강한 위력을 내뿜었다. 매초풍은 장풍도 아니고 권풍도 아닌 이상한 바람 소리를 듣고 급히 몸을 반으로 굽혀 절반 정도는 피했으나 어깨에 장풍을 맞고 말았다.

"윽!"

매초풍은 신음과 함께 엄청난 괴력이 자신의 몸을 뒤로 밀쳐내는 것을 느꼈다. 그녀도 반사적으로 오른손을 황급히 날려 곽정의 몸을 밀쳐냈다. 이렇게 두 사람이 전력을 다해 서로를 밀쳐내니 또다시 퍽, 하는 굉음이 들렸다. 두 사람은 서로 상대방의 힘에 밀려 쿵, 소리와 함께 동시에 기둥에 등을 부딪치고 말았다. 순간 지붕의 기와며 벽돌,

흙 등이 와르르 쏟아졌다. 주위에서 관전하던 하인들은 놀라 비명을 지르며 허둥지둥 달아났다. 강남육괴는 서로를 바라보며 놀라움과 기쁨을 감추지 못했다.

'정이가 어디서 저런 훌륭한 무공을 배웠을까?'

한보구는 황용을 힐끗 보았다. 필시 황용이 전수해준 것이라 생각한 것이다.

'도화도의 무공이 과연 대단하구나.'

한편 곽정과 매초풍은 자신이 익힌 모든 초식을 전개하며 계속 싸우고 있었다. 한쪽은 장법을 구사해 오묘한 변화와 줄기찬 힘을 유감없이 발휘했고, 또 한쪽은 후리고 할퀴며 매섭고도 예측 불허한 공격을 퍼부었다.

대청에 휙휙, 바람 소리가 일었다. 매초풍은 앞뒤로 몸을 날리며 미친 야수처럼 사방으로 치고 들어왔다. 곽정은 적의 초식이 워낙 독특하고 오묘해 쫓아가며 맞받다가는 필시 지게 될 것이라 생각하고 일전에 황용의 낙영신검장을 상대할 때 홍칠공이 가르쳐준 비법을 기억해냈다. 그건 복잡할 게 없는 아주 단순한 공격법이었다. 바로 상대가 어떻게 변화무쌍하게 공격하든 자신은 항룡십팔장 중의 열다섯 장을 연속해서 하나하나 전개하면 되는 것이다. 이 비법이 정말로 통했다. 40~50초식을 주고받았는데도 매초풍은 뚜렷이 우위를 차지하지 못했다. 그녀로서는 초조하고 짜증이 났다.

반면 황용은 얼굴에 희색이 가득하고, 육괴는 놀라서 혀를 내둘렀다. 육승풍 부자는 넋이 나간 듯 이 광경을 지켜보았다. 육승풍은 나름대로 이런 생각에 잠겨 있었다.

'매 사저의 무공이 이렇듯 대단해졌으니 내가 싸웠다면 열 초식도 받지 못하고 죽고 말았겠구나. 그나저나 곽 아우는 젊은 나이에 어디서 저런 심오한 무공을 익혔을까? 내가 참으로 눈이 삐었구나. 극진히 대접한 것이 그나마 다행이다.'

한편 완안강은 질투심에 불타 괴로웠다.

'일전에는 내 적수도 안 되던 놈이었는데 언제 저렇게 실력이 늘었지? 앞으로는 감히 싸우지도 못하겠군.'

그때 황용이 소리쳤다.

"매 사저, 80초식이 넘었어요. 아직도 패배를 인정하지 않나요?"

사실 60초식 정도밖에 안 되었는데 20초식이나 더해서 말한 것이었다. 매초풍은 화가 나면서도 이해가 되지 않았다.

'몇십 년 동안 무공만 연마했는데, 저런 애송이 녀석 하나 처치하지 못하다니…….'

악이 뻗친 그녀는 장력으로 내리찍고 손톱으로 할퀴는 공격을 좀 더 빠르게 전개했다. 사실 매초풍의 무공은 곽정과는 상대가 되지 않을 정도로 높고 강했다. 그러나 일단 두 눈이 보이지 않으니 손해요, 무학 제일의 금기 사항인 복수심에 불타 마음의 평정을 잃었으니 손쉽게 곽정을 처치할 수 없었다. 반면 곽정은 한창 혈기 왕성한 젊은이고 거기다 항룡십팔장이라는 절세의 무공까지 익혔으니, 그녀와 막상막하의 대결을 벌일 수 있었던 것이다.

거의 100초식이 다 되어가자 매초풍은 비로소 곽정의 열다섯 장법에 대해 파악했다. 그 장법의 위력이 대단해 접근하기는 힘드나 한 장丈 정도 떨어져 이리저리 공격하면 필시 기력이 소진할 것이라 생각했다. 그녀의 생각은 정확했다. 항룡십팔장은 가장 많은 힘을 필요로 하는 초식이라 시간이 지나자 곽정의 장력이 미치는 범위가 점점 줄 아졌다. 매초풍은 이 틈을 타 질풍 같은 공격을 펼쳤다. 양팔을 상하로 흔들며 구음백골조의 초식에다 최심장을 섞어서 공격했다. 황용은 이 대로 가다간 곽정이 위험할지도 모른다는 생각이 들어 연달아 매초풍 을 불렀다.

"매 사저, 100초식은 벌써 넘었고 곧 200초식이 돼요. 아직도 패배 를 인정하지 않나요?"

매초풍은 들은 척도 하지 않고 점점 더 맹렬한 공격을 퍼부었다. 황 용은 기지를 발휘해 기둥 쪽으로 몸을 날리며 소리쳤다.

"곽정 오빠! 저를 보세요!"

곽정은 연달아 이섭대천利涉大川과 홍점어륙鴻漸於陸을 전개하며 매초 풍을 피하고 있다가 황용이 기둥을 돌며 연신 손짓을 하자 영문을 모 른 채 바라보았다.

"이리로 와서 싸우세요!"

곽정은 그제야 황용의 의도를 깨닫고 몸을 돌려 기둥 쪽으로 날아 갔다. 매초풍이 뒤쫓아와 다섯 손톱으로 그를 낚아채려 하자 곽정은 잽싸게 기둥 뒤로 몸을 숨겼다.

픽! 매초풍의 다섯 손톱이 나무 기둥에 박혔다. 그녀는 적의 발소 리와 주먹을 날릴 때 나는 권풍拳風으로 위치를 파악했으니 꼼짝 않고 서 있는 기둥의 존재를 알 리 없었다. 픽, 소리를 듣고 그제야 기둥이 있었구나 생각하고 있는데, 곽정이 기둥 뒤에서 주먹을 날렸다. 매초 풍은 겨우 공격을 막아내고 왼손바닥을 기둥에 대고 힘껏 밀어냈다.

그제야 기둥에서 손톱이 빠졌다. 매초풍은 화가 머리끝까지 나서 곽정이 다시 제대로 서기도 전에 번개같이 달려 나갔다.

곽정의 옷깃이 반으로 찢어졌다. 팔도 매초풍의 손톱 공격에 당했다. 다행히 부상은 입지 않았지만 곽정은 가슴이 섬뜩했다. 다시 정신을 차리고 일장을 돌려주었으나 세 초식을 주고받지 못하고 다시 기둥 뒤로 숨고 말았다. 매초풍은 대로해 큰 소리로 욕을 하며 공격하다 다시 손톱을 기둥에 박고 말았다. 곽정은 이번에는 그 틈을 타서 공격하지 않았다.

"매 선배님, 제 무공은 선배님에 훨씬 못 미치니 좀 봐주십시오."

곽정은 이미 상승세를 타고 있는 중이고, 기둥을 이용해 공격하면 질 리가 없는데도 이렇게 이야기한 것이다. 매초풍의 체면을 세워주고 여기서 싸움을 접으려는 의도였다. 그의 말을 듣고 육승풍은 내심 안도했다.

'이대로만 끝나면 더 바랄 것이 없겠구먼.'

그러나 매초풍은 냉랭히 잘라 말했다.

"무공을 겨루는 것이라면 세 초식 안에 너를 이기지 못했으니, 내가 진 셈이다. 그러나 오늘은 무공을 겨루는 게 아니라 복수를 하는 것이다. 이미 너에게 졌지만 너를 반드시 죽이고야 말겠다."

말이 끝나자마자 양팔에 공력을 집중시켜 오른손으로 연달아 세 번, 왼손으로 연달아 세 번 장풍을 날려 기둥 중심을 쳤다.

그와 동시에 우렁찬 기합과 함께 있는 힘을 다해 쌍장을 발했다.

"얍!"

요란한 소리가 들리는 가운데 굵은 나무 기둥이 우지끈 부러졌다.

장내에 있던 사람들은 모두 무공을 익힌 사람들이라 매초풍이 발장發掌해 기둥을 치는 것을 보고 즉시 밖으로 도망쳤다. 육관영은 몸이 불편한 부친을 안고 가장 마지막에 빠져나갔다.

우르릉! 쾅! 천지가 진동하는 듯 벼락 같은 소리가 나더니 대청의 반이 와르르 무너져 내렸다.

"으악!"

그중 병마지휘사 단 대인만이 도망가지 못하고 두 다리가 대들보에 깔려 살려달라고 비명을 질렀다. 완안강은 얼른 대들보를 들어 그를 빼내고는 혼란한 틈을 타 도망가려 했다. 두 사람이 도망가려고 막 몸을 돌리는데, 갑자기 등이 마비된 듯한 느낌이 전해져왔다. 누군가 혈도를 찍은 것이다.

매초풍은 곽정에게 온 정신을 집중시키고 있다가 그가 대청을 빠져나가자 즉시 뒤따라 몸을 날렸다.

대청 밖 장원에는 이미 어둠이 깔려 있었다. 뭇사람들이 정신을 집중해 살펴보니, 곽정과 매초풍이 다시 한데 엉켜 싸우고 있었다. 어슴푸레한 별빛 아래 두 개의 검은 그림자가 빠른 속도로 합쳐졌다 떨어지기를 반복했다.

쉭! 쉭! 장풍 소리와 매초풍이 운공할 때 내는 골절 꺾이는 소리가 한데 섞여 어둠을 갈랐다. 방금 대청에서 싸울 때보다 훨씬 긴박감이 넘쳤다. 곽정은 원래 매초풍의 적수가 되지 못하는 데다 어둠 속에 있으니 훨씬 불리했다.

매초풍이 왼쪽 다리로 치고 들어오는 것을 보고 곽정은 날아올라 오른발로 매초풍의 왼쪽 다리 정강이뼈를 내리찍으려 했다. 이렇게 한

번만 정확히 내리치면 상대방의 다리가 부러질 것이었다. 그러나 매초풍의 왼쪽 다리 공격은 속임수였다. 왼쪽 다리로 치는 척하더니 갑자기 뒤로 훌쩍 물러서서 왼팔로 그의 다리를 할퀴려 들었다. 육관영이 옆에서 자세히 보고 있다가 놀라서 소리쳤다.

"조심하세요!"

일전에 완안강이 그의 종아리를 할퀴었을 때 사용하던 수법과 완전히 똑같은 것이었다. 순간 곽정은 위험을 느끼고 왼손을 번개같이 뻗어 매초풍의 손목을 막았다. 이는 위급한 가운데 나온 변형 초식으로 동작은 빨랐으나 힘이 부족했다.

팍! 공격과 방어, 두 사람의 손이 맞닥뜨리게 됐다. 매초풍은 곽정과 손바닥을 맞대고 힘을 겨루다가 갑자기 손을 뒤집더니 새끼손가락, 넷째 손가락, 가운뎃손가락으로 곽정의 손등을 확 할퀴었다.

"윽!"

곽정은 신음을 토하며 오른손 장풍을 날렸으나 매초풍은 재빨리 옆으로 몸을 피했다.

"하하하하……!"

매초풍의 날카롭고 긴 웃음이 허공에 울려 퍼졌다. 곽정이 오른쪽 손등에 불이 붙는 것같이 화끈거려서 내려다보니 긁힌 자국이 선명히 남아 있었다. 세 줄기의 피 맺힌 자국이 이미 검은색으로 변해 있었다. 순간 몽고 벼랑 끝에 매초풍이 남긴 아홉 개의 해골 모습과 "매초풍은 손톱에 독을 발라놓는다"는 마옥의 말이 생각났다. 그런 매초풍의 손톱이 자신의 손등을 할퀸 것이다. 살이 뜯기고 피가 나지 않아 독이 금방 몸속까지 파고들지는 않겠지만, 화를 면할 수는 없을 것 같았다.

"용아! 독에 당했어."

곽정은 황용의 대답을 기다리지 않고 바로 몸을 위로 날려 휙휙 필사적으로 쌍장을 연달아 발했다. 매초풍을 사로잡아 해독약을 빼앗아야만 살 수 있을 거라 생각했기 때문이다. 그러나 매초풍은 맹렬한 장풍을 느끼고 이미 몸을 피한 상태였다. 황용은 곽정의 말을 듣고 까무러치게 놀랐다. 가진악이 철장을 쥐고 공격 태세를 취하니 육괴와 황용, 일곱 사람이 우르르 매초풍을 둘러쌌다.

황용이 소리쳤다.

"매 사저, 이미 져놓고서 왜 계속 싸우려 들어요? 빨리 해독약을 내놓으세요!"

매초풍은 맹렬한 곽정의 공격을 상대하느라 대답할 여유가 없어 속으로만 기뻐했다.

'네가 힘을 쓸수록 독은 더 빨리 퍼질 것이다. 오늘이 바로 네 제삿날이다. 드디어 남편의 원수를 갚는구나.'

곽정은 갑자기 머리가 어질어질하고 눈앞이 아뜩하더니 온몸이 나른해졌다. 오른손은 더욱 시큰거리고 힘이 풀리면서 점점 전의를 상실했다. 이것이 바로 독이 퍼지는 증상이었다. 만약 양자옹이 기른 붉은 뱀의 피를 먹지 않았더라면 벌써 목숨을 잃었을 것이다. 마치 살포시 미소를 짓는 듯, 곽정의 얼굴 표정이 이상하게 풀렸다.

"곽정 오빠! 빨리 비켜요!"

황용은 아미강자를 뽑아 매초풍을 향해 돌진했다. 곽정은 황용의 소리를 듣자 다시 정신을 차리고 반사적으로 왼쪽 장을 날렸다. 바로 항룡십팔장 중 11장인 돌여기래突如其來였다. 그러나 오른손이 마비되어 느리기 짝이 없었다. 누가 보면 마치 장난을 치는 것처럼 보일 정도였다. 웬만큼 무공을 익힌 자라면 쉽게 피하거나 막아낼 수 있을 터였다. 그런데 참으로 뜻밖의 결과가 벌어졌다.

황용, 한보구, 남희인, 전금발 네 사람은 동시에 공격하려다가 매초풍이 느릿느릿 치고 들어가는 곽정의 공격을 전혀 눈치채지 못해 어깨를 맞고 쓰러지는 것을 보았다. 매초풍은 두 귀로 소리를 듣고 적을 감지하는데, 곽정의 공격이 너무 느려 바람 소리를 전혀 일으키지 못하자 알아채지 못한 것이었다.

황용이 놀라 멍해 있는 사이 한보구, 남희인, 전금발 세 사람이 동시에 매초풍을 덮쳐서 눌렀다. 그러나 매초풍이 두 팔을 힘껏 떨치자 한보구와 전금발이 동시에 나가떨어졌다. 매초풍은 즉시 손을 뻗어 남희인을 낚아채려 했다. 남희인은 그녀의 매서운 공격을 보고 땅으로 굴러 피했다. 매초풍은 승세를 타고 몸을 날려 남희인에게 공격을 펼쳤다. 그러나 몸이 허공으로 뜨는 순간 다시 등에 곽정의 일장을 맞고 앞으로 고꾸라지고 말았다. 이 일장 또한 전혀 소리가 없어 피할 수도, 막을 수도 없었다. 하지만 힘이 약한 탓에 등의 급소를 맞았음에도 불구하고 전혀 부상을 입지 않았다.

곽정은 이 두 장을 발한 후 정신이 완전히 혼미해져서 몇 번 휘청이더니 하필 매초풍 옆으로 정신을 놓고 쓰러졌다. 황용이 그를 부축하러 급히 달려 나갔다. 매초풍은 곽정이 쓰러지는 소리를 듣고 누워 있는 상태에서 다섯 손가락을 갈퀴처럼 구부려 뻗었다. 곽정은 영락없이 그녀의 마수에 걸려들었다. 그 순간, 매초풍이 짧은 비명을 내질렀다.

"으악!"

그녀는 손가락에 극심한 통증을 느끼고 얼른 팔을 움츠렸다. 바로 황용이 입은 연위갑의 가시에 찔린 것이다. 매초풍은 급히 이어타정鯉魚打挺으로 벌떡 일어났다. 그때였다.

"받아랏!"

갑자기 이상한 물건이 날아왔다. 매초풍은 어떤 무기인지 소리로 감지해낼 수 없었다. 즉시 오른팔로 쳐서 떨어뜨렸다.

꽈당! 소리와 함께 그 물건이 땅에 떨어졌다. 의자였다. 매초풍이 다시 이상한 느낌이 들어 귀를 기울이니, 더 큰 물체가 날아왔다. 팔을 뻗어 왼손으로 막은 후 더듬어 만져보니 이번엔 탁자였다. 반들반들하고 딱딱한 것이 손으로 잡을 곳이 없었다. 주총이 먼저 의자를 던지고 붉은 박달나무 네모 탁자 뒤에 몸을 숨긴 채 탁자 다리를 잡고 매초풍에게 돌진한 것이다. 매초풍은 발을 날려 탁자를 걷어찼으나 주총은 이미 탁자 다리를 놓고 오른손을 뻗어 뭔가 살아 있는 것을 매초풍의 옷 속에 쑥 던져 넣었다. 매초풍은 차갑고 미끌미끌한 것이 꿈틀꿈틀 가슴을 헤집고 다니자 소스라치게 놀라서 식은땀이 다 났다.

'이게 무슨 암기지? 혹시 무슨 요상한 술법인가?'

급히 옷 속에 손을 넣고 헤집으니 금붕어가 잡혔다. 기가 차고 핏대가 솟았다. 한데 옷깃에 손을 넣어보고 매초풍은 더욱 놀랐다. 항상 품고 다니던 해독약 병이 없어졌을 뿐 아니라 비수와 그 비수를 싸둔 인피까지 온데간데없이 사라진 것이다. 인피는 다름 아닌 남편의 가슴살을 도려낸 것으로, 〈구음진경〉의 비급이었다.

매초풍은 너무 놀란 나머지 잠시 꼼짝도 못 하고 넋을 잃었다. 방금 전 기둥이 무너질 때 어항이 깨지면서 금붕어가 땅으로 쏟아졌다. 주총은 매초풍의 감각이 상당히 예민하고 손도 빨라 팽련호나 구천인보다 상대하기 힘들 것이라 예상하고 금붕어 세 마리를 집어 매초풍의 옷 속에 넣었다. 그러고는 그녀가 놀라 정신이 분산된 틈을 타서 공묘수空妙手로 품 안에 있는 물건들을 빼낸 것이었다. 주총은 병뚜껑을 열어 가진악에게 냄새를 맡아보게 한 다음 나지막한 목소리로 물었다.

"어떻습니까?"

가진악은 독약의 대가인지라 한 번 냄새를 맡고는 대답했다.

"이 약을 복용하고 바르면 되겠네."

매초풍은 이 소리를 듣고 날아올라 공중에서 덮쳐왔다. 그러자 가진악이 항마장降魔杖으로 막고 한보구의 금룡편金龍鞭, 전금발의 쇠저울, 남희인의 쇠멜대가 동시에 공격했다. 매초풍이 허리춤의 독룡은편을 꺼내려 할 때 바람 소리가 일더니 날카로운 병기가 그녀의 손목을 찍었다. 그것은 장검이었다. 매초풍은 손을 휘저어 초식을 전개해 한소영의 장검을 피했다. 저쪽에서는 주총이 해독약을 황용에게 건네주고 있었다.

"이 약을 곽정에게 먹이고 발라주어라."

그리고 매초풍의 품에서 꺼내온 비수를 곽정의 품 안으로 넣으며 말했다.

"이것은 원래 너의 것이다."

주총은 철선鐵扇을 흔들며 매초풍을 협공했다. 그들은 매초풍과 헤어진 후 10여 년 동안 각자 성실히 단련해 무공이 크게 나아진 터라 예전 황산야전荒山夜戰보다 몇 배나 더 치열한 결전이 벌어졌다.

육승풍 부자는 넋을 잃고 바라보며 생각했다.

'매초풍의 무공은 과연 대적할 상대가 없구나. 강남육괴 역시 명불허전이로군.'

"여러분! 잠시 멈추고 제 말을 들어보십시오"

육승풍이 소리쳤으나 한창 싸우던 중이어서 아무도 싸움을 멈추지 않았다. 곽정은 해독약을 복용하고 잠시 뒤 정신이 맑아졌다. 그 독은 퍼지는 속도도 빠르고 사라지는 속도 또한 빨랐다. 상처 부위는 여전히 욱신거렸으나 왼팔을 사용하는 데는 무리가 없었다.

곽정은 즉시 몸을 일으켜 싸우는 곳으로 달려갔다. 방금 전 우연히 만장漫掌(느린 장법)으로 매초풍을 친 그는 매초풍을 이길 수 있는 비결을 터득했다. 곽정은 이번에도 허를 노려 천천히 장을 뻗어 매초풍의 몸 근처까지 가져간 다음 한순간에 모든 힘을 집중시켰다.

이 초식은 진경백리震驚百里로서 굉장한 위력을 지닌 초식이다. 게다가 매초풍은 사전에 아무런 낌새도 알아채지 못하다가 갑자기 일장을 맞았으니 어찌 견뎌낼 수 있겠는가? 그대로 나가떨어질 수밖에 없었다. 한보구와 남희인이 쓰러진 매초풍을 향해 동시에 살수를 전개하려 하자 곽정이 황급히 소리쳤다.

"사부님! 매 선배님을 용서해주십시오!"

강남육괴는 뒤로 물러섰다. 매초풍도 얼른 몸을 일으켜 세웠다. 곽정이 이런 식으로 공격해오는 이상 눈이 보이지 않는 자신이 방어할 길이 없다고 생각한 매초풍은 독룡은편으로 사방을 마구 후려갈기며 곽정이 가까이 접근하지 못하도록 했다.

곽정이 진지하게 말했다.

"선배님을 난처하게 만들 생각은 없습니다. 그냥 돌아가세요!"

매초풍은 은편을 거두고 말했다.

"그럼 내게서 훔쳐간 비급을 돌려다오."

이 말은 주총에게 한 게 분명했다. 주총은 의아해하며 그녀에게 소리쳤다.

"네 비급을 가져간 적이 없다. 우리는 절대 거짓말하지 않는다."

비수를 싼 인피가 〈구음진경〉이라는 사실을 주총이 알 리 없었다. 매초풍은 강남칠괴가 자신과는 불구대천의 원수이긴 하지만, 결코 거짓말은 하지 않는다는 사실을 잘 알고 있었다. 그래서 곽정과 싸울 때 떨어뜨린 것이라 생각하고 다급한 마음에 몸을 굽혀 이리저리 땅을 더듬으며 찾았다. 그러나 한참을 찾아도 비급은 어디에도 없었다.

모두들 눈먼 여자가 깨진 기와 조각 더미를 헤집으며 이리저리 미친 듯 무언가를 찾는 모습을 보고 절로 측은지심이 들었다. 육승풍이 아들에게 말했다.

"관영아, 매 사저가 찾는 것을 도와주거라."

그러다 문득 다른 생각이 들었다.

'〈구음진경〉은 본래 사부님의 것이니 사부님께 돌려드려야 옳을 것이다.'

육승풍이 헛기침을 두 번 하자 육관영은 무슨 뜻인지 알아채고 고개를 끄덕였다. 곽정도 매초풍을 도와 찾아봤지만 〈구음진경〉이 있을 리 없었다. 육승풍이 고개를 가로저었다.

"매 사저, 여기에는 없는 것 같습니다. 길에서 떨어뜨린 듯싶습니다."

매초풍은 대꾸도 하지 않고 계속 두 손으로 여기저기 땅을 헤집고 다녔다. 이때였다. 갑자기 눈앞이 번쩍하더니 매초풍 뒤에 푸른 장포를 입은 괴인이 다시 나타났다. 그 신법이 실로 번개 같아 아무도 그가 오는 모습을 정확히 보지 못했다. 그는 손을 뻗어 매초풍의 등을 닭 잡듯이 쑥 들어 올리더니 눈 깜짝할 사이에 장원 밖 숲속으로 사라져버렸다.

웬일인지 괴인에게 잡힌 매초풍은 전혀 무공을 사용하지 못한 채 꼼짝 않고 있었다. 모두들 놀라움 속에 두 사람이 사라져가는 뒷모습만 멍하니 바라보았다. 도저히 믿을 수 없는 상황이었다. 두 사람이 완전히 사라진 후에도 그들은 서로를 응시하며 한참 동안 아무 말이 없었다. 멀리 호수에서 파도가 철썩거리는 소리만이 간간이 들려올 뿐이었다.

한참 뒤, 가진악이 먼저 침묵을 깼다.

"저희 제자가 매초풍과 싸우면서 귀 장원을 많이 훼손해 정말 송구스럽습니다."

그의 정중한 태도에 육승풍이 얼른 말을 받았다.

"육협과 곽 형께서 와주신 덕에 이 집과 제가 다행히 화를 면할 수 있었습니다. 제가 감사해도 부족한데, 가 대협께서 이리 말씀해주시니 몸 둘 바를 모르겠습니다."

옆에 섰던 육관영도 부친을 거들었다.

"여러분 후청으로 가셔서 잠시 휴식을 취하시지요. 곽 형, 상처는 좀 어떠십니까?"

"괜찮습니다."

그때 눈앞에 푸른 그림자가 어른거리더니 그 괴인과 매초풍이 다시 장원에 나타났다. 매초풍은 팔짱을 낀 채 버티고 서서 소리쳤다.

"곽가 놈아! 네가 홍칠공이 전수한 항룡십팔장으로 몰래 날 공격하니, 눈이 안 보이는 내가 방어하지 못했다. 나는 얼마 살지 못할 몸, 이기든 지든 상관없다. 그러나 매초풍이 그 홍 영감의 제자에게 졌다는 소문이 강호에 퍼지면 도화도 사부님의 명예가 훼손될 테니 이리 와서 다시 한판 더 붙자!"

곽정은 싸울 생각이 없었다.

"저는 애초에 선배님의 적수가 아닙니다. 선배님께서 앞을 못 보는 덕에 겨우 목숨을 건질 수 있었으니 제가 진 것이나 다름없습니다."

"항룡십팔장은 모두 열여덟 장인데 왜 전부 쓰지 않았느냐?"

곽정은 솔직히 대답하려 했다.

"그건 제가 우둔해……."

황용이 연신 말하지 말라고 손짓을 했으나 곽정은 사실대로 다 털어놓고 말았다.

"홍칠공께서 열다섯 장밖에 전수해주지 않았습니다."

"그래, 열다섯 장밖에 쓰지 않았는데도 내가 졌으니, 홍칠공 그 늙은이가 그렇게 대단하단 말이지? 이건 도저히 안 된다. 다시 한번 붙자!"

매초풍은 이제 더 이상 지아비에 대한 원수를 갚으려는 게 아니라 황약사와 홍칠공의 명예를 지키는 데 승부를 건 것 같았다. 곽정은 싸움을 피하고 싶었다.

"황 낭자는 나이가 어린데도 전 그녀의 적수가 되지 못합니다. 하물며 감히 선배님의 적수가 되겠습니까? 도화도의 무공을 항시 존경해오고 있었습니다."

황용이 곽정의 의도를 눈치채고 한마디 거들었다.

"매 사저, 무슨 말을 하는 거예요? 천하에 아버지를 이길 사람이 누가 있겠어요?"

그러나 매초풍은 막무가내였다.

"안 된다. 다시 결판을 내자!"

매초풍은 곽정의 대답을 기다리지도 않고 다짜고짜 손을 뻗어왔다. 곽정은 어쩔 수 없이 피하면서 말했다.

"이렇게 된 이상 선배님께 다시 한 수 배우겠습니다."

곽정이 장권을 날리자, 매초풍은 손목을 뒤집어 갈퀴 같은 손톱을 번쩍이며 소리쳤다.

"무성장無聲掌(소리가 나지 않는 장권)으로 공격해라. 소리가 나면 너는 내 상대도 안 되니까."

곽정은 몇 걸음 앞으로 나가며 말했다.

"가진악 사부님도 눈이 불편하십니다. 만약 다른 사람이 무성장으로 사부님을 기만하려 든다면 결코 참을 수 없을 것입니다. 그러니 제가 어찌 선배님께 무성장을 쓸 수 있겠습니까? 아까는 죽음을 피하기 위해 어쩔 수 없이 무성장으로 목숨을 보존한 것입니다. 만약 무공을 겨루는 자리에서도 그렇게 수치스러운 행동을 해야 한다면 차라리 싸움에 임하지 않을 것입니다."

매초풍은 진지한 그의 말에 마음이 약간 흔들렸다.

'이 아이, 기개는 참 대단하구나!'

그러나 목소리는 여전히 날카로웠다.

"너에게 무성장으로 공격하라 명한 것은, 다 이를 깨뜨릴 방법이 있기 때문이다. 무슨 잔말이 그리 많으냐?"

곽정은 푸른 장포의 괴인을 쳐다보고 생각했다.

'그 짧은 시간 동안 매초풍에게 무성장에 대적할 방법을 일러주었단 말인가?'

계속 매초풍이 무섭게 압박해오자 곽정은 결심했다.

"좋습니다. 다시 선배님과 15초식을 겨루지요."

그는 항룡십팔장 중 열다섯 장을 다시 한번 전개하면 이길 수는 없더라도 목숨은 지킬 수 있을 것이라 생각했다. 뒤로 몇 걸음 물러났다가 발끝으로 살금살금 걸어서 앞으로 다가가 천천히 장권을 발했다. 그때 몸 쪽에서 핑, 하는 작은 소리가 나더니 매초풍이 그의 손과 팔을 정확히 겨냥하며 손목을 굽혀 낚아채왔다. 어둠 속에서도 두 눈으로 똑똑히 보고 있는 것처럼 정확했다.

곽정은 깜짝 놀라 황급히 왼쪽으로 옮긴 후 이섭대천利涉大川 장법을 천천히 펼쳤다. 그러나 장권을 뻗자마자 다시 핑, 하는 소리가 나더니 매초풍이 그가 장을 뻗은 방향을 정확히 예측하고 빠른 장법으로 느린 장법을 맞받아쳤다. 곽정이 조금만 늦게 피했더라면 매초풍의 예리한 손톱에 상처를 입었을 것이다.

"헉!"

놀란 곽정은 황급히 뒤로 물러났다.

'내 장법의 방향을 알고 있는 것도 이상한 일인데, 아직 장권을 발하기도 전에 어떻게 미리 예측할 수 있었을까?'

세 번째 초식은 더욱 신중을 기했다. 그가 가장 자신 있어 하는 항룡유회였다. 그러나 또 핑, 하는 소리가 들리더니 다시 매초풍의 강철 같은 다섯 손톱이 그의 손목을 움켜쥐려 했다. 곽정은 핑, 하는 소리와 무슨 관련이 있을 것이라 생각하고 네 번째 초식을 전개할 때 그 괴인을 유심히 지켜보았다. 과연 그는 손가락으로 작은 돌을 튕기고 있었다.

곽정은 그제야 깨달았다.

'돌을 튕겨서 방향을 가르쳐준 것이군. 내가 동쪽을 치면 동으로, 서쪽을 치면 서로 돌을 툭 던진 거야. 그런데 내 장법의 방향까지 어떻게 예측했을까? 아하! 그래, 그날 황용과 양자옹이 싸울 때 홍칠공이 그의 권법의 방향을 미리 알고 깨뜨린 것과 같은 이치겠구나. 그럼 열다섯 장을 다 전개한 다음 패배를 인정하고 말자.'

곽정은 변화무쌍한 항룡십팔장의 장법을 완전히 습득하지 못했다. 비록 매 초식의 위력이 대단하긴 하지만 매초풍은 장법의 방향을 읽고 미리 그 위력을 깨뜨려 무력화시키고 있었다. 다시 몇 초식을 전개하자 푸른 창포의 괴인이 갑자기 핑, 핑, 핑, 연달아 돌 세 개를 튕겼다. 매초풍은 방어에서 공격으로 전환해 연달아 세 번 살수를 전개했다. 곽정은 가까스로 이를 피하고 다시 두 장을 반격했다.

두 사람의 싸움이 점점 긴박해졌다. 쉭, 쉭, 쉭, 장풍을 발하는 소리와 핑, 핑, 핑, 돌이 튕겨 나가는 소리만 주위를 채웠다. 황용은 상황이 불리해지자 땅에서 깨진 기와 조각을 집어 들고 사방으로 던졌다. 어떤 것은 괴인이 던진 돌과 부딪치기도 했다. 이렇게 되니 소리가 분산될 뿐 아니라 돌의 방향도 바뀌어 매초풍은 정확한 방향을 알 수 없었다.

괴인은 손가락 힘을 더 강하게 전개했다. 그러자 작은 돌이 튕겨 나가는 힘이 훨씬 세져서 공중을 뚫고 나가는 소리가 천지를 울렸다. 황용이 던진 기와 조각은 돌 근처에서 다시 튕겨 나갔고, 소리를 분산시키지도 못했다.

육승풍 부자와 강남육괴는 모두 놀라 넋을 잃었다.

'손가락 힘만으로 돌을 저렇게 강하게 튕길 수 있다니……. 철태쇠 뇌(여러 개의 화살을 연달아 발사하는 장거리 공격용 무기)가 아니고서는 결코 이런 위력을 내지 못하는데……. 저 돌에 맞으면 온전히 살아남을 수가 없겠구나.'

이때 황용이 갑자기 손을 멈추더니 멍하니 괴인을 바라보았다. 곽정은 이미 패색이 짙어졌고, 매초풍은 기선을 완전히 제압하며 무시무시한 살수를 잇따라 전개했다.

그때 갑자기 핑, 핑, 소리가 나더니 돌 두 개가 허공을 가르며 날아왔다. 앞의 돌은 느리게 날아오고 뒤의 돌은 빠르게 날아와 앞의 돌을 따라잡더니 팍, 하는 소리와 함께 공중에서 서로 부딪쳐 파편이 사방으로 튀었다. 매초풍은 이 위세를 등에 업고 질풍같이 곽정에게 달려들었다. 질풍노도, 그 자체였다. 도저히 막을 수 없다는 생각이 드는 순간 남희인이 한 말이 떠올랐다.

'이길 수 없으면 도망가라!'

곽정은 얼른 몸을 돌려 도망치기 시작했다. 그때였다.

〈4권에서 계속〉